HELEMAAL ALLEEN

Ook verschenen van Mary Higgins Clark
bij Xander Uitgevers

Tweelingzusje (2014)
Onder mijn huid (2014)
Tranen om mijn zusje (2014)
De moord op Assepoester (2014)
Te mooi om waar te zijn (2015)
Voor de ogen van een kind (2015)
De verdwenen bruid (2016)
De erfenis (2016)
De stiefvader (2017)
De schone slaapster (2017)
Op een mooie zomerdag (2018)

MARY HIGGINS CLARK

Helemaal alleen

Uitgegeven door Xander Uitgevers BV
www.xanderuitgevers.nl

Oorspronkelijke titel: *All By Myself, Alone* Oorspronkelijke
uitgever: Simon & Schuster
Vertaling: Crispijn Sleeboom
Omslagontwerp: zero-media.net, Munich
Omslagbeeld ceiling: Stocksy/Gabriel (Gabi) Bucataru;
overig beeld: FinePic®, München
Afwerking omslag: Select Interface
Zetwerk: Michiel Niesen, ZetProducties

Copyright © 2017 Nora Durkin Enterprises, Inc.
Copyright © 2018 voor de Nederlandse taal:
Xander Uitgevers BV, Amsterdam

Tweede druk 2022

ISBN 978 94 0161 679 9 | NUR 330

De uitgever heeft getracht alle rechthebbenden te traceren.
Mocht u desondanks menen rechten te kunnen uitoefenen,
dan kunt u contact opnemen met de uitgever.
Niets uit deze uitgave mag openbaar worden gemaakt
door middel van druk, fotokopie, internet of op welke andere wijze ook,
zonder voorafgaande schriftelijke toestemming van de uitgever.

Ter nagedachtenis aan mijn vader en moeder
Luke en Nora Higgins
en mijn broers
Joseph en John

Liefs

Dag één

1

Het grootse cruiseschip Queen Charlotte stond op het punt om aan haar eerste reis te beginnen en zou spoedig van haar ligplaats aan de Hudson vertrekken. Ze was een luxueus meesterwerk dat werd vergeleken met de eerste Queen Mary en zelfs de Titanic, die meer dan honderd jaar eerder het toppunt van luxe was geweest.

Een voor een kwamen de passagiers aan boord. Ze werden ingecheckt en uitgenodigd om naar de grote salon te gaan, waar kelners met witte handschoenen hen champagne aanboden. Toen de laatste gast was gearriveerd, hield kapitein Fairfax een korte toespraak.

'We beloven u dat dit de meest elegante reis zal zijn die u ooit zult maken,' zei hij. Zijn Engelse accent gaf zijn woorden iets extra deftigs. 'Uw suites zijn ontworpen in de stijl van de magnifieke oceaanstomers van vroeger. De Queen Charlotte kan aan precies honderd gasten onderdak bieden. Onze vijfentachtig bemanningsleden zullen u op elke mogelijke manier van dienst zijn. Ons entertainment doet niet onder voor Broadway, Carnegie Hall of het Metropolitan Opera. Er zullen verschillende lezingen gehouden worden waaruit u kunt kiezen. Tot onze sprekers behoren beroemde auteurs, oud-diplomaten en experts op het gebied van Shakespeare en gemmologie. De beste chef-koks ter wereld zullen de lekkerste van-boer-tot-bord-maaltijden voor u bereiden. En we weten dat varen een dorstige aangelegenheid is. Om dit probleem te verhelpen zijn er door gerenommeerde sommeliers verschillende wijnproeverijen voorbereid. Om het verleden eer aan te doen, zal er een lezing gegeven worden over het boek van Emily Post, de legendarische expert op het gebied van etiquette uit de vorige eeuw, waarbij de interessantste gebruiken van vroeger aan bod komen. Dit is slechts een van de vele activiteiten waar u uit kunt kiezen.

Tot slot, onze menukeuze bestaat uit gerechten van de beste koks ter wereld. Wederom wil ik u welkom heten in uw thuis voor de aankomende zes dagen.

En nu wil ik u graag voorstellen aan Gregory Morrison, de eigenaar van de Queen Charlotte. Het is aan zijn visie te danken dat dit schip tot in de kleinste details klopt, waardoor u nu kunt genieten van de meest luxueuze reis die u ooit zult maken.'

Gregory Morrison, een gezette man met een rood gezicht en zilver haar, stapte naar voren.

'Graag heet ik u allemaal welkom aan boord. Vandaag kijkt u naar de totstandkoming van de hartenwens die een kleine jongen vijftig jaar geleden had. Toentertijd stond ik naast mijn vader, de kapitein van een sleepboot, terwijl hij de prachtigste cruiseschepen de haven van New York in en uit loodste. En terwijl mijn vader vooruitkeek naar waar we naartoe voeren, keek ik vol ontzag achterom naar de spectaculaire oceaanstomers die elegant door het grijze water van de Hudsonrivier kliefden. Toen al wist ik dat ik ooit een schip wilde bouwen dat nog ontzagwekkender was dan de schepen die ik op dat moment aanschouwde. De majestueuze Queen

Charlotte is de totstandkoming van die gedurfde droom. Of u nu vijf dagen met ons meevaart naar Southampton of ons vergezelt voor onze negentig dagen durende wereldreis, ik hoop dat vandaag het begin is van een ervaring die u nooit zult vergeten.' Hij hief zijn glas en riep: 'Licht het anker!'

Er klonk wat licht applaus, waarna de passagiers met elkaar begonnen te kletsen. Alvirah en Willy Meehan, die hun vijfenveertigjarige huwelijk vierden, konden hun geluk niet op. Voor ze de loterij hadden gewonnen, was zij schoonmaakster geweest en repareerde hij overstromende toiletten en gesprongen leidingen.

De vierendertigjarige Ted Cavanaugh nam een glas champagne aan en keek om zich heen. Hij herkende een paar van de passagiers, zoals de voorzitters van General Electric en Goldman Sachs, en enkele beroemde stellen uit Hollywood.

Een stem naast hem vroeg: 'Ben jij toevallig familie van ambassadeur Mark Cavanaugh? Je lijkt sprekend op hem.'

'Ja, dat ben ik,' zei Ted met een glimlach. 'Ik ben zijn zoon.'

'Ik wist dat ik het bij het juiste eind had. Ik zal me even voorstellen. Ik ben Charles Chillingsworth.'

Ted herkende de naam van de gepensioneerde ambassadeur van Frankrijk.

'Jouw vader en ik waren vroeger allebei diplomaat,' zei Chillingsworth. 'Alle meisjes op de ambassade waren verliefd op hem. Ik vond altijd dat hij knapper was dan goed voor hem was. Hij werkte eerst als ambassadeur in Egypte tijdens twee verschillende presidentschappen, en daarna aan het Britse hof, toch?'

'Inderdaad,' bevestigde Ted. 'Mijn vader was altijd al geïntrigeerd door Egypte, een passie die ik met hem deel. Ik heb daar een deel van mijn jeugd doorgebracht, tot we naar Londen verhuisden omdat hij de ambassadeur van Engeland werd.'

'En jij bent in zijn voetsporen getreden?'

'Nee, ik ben advocaat, maar een groot deel van mijn zaken zijn gewijd aan het terugkrijgen van antieke kunstschatten die uit hun land van herkomst gestolen zijn.' Hij vertelde er niet bij dat hij alleen meeging op deze reis om Lady Emily Haywood te ontmoeten en haar ervan te overtuigen de fameuze smaragden ketting van Cleopatra terug te geven aan de rechtmatige eigenaars, het volk van Egypte.

Professor Henry Longworth ving hun gesprek op en leunde voorover om beter te kunnen luisteren. Zijn ogen fonkelden geïnteresseerd. Hij was op het schip uitgenodigd als spreker, omdat hij een beroemd expert op het gebied van Shakespeare was. Zijn lezingen bevatten altijd vertolkingen van teksten en waren een groot vermaak van het publiek. Hij, een man van in de zestig met dun haar en van gemiddeld postuur, was een veelgevraagd spreker bij universiteiten en op cruises.

Devon Michaelson hield zich afzijdig van de andere gasten. Hij had geen behoefte aan het onvermijdelijke geklets dat altijd plaatsvond wanneer vreemden elkaar voor het eerst ontmoeten. Net als professor Longworth was hij in de zestig, maar hij was niet bijzonder lang en had een onopmerkelijk gezicht.

Ook de achtentwintigjarige Celia Kilbride, een lange jongedame met zwart haar en saffierblauwe ogen, stond alleen. Misschien merkte ze de bewonderende blikken van haar medepassagiers niet op, misschien konden ze haar niets schelen.

De eerste stop tijdens deze wereldreis zou het Engelse Southampton zijn. Daar zou ze van boord gaan. Net als professor Longworth was ze uitgenodigd als spreker. Ze was gemmologe en zou een lezing geven over de geschiedenis van beroemde juwelen door de eeuwen heen.

De meest opgewonden passagier in de salon was Anna DeMille uit Kansas, een gescheiden vrouw van zesenvijftig die deze reis had gewonnen in de tombola van haar kerk. Haar zwartgekleurde haar en wenkbrauwen staken scherp af tegen haar spichtige gezicht en lichaam. Ze hoopte dat ze tijdens deze reis haar prins op het witte paard zou ontmoeten. Waarom niet, dacht ze. Ik heb de tombola al in mijn zak, dit zou zomaar eens mijn jaar kunnen worden.

De zesentachtigjarige Lady Emily Haywood, een vrouw die bekendstond om haar enorme rijkdom en haar filantropie, werd omringd door de gasten die ze zelf had uitgenodigd: Brenda Martin, al twintig jaar haar trouwe assistent, Roger Pearson, haar vermogensbeheerder en executeur-testamentair, en Yvonne, Rogers echtgenote.

Toen Lady Emily door de pers werd geïnterviewd over de cruise, had ze verteld dat ze van plan was om de legendarische smaragden ketting van Cleopatra mee te nemen en hem tijdens deze reis voor het eerst in het openbaar te dragen.

Toen de passagiers uiteengingen en elkaar een behouden vaart wensten, konden ze niet weten dat in elk geval een van hen Southampton niet in levenden lijve zou bereiken.

2

In plaats van naar haar kajuit te gaan stond Celia Kilbride bij de reling van het cruiseschip en keek toe hoe ze voorbij het Vrijheidsbeeld voeren. Ze zou minder dan een week op het schip verblijven, maar dat was lang genoeg om te ontsnappen aan het helse mediacircus dat haar had achtervolgd sinds Steven vierentwintig uur voor hun bruiloft tijdens het feestelijke avonddiner werd gearresteerd. Was dat echt pas vier weken geleden?

Ze hadden net geproost toen de FBI-agenten de privézaal van 21 Club binnenstormden. De fotograaf had net een paar foto's genomen, eentje van hen samen en eentje van de vijf karaats verlovingsring die ze droeg.

De aantrekkelijke, knappe en charmante Steven Thorne had haar vrienden opgelicht door ze te laten investeren in een beleggingsfonds dat alleen maar was opgezet om zijn riante levensstijl te onderhouden. Goddank werd hij gearresteerd voordat we getrouwd waren, dacht Celia terwijl het schip de Atlantische Ocean op voer. Gelukkig is me dat bespaard gebleven.

Eigenlijk hangt het leven van toevalligheden aan elkaar, dacht ze. Twee jaar geleden, vlak nadat haar vader was gestorven, was ze in Londen geweest om een lezing te geven over gemmologie. Carruthers Jewelers, haar werkgever, had haar vliegticket voor haar gekocht en het was de eerste keer dat ze eerste klas vloog.

Tijdens de terugvlucht naar New York, terwijl ze in haar stoel van haar gratis wijn nipte, legde een onberispelijk geklede man zijn koffer in het bagagevak en ging op de stoel naast haar zitten. 'Ik ben Steven Thorne,' zei hij terwijl hij met een warme glimlach zijn hand naar haar uitstak. Hij vertelde dat hij naar een financieel congres was geweest. Toen het vliegtuig landde, had ze al toegezegd een keer met hem te gaan eten.

Celia schudde haar hoofd. Hoe kon zij, een gemmologe die bij elke edelsteen meteen kon zien of er iets mis mee was, zich zo vergissen in een man? Ze haalde diep adem en de frisse geur van de oceaan vulde haar longen. Het was moeilijk te verkroppen dat veel van haar vrienden geld dat ze eigenlijk niet konden missen hadden verloren omdat zij hen aan Steven had voorgesteld. Ze was al ondervraagd door de FBI. Ze vroeg zich af of ze dachten dat zij betrokken was geweest bij de diefstal, ook al had ze ook haar eigen geld in het fonds geïnvesteerd.

Ze had gehoopt geen van haar medepassagiers te kennen, maar de media hadden al breeduit verslag gedaan van het feit dat Lady Emily Haywood op het schip aanwezig zou zijn. Ze bracht vaak bijzondere stukken uit haar enorme juwelencollectie naar Carruthers op Fifth Avenue om ze schoon te laten maken of te repareren, en ze stond erop dat Celia elk sieraad controleerde op beschadigingen of krassen. Haar assistent, Brenda Martin, ging altijd met haar mee. Dan was er nog Willy Meehan, de man die pas de winkel binnen was gelopen om een cadeau te kopen voor zijn vrouw, Alvirah. Het was hun vijfenveertigste huwelijksjubileum en hij had honderduit verteld over de veertig miljoen dollar die ze met de loterij hadden gewonnen. Ze had hem onmiddellijk aardig gevonden.

Maar met zo veel mensen aan boord zou het gemakkelijk worden om wat tijd aan zichzelf te besteden. Het enige wat ze moest doen was twee lezingen geven en een vraag-en-antwoordsessie houden. Ze was al vaker gastspreker geweest op de schepen van de Castle Line-rederij. Elke keer had de persoon die het entertainment regelde haar naderhand verteld dat de passagiers haar de meest interessante spreker vonden. Hij had haar vorige week gebeld om iemand te vervangen die op het laatste moment ziek was geworden.

Het was een geschenk uit de hemel geweest om te kunnen ontsnappen aan de medelevende blikken van vrienden en aan de wrok van anderen die door haar hun geld hadden verloren. Ik ben zo blij dat ik hier ben, dacht ze. Ze liep terug naar haar kajuit.

Net als alles aan de Queen Charlotte was ook haar prachtig ingerichte suite ontworpen met zorgvuldig oog voor detail. Er was een zitkamer, een slaapkamer en een bad. De kasten waren ruim, in tegenstelling tot de oudere schepen waar ze eerder mee gereisd had. Daar waren de balkonhutten de helft kleiner geweest. Een schuifdeur leidde naar het balkon, waar ze kon zitten als ze de oceaanwind op haar gezicht wilde voelen maar geen behoefte had aan het gezelschap van anderen.

Het was aanlokkelijk om nu al op het balkon te gaan staan, maar ze besloot haar koffer uit te pakken en zich te installeren. Morgenmiddag zou ze haar eerste lezing geven en ze wilde nog even haar aantekeningen doornemen. Het onderwerp was de geschiedenis van zeldzame edelstenen, beginnend bij de beschavingen uit de oudheid.

Haar telefoon ging. Ze nam op en hoorde een bekende stem. Steven. Hij was vrij op borgtocht. 'Celia, ik kan alles uitleggen,' begon hij. Ze hing op en smeet de telefoon weg. Alleen al zijn stem was voldoende om haar met schaamte te overweldigen. Bij edelstenen maak ik nooit een vergissing, dacht ze bitter.

Ze slikte de brok in haar keel weg en wreef ongeduldig de tranen uit haar ogen.

3

Lady Emily Haywood, die bij iedereen bekendstond als Lady Em, zat met een kaarsrechte rug op een degelijke oorfauteuil in de duurste suite van het schip. Ze had sneeuwwit haar en had een gerimpeld gezicht dat nog steeds een bepaalde schoonheid bezat, ondanks haar vogelachtige lichaam. Het was gemakkelijk om in haar de oogverblindende Amerikaanse prima ballerina te herkennen die op haar twintigste het hart veroverde van Sir Richard Haywood, de beroemde Engelse ontdekkingsreiziger die op dat moment zesenveertig jaar oud was.

Lady Em zuchtte en keek om zich heen. Dit is elke cent dubbel en dwars waard geweest, dacht ze. Ze zat in de grootste kamer van de suite die van alle gemakken was voorzien: een enorme televisie boven de open haard, antieke Perzische tapijten, aan beide kanten van de kamer een bank die bekleed was met lichtgouden stof, bijpassende stoelen, klassiek uitgevoerde bijzettafels en een bar. Ook had de suite een grote slaapkamer en een badkamer met een stoomdouche en een jacuzzi. De badkamervloer was verwarmd en indrukwekkende marmeren mozaïeken versierden de muren. Zowel de slaapkamer als de grote kamer gaven toegang tot het privébalkon. De koelkast zat vol met de hapjes die ze zelf had uitgekozen.

Lady Em glimlachte. Ze had een paar van haar mooiste sieraden meegenomen om tijdens deze tocht te dragen. Er reisden veel beroemdheden mee en zoals altijd wilde ze hen allemaal overtreffen. Toen ze de cruise gereserveerd had, had ze aangekondigd dat ze haar luxueuze omgeving eer aan wilde doen door de fabelachtige ketting waarvan werd geloofd dat hij aan Cleopatra had toebehoord mee te nemen en te dragen tijdens de reis. Na de cruise zou ze hem aan het Smithsonian Instituut doneren. Hij is van onschatbare waarde, dacht ze, en aangezien ik geen familieleden heb waar ik om geef, kan ik geen geschiktere plek bedenken. Ze had gehoord dat de Egyptische overheid de ketting ook graag wilde hebben, aangezien hij volgens hen uit een tombe geroofd was. Dat mogen ze dan met het Smithsonian uitvechten, dacht Lady Em. Hoe dan ook, dit is een passende gelegenheid voor mijn eerste en laatste verschijning met de ketting.

De deur naar de slaapkamer stond op een kier en ze hoorde Brenda, haar assistent, rondscharrelen terwijl ze de reiskoffers gevuld met de kleding die Lady Em uit haar uitgebreide garderobe had meegenomen uitpakte. Alleen Brenda mocht Lady Ems persoonlijke bezittingen aanraken, de butlers en bediendes niet.

Wat zou ik zonder haar moeten, vroeg Lady Em zich af. Ze weet al wat ik nodig heb voordat ik dat zelf doorheb. Ik hoop maar dat haar jarenlange toewijding aan mij haar niet van de kans beroofd heeft om een eigen leven op te bouwen.

Haar financieel adviseur en executeur, Roger Pearson, was een heel ander geval. Ze had Roger en zijn vrouw op de cruise uitgenodigd en keek altijd uit naar Rogers gezelschap. Ze kende hem al van kleins af aan en zowel zijn grootvader als zijn vader waren als financieel adviseur bij haar in dienst geweest.

Een week geleden had ze met Winthrop Hollows afgesproken, een oude vriend die ze al jaren niet had gezien. Net als zij was hij een cliënt geweest bij Rogers accountantskantoor. Nadat hij had gevraagd of ze Roger nog steeds in dienst had, had haar vriend gezegd: 'Pas op, hij is niet zoals zijn vader of grootvader waren. Ik raad je aan om je financiën te laten natrekken door een extern bedrijf.' Toen ze Winthrop om verdere uitleg vroeg, weigerde hij om nog meer los te laten.

Ze hoorde voetstappen en de deur van de slaapkamer zwaaide open. Brenda Martin liep de grote kamer binnen. Ze was groot, niet zozeer te zwaar maar eerder gespierd. Ze was pas zestig, maar leek veel ouder. Dit kwam deels door haar haar, dat ze in een onflatteus kort kapsel droeg. Haar ronde gezicht droeg geen spoor van make-up, ook al zou ze dat goed kunnen gebruiken. Ze keek bezorgd.

'Lady Em,' begon ze timide, 'u kijkt zo boos. Is er iets mis?'

Voorzichtig, maande Lady Em zichzelf. Ik wil niet dat ze weet dat ik me zorgen maak om Roger.

'Kijk ik boos?' vroeg ze. 'Ik kan me niet voorstellen waarom.'

De opluchting stond duidelijk op Brenda's gezicht af te lezen. 'O, Lady Em,' zei ze. 'Ik ben blij dat u niet van streek bent. Ik wil dat u van elk moment van deze reis geniet. Zal ik thee bestellen?'

'Dat lijkt me zeer aangenaam, Brenda,' zei Lady Em. 'Ik kijk nu al uit naar Celia Kilbrides lezing morgen. Het is toch verbazingwekkend dat zo'n jonge vrouw al zo veel weet van edelstenen. En ik denk dat ik haar over de vloek van Cleopatra's ketting ga vertellen.'

'Ik geloof niet dat u me daar ooit over verteld hebt,' zei Brenda.

Lady Em grinnikte. 'Het begint bij Cleopatra, die gevangen werd genomen door Augustus, Ceasars geadopteerde zoon en erfgenaam. Ze wist dat hij van plan was om haar op zijn rivierschip mee te voeren naar Rome en dat hij had bevolen dat zij deze ketting moest dragen tijdens de reis. Aangezien ze van plan was om zelfmoord te plegen, liet Cleopatra de ketting halen en vervloekte hem. "Eenieder die met deze ketting te water gaat, zal nooit meer het vasteland bereiken".'

'O, Lady Em,' riep Brenda, 'wat een afschuwelijk verhaal. Misschien kunt u de ketting beter in de kluis laten!'

'Dat nooit,' zei Lady Em beslist. 'Kom, laten we nu onze thee bestellen.'

4

Roger Pearson en zijn vrouw Yvonne waren net thee aan het drinken in hun balkonhut op de Queen Charlotte. Met zijn gezette postuur, dunne bruine haar en ogen waar kraaienpootjes omheen verschenen als hij lachte, was de gezellige, extraverte Roger het soort man die iedereen op zijn gemak kon stellen. Hij was de enige die het aandurfde om met Lady Em grappen te maken over politiek; zij was een verstokte Republikein en hij was een even gepassioneerde Democraat.

Samen met zijn vrouw bekeek hij de activiteitenplanning voor de volgende dag. Toen ze zagen dat Celia Kilbride om half drie 's middags een lezing zou geven, trok Yvonne haar wenkbrauwen op. 'Is zij niet degene die bij Carruthers Jewelers werkt en betrokken is bij de fraude omtrent dat beleggingsfonds?' vroeg ze.

'Nee, die misdadiger Thorne probeert haar in zijn val mee te sleuren,' zei Roger onverschillig.

Yvonne peinsde. 'Wanneer Lady Em haar sieraden wil laten schoonmaken of herstellen, dan gaat ze naar Celia Kilbride. Dat heeft Brenda me verteld.'

Roger draaide zijn hoofd om haar aan te kijken. 'Dus Kilbride werkt daar als winkelmedewerkster?'

'Nee, ze is veel meer dan dat. Ik heb over haar gelezen. Ze is een beroemd gemmologe en reist de hele wereld af om voor Carruthers edelstenen in te kopen. Ze geeft lezingen op dit soort schepen zodat de mensen die in het grote geld zwemmen hun fortuin in dure sieraden investeren.'

'Ze klinkt best intelligent,' zei Roger voordat hij zich tot de televisie wendde.

Yvonne bestudeerde hem aandachtig. Zoals altijd wanneer ze alleen waren, liet Roger zijn vriendelijke houding varen en negeerde haar bijna volledig.

Ze nam een slokje thee, pakte een delicaat petitfourtje en dacht aan de kleding die ze die avond zou dragen, haar nieuwe kasjmieren jasje van Escada en een pantalon. Het jasje had een zwart-witmotief en de broek was zwart. De leren lapjes bij de ellebogen verleenden de outfit een sportief tintje, en dat was precies de dresscode van de avond.

Ze wist dat ze er veel jonger uitzag dan haar drieënveertig jaar. Ze wilde eigenlijk dat ze iets langer was, maar ze was slank en de kapper had haar haar precies de juiste blonde tint gegeven voor deze reis. De vorige keer had er net iets te veel goud in gezeten.

Haar uiterlijk was heel belangrijk voor haar, net als haar sociale positie, haar appartement aan Park Avenue en hun huis in de Hamptons. Al jaren geleden was ze uitgekeken op Roger, maar ze hield van hun levensstijl. Ze hadden geen kinderen en er bestond eigenlijk ook geen reden waarom Roger zou moeten opdraaien voor de studiekosten van de drie zoons van zijn zus, die een weduwe was. Yvonne had al jaren ruzie met haar schoonzus, maar toch vermoedde ze dat Roger het collegegeld van haar kinderen betaalde.

Ach, zolang ik maar alle dingen krijg die ik wil, dacht ze terwijl ze haar petitfourtje opat en haar laatste slok thee nam.

5

'Dit is veel te duur, Willy, ook al vieren we ons vijfenveertigjarige huwelijk,' verzuchtte Alvirah terwijl ze de suite in zich opnam die Willy had geboekt om deze gelegenheid te vieren.

Maar ondanks haar luide protesten kon Willy de opwinding in de stem van zijn vrouw horen. Hij stond in de woonkamer, waar hij een fles champagne openmaakte, die dankzij een zilveren wijnkoeler nog gekoeld was. Terwijl hij de fles ontkurkte, keek hij naar de spiegel die van de vloer tot het plafond reikte en het donkerblauwe water van de Atlantische Oceaan buiten.

'Willy, we hebben toch geen kamer met een eigen balkon nodig. We hadden gewoon het dek op kunnen gaan als we naar het water wilden kijken en de oceaanwind wilden voelen.'

Willy glimlachte. 'Schat, ik vermoed dat elke suite zijn eigen balkon heeft.'

Alvirah stond nu in de badkamer naast hun slaapkamer. Ze riep naar hem. 'Willy, dit geloof je niet! Ze hebben in de spiegel een tv-scherm ingebouwd. Dit moet allemaal een fortuin gekost hebben.'

Willy glimlachte toegeeflijk. 'Liefste, we krijgen bruto twee miljoen per jaar, dat is al vijf jaar zo. Bovendien verdien je ook nog geld omdat je stukjes schrijft voor *The Globe*.'

'Ik weet het,' zuchtte Alvirah, 'maar ik had het geld liever aan goede doelen gegeven. Je weet het, Willy, mensen die veel krijgen dienen ook veel te geven.'

O nee, dacht Willy, wat gaat ze zeggen als ik haar vanavond die ring geef? Hij besloot om haar alvast een beetje voor te bereiden. 'Schat, denk er eens zo over na. Niets maakt me gelukkiger dan ons leven samen, dus dat vier ik graag. Ik zou het vervelend vinden als ik niet mag tonen hoe blij ik de afgelopen vijfenveertig jaar met je ben geweest. En ik heb nog iets wat ik je vanavond wil geven. Als je het niet wilt aannemen, dan zal me dat enorm kwetsen.' Gesproken als een ware politicus, dacht hij.

Alvirah leek ontroerd. 'O, Willy, dat spijt me. Natuurlijk ben ik blij dat ik hier ben. En, als je erover nadenkt, was jij degene die toentertijd voorstelde om dat lot te kopen. Ik vond dat we wel een betere bestemming hadden voor dat geld. Ik ben heel blij dat we hier zijn en zal ook blij zijn met alles wat je me wilt geven.'

Ze stonden in de opening van de balkondeur en bewonderden het uitzicht over de oceaan. Willy sloeg zijn arm om haar heen. 'Zo mag ik het horen, schat. En denk je eens in, deze week gaan we elke minuut van de dag met volle teugen genieten.'

'Precies,' zei Alvirah.

'En je ziet er prachtig uit.'

Nog een kostenpost, dacht Alvirah. De kapper waar ze normaal gesproken naartoe ging was op vakantie geweest dus had ze haar haar laten verven bij een peperdure zaak. Haar vriendin, barones von Schreiber, eigenaresse van de Cypress Point Spa, had haar dat adres aangeraden. Ik had kunnen weten dat

Min zo'n zaak zou aanraden, dacht ze, maar ze moest toegeven dat haar haar precies die lichtrode tint had waar ze zo'n fan van was. Monsieur Leopoldo had haar kapsel in een goed model geknipt. En omdat ze sinds de kerstdagen al vijf kilo kwijt was, kon ze weer de mooie kleding dragen die Min twee jaar geleden voor haar had uitgekozen.

Willy knuffelde haar. 'Liefje, is het niet fijn om te weten dat je na een cruise als dit in je volgende column alleen maar over een ontspannen vakantie kunt schrijven?'

Maar zelfs toen hij het zei bekroop hem het gevoel dat het waarschijnlijk anders zou gaan verlopen. Dat was namelijk altijd het geval.

6

Raymond Broad, de butler die Lady Ems suite toegewezen had gekregen, kwam binnen met een dienblad om de restanten van de middagthee op te ruimen. Hij had Lady Em zien weggaan, in haar kielzog gevolgd door haar assistent, waarschijnlijk onderweg naar de cocktailbar van het schip op de zevende verdieping.

Alleen de mensen met een echt goedgevulde portemonnee kunnen het zich veroorloven om hier te verblijven, dacht hij. Precies het soort mensen waar ik van houd. Vakkundig zette hij het theeservies en de overgebleven zoetigheden op het dienblad.

Daarna liep hij de slaapkamer binnen en gaf zijn ogen goed de kost. Hij checkte de lades van de nachtkastjes aan beide kanten van het bed. Vaak genoeg lieten rijke mensen sieraden daarin slingeren in plaats van dat ze ze in de kluis in de kast opborgen. Op dat soort dingen lette hij.

Mensen gingen ook achteloos met hun geld om. Als iemand aan het einde van de reis een dikke portemonnee achterliet in een laatje, dan zouden ze ook nooit een paar briefjes van honderd missen, aangezien ze hun geld toch nooit telden.

Raymond was erg voorzichtig met wat hij stal en was daarom in de tien jaar dat hij voor Castle Line werkte nog nooit in de problemen geraakt. En was het echt zo erg dat hij een extraatje verdiende door sappige details omtrent het wel en wee van de beroemdheden aan boord door te brieven aan de roddelpers? Hij wist dat hij voortreffelijk was in zijn werk.

Hij ging terug naar de grote kamer, pakte het dienblad op en verliet de suite. De tevreden glimlach die altijd op zijn gezicht prijkte als hij voelde dat hij een grote vis aan de haak had geslagen verdween zodra hij de deur opende. Slank in zijn uniform en met zijn dunne, zwarte haar keurig over zijn kale plek gekamd, stapte hij met een ernstig en onderdanig gezicht de gang in, voor het geval hij een gast zou tegenkomen.

7

Professor Henry Longworth controleerde of zijn strikje op de juiste plek zat. Alhoewel de dresscode voor deze avond casual was, had hij geen zin om een poloshirt te dragen. Die vond hij simpelweg niet prettig zitten, aangezien ze hem deden denken aan de armoedige kleding die hij had gedragen tijdens zijn woelige jeugd in de achterbuurten van Liverpool. Zelfs op zijn achtste was hij al slim genoeg geweest om te begrijpen dat hij alleen een toekomst zou hebben als hij zich op zijn schoolwerk concentreerde. Na school, wanneer de andere jongens samen voetbalden, studeerde hij.

Op zijn achttiende kreeg hij een studiebeurs voor Cambridge. Daar was zijn platte accent een bron van vermaak voor zijn medestudenten. Hij had hard moeten werken om het volledig uit te bannen voordat hij afstudeerde.

Ondertussen had hij een voorliefde voor Shakespeare ontwikkeld en uiteindelijk werd hij professor aan de Universiteit van Oxford waar hij tot zijn pensioen les gaf over de beroemde schrijver. Hij wist dat zijn collega's er grappen over maakten dat wanneer hij stierf hij opgebaard zou worden in compleet avondkostuum, maar dat kon hem niet schelen.

Zijn strikje zat perfect.

Hij deed zijn geruite jasje aan dat perfect was voor herfstweer en keek op zijn horloge. Het was tien minuten voor zeven. Punctualiteit is de deugd van koningen, dacht hij.

Als kajuit had hij een van de suites toegewezen gekregen en hij was blij verrast geweest dat op dit nieuwe schip de voorzieningen veel luxueuzer waren dan op de oudere schepen het geval was. Het was natuurlijk een grap om een gecombineerde slaap- en zitkamer een suite te noemen, maar het zij zo.

Hij liep naar de grote spiegel die aan de badkamerdeur hing en keek erin om zich ervan te vergewissen dat er niets mis was met zijn uiterlijk. Hij zag een slanke, zestig jaar oude man van gemiddeld postuur, wiens intense bruine ogen schuilgingen achter een bril zonder montuur. Op een dunne cirkel van grijs haar na was hij kaal. Hij knikte goedkeurend en liep toen naar zijn dressoir om de passagierslijst te bekijken. Het was geen verrassing dat er allerlei beroemdheden aan boord waren. Ik vraag me af hoeveel er zijn uitgenodigd door Castle Line. Best veel, vermoedde hij.

Sinds zijn pensioen was hij al vaak spreker geweest voor de rederij. De cruiseleider mocht hem. Een half jaar geleden, toen hij over deze eerste reis van de Queen Charlotte had gelezen, had hij contact opgenomen met het boekingskantoor en aangegeven dat hij graag gastspreker zou zijn tijdens deze tocht.

En nu was hij hier. Met een tevreden gevoel verliet Henry Longworth zijn hut om naar de cocktaillounge van de Queen Charlotte te gaan en zich daar onder de belangrijkste passagiers te begeven.

8

Ted Cavanaugh besteedde weinig aandacht aan zijn suite. Als de zoon van een ambassadeur was hij het gewend om omgeven te worden door luxe. En ook al leek deze accommodatie hem ongekend chic, hij nam niet de moeite om er daadwerkelijk van te genieten. Ted, vierendertig jaar oud, had samen met zijn ouders in het buitenland gewoond tot hij ging studeren. Omdat hij daarvoor altijd op internationale scholen had gezeten, sprak hij vloeiend Frans, Spaans en Arabisch. Net als zijn vader en zijn opa was hij aan Harvard afgestudeerd. Daarna had hij rechten gestudeerd aan Stanford, maar zijn voorliefde voor de oudheid kon teruggevoerd worden naar zijn jonge jaren, die hij in Egypte had doorgebracht.

Acht maanden geleden had hij gelezen dat Lady Emily Haywood mee zou varen tijdens de eerste tocht van de Queen Charlotte. Hij wist dat dit zijn kans zou zijn om als medepassagier zijn zaak te bepleiten bij haar. Cavanaugh was van plan om haar duidelijk te maken dat, ook al had Richard Haywood, haar schoonvader, de ketting honderd jaar geleden eerlijk gekocht, er meer dan genoeg bewijs was waaruit bleek dat het een gestolen kunstschat was. Als zij het aan het Smithsonian Instituut schonk, dan zou zijn advocatenpraktijk het instituut aanklagen. Dat zou zeker slechte publiciteit genereren voor Lady Haywood, haar overleden echtgenoot en haar schoonvader. Die mannen waren beroemde avonturiers geweest, maar uit zijn onderzoek bleek dat ze een paar keer eeuwenoude tombes hadden leeggeroofd.

Dat was zijn troef. Het was bekend dat Lady Haywood trots was op het nalatenschap van haar echtgenoot. Wellicht zou ze naar haar verstand luisteren en willen voorkomen dat de reputatie van haar familie bezoedeld zou worden door een nare rechtszaak.

Met die gedachte in zijn achterhoofd, besloot Ted dat hij, tot het tijd was om te gaan borrelen, even van zijn welverdiende rust zou genieten door het boek te lezen waar hij al maanden aan wilde beginnen.

9

Devon Michaelson toonde weinig interesse voor zijn omgeving. In zijn koffer zat alleen de kleding die hij nodig had voor deze reis. Maar onder zijn nietszeggende uiterlijk gingen alerte, pientere ogen schuil. Hij hoorde alles en niets ontging hem.

Hij vond het jammer dat de kapitein en het hoofd beveiliging van het schip van zijn aanwezigheid op de hoogte moesten worden gebracht. Hoe minder mensen van hem wisten, hoe beter, dacht hij. Maar als hij deze missie succesvol wilde uitvoeren, dan had hij de medewerking van Castle Line nodig om aan een tafel vlak bij Lady Emily Haywood geplaatst te worden, zodat hij haar en de mensen om haar heen kon observeren.

De Man met Duizend Gezichten was een bekende bij Interpol. Hij was een brutale dief die hen al in zeven landen te schande had gezet. Zijn meest recente roof, de diefstal van twee vroege werken van Henri Matisse uit het Musée d'Art Moderne de la Ville de Paris, had tien maanden eerder plaatsgevonden.

De dief schepte er genoegen in om Interpol uit te dagen en zette naderhand vaak de details van zijn misdaden op het internet. Dit keer had hij voor een andere strategie gekozen.

Met een niet te traceren e-mailadres had iemand die zei dat hij de Man met Duizend Gezichten was hen laten weten dat hij de Cleopatra-ketting ging stelen. Die e-mail was verstuurd vlak nadat Lady Emily Haywood in al haar onnadenkendheid tegen de pers had lopen opscheppen dat ze het sieraad op deze reis zou dragen.

Castle Line wist al van het dreigement toen Devon contact met hen opnam. Al snel bleek dat ze hem alle medewerking wilden verlenen.

Devon was niet bijzonder op mensen gesteld en keek er niet naar uit om een tafel toegewezen te krijgen en met vreemdelingen te moeten praten. Ze zouden hem vast allemaal doodsaai vinden. Maar aangezien Lady Haywood niet verder zou reizen dan Southampton, zou hij daar ook van boord gaan.

Ik heb al zo veel gehoord over de ketting van Cleopatra, over hoe perfect de schitterende smaragden bij elkaar passen en hoe adembenemend mooi het sieraad is. Het zal interessant zijn om hem van dichtbij te zien.

Zijn dekmantel voor deze reis, die hij spoedig met zijn medepassagiers zou delen, was dat hij de as van zijn niet-bestaande vrouw over de oceaan uit wilde strooien. Een goede leugen, dacht hij, omdat het hem een reden gaf om veel van zijn tijd alleen door te brengen.

Het was bijna zeven uur, het tijdstip waarop cocktails zouden worden geserveerd in de exclusieve Queens Lounge, gereserveerd voor de passagiers die toegang hadden tot het privédek.

10

Anna DeMille stond versteld toen ze de deur van haar suite opende. Haar eerdere ervaring op zee was een Disney-cruise geweest, met als enige beroemdheden aan boord Mickey, Minnie en Goofy. Die reis was niet leuk geweest omdat ze omringd was door gezinnen met jonge kinderen. Eén keer was een stuk uitgekauwde kauwgum aan haar broek vast blijven plakken toen ze op een ligstoel was gaan zitten.

Maar dit! Dit was hemels.

Ze had haar bagage uitgepakt. Haar kleding hing aan kleerhangers in de kast of lag netjes opgevouwen in de lades. Haar toiletspullen stonden in de badkamer. Ze kon haar geluk niet op toen de douche ook een stoomfunctie bleek te hebben, iets wat ze morgenochtend meteen zou uitproberen.

Ze liep door haar suite en bestudeerde alles even aandachtig. Het hoofdeinde van het bed was versierd met een bloemenpatroon, een motief dat ook in de randen van het witte dekbed geborduurd was.

Ze ging op het bed zitten en veerde op en neer. Het matras was precies zo hard als ze het wilde en ze zag dat ze het bed ook kon verstellen, bijvoorbeeld als ze tv wilde kijken.

Ze deed de deur open, liep het balkon op en was teleurgesteld toen ze ontdekte dat het volledig afgeschermd was van de andere balkons. Ze had gehoopt dat ze daar met de buren kon kletsen en zo vrienden zou maken.

Ze liet die gedachte van zich afglijden. Er zou meer dan genoeg tijd zijn om mensen te ontmoeten tijdens het avondeten en de andere sociale gelegenheden. En ze had het voorgevoel dat ze geluk zou hebben bij het vinden van een nieuwe man.

Ze was al vijftien jaar van haar man gescheiden maar wist nog precies wat hij gezegd had in de rechtbank toen de scheiding officieel werd gemaakt. Haar ex-man had tegen haar gezegd: 'Anna, je bent de meest irritante persoon die ik ooit heb ontmoet.'

Inmiddels had Glenn een nieuwe vrouw en twee kinderen. Zijn tweede echtgenote zat alleen maar op Facebook te dwepen over haar geweldige man en haar perfecte kinderen. Walgelijk, vond Anna, maar ze vroeg zich weleens af hoe het geweest zou zijn als zij en Glenn kinderen hadden gekregen.

'Tenslotte begint er morgen weer een nieuwe dag,' was de gevleugelde uitspraak van haar idool, Scarlett O'Hara. Het was haar favoriete uitdrukking. Nee, haar gedachten richtten zich op iets wat veel belangrijker was dan het leven dat zij en Glenn nooit zouden delen.

Wat zal ik vanavond aantrekken? Ze wist dat het geen formele aangelegenheid was, maar controleerde het voor de zekerheid nog even. Haar nieuwe blauwgeruite pakje zou perfect zijn, besloot ze.

Verwachtingsvol begon ze zich klaar te maken voor haar eerste avond op de Queen Charlotte.

11

Om zeven uur twijfelde Celia nog of ze naar de cocktailbar van de Queen Charlotte zou gaan, maar uiteindelijk besloot ze om toch te gaan. Hoewel ze eigenlijk van plan was geweest om haar tijd zo veel mogelijk in haar eentje door te brengen, wist ze dat ze dan te veel zou gaan zitten piekeren. Natuurlijk zouden er mensen uit New York aan boord zijn, maar het grootste gedeelte van de passagiers zou geen interesse hebben in Stevens fraudeschandaal.

Voor hun eerste afspraakje had Steven een heerlijk restaurant uitgekozen. De ober had zijn naam geweten en Steven had ervoor gezorgd dat ze een rustig tafeltje achterin kregen.

Hij had haar met haar oorbellen gecomplimenteerd. Toen ze hem vertelde dat ze van haar moeder waren geweest, was het onvermijdelijk dat ze hem ook moest vertellen dat ze allebei haar ouders had verloren.

Steven was vol medeleven geweest. Hij zei dat hij zelden over de tragedies in zijn eigen leven sprak. Hij was ook enig kind en pas tien jaar oud toen zijn ouders bij een auto-ongeluk om het leven kwamen. Daarna werd hij door zijn liefdevolle grootouders opgevoed in een klein stadje in de buurt van Dallas. Hij pinkte een traan weg toen hij vertelde dat zijn grootmoeder een paar jaar eerder was overleden. Zij had voor zijn grootvader gezorgd, die aan Alzheimer leed. Zijn grootvader, die hem niet langer herkende, zat in een verzorgingstehuis.

Toen, bedacht ze zich, deelde Steven een citaat met me dat ik nooit zou vergeten. 'Ik ben heel onafhankelijk, maar ook bang om alleen te zijn.' Ik had een zielsverwant gevonden. Ik werd verliefd. Op een leugen.

Ze hield hetzelfde lichtblauwe jasje en de broek aan die ze aan had gehad toen ze aan boord was gekomen. De enige sieraden die ze droeg waren een dun gouden kettinkje, haar diamanten oorbellen en de ring die van haar moeder was geweest. Ze herinnerde zich wat haar vader had gezegd toen hij haar de ring op haar zestiende verjaardag had gegeven.

'Ik weet dat jij je haar niet meer herinnert, maar dit is het eerste verjaardagscadeau dat ik je moeder ooit heb gegeven, in het jaar dat we trouwden.'

Ze nam de lift naar de Queens Lounge en, zoals ze al had verwacht, was de zaal bijna vol. Maar ze zag een tafel voor twee die net werd afgeruimd door een bediende en liep er naartoe. Toen ze aankwam was de tafel opnieuw gedekt en een moment later stond er een bediende klaar om haar bestelling op te nemen.

Ze koos een glas chardonnay en keek daarna de zaal rond, waar ze een paar beroemde gezichten herkende. Een stem vroeg haar beleefd: 'Wacht u op iemand? Zo niet, mag ik dan bij u aan tafel zitten? De salon is zo druk en dit lijkt de enige stoel die nog vrij is.'

Celia keek op en zag een dunne, kalende man van gemiddelde lengte. Hij had een melodieuze stem en in zijn beleefde verzoek hoorde ze een onmiskenbaar Brits accent doorklinken.

'Natuurlijk mag u dat,' zei ze met een geforceerde glimlach.

Terwijl hij zijn stoel aanschoof zei hij: 'Ik weet dat u Celia Kilbride bent en lezingen zal geven over beroemde edelstenen. Ik ben Henry Longworth en ik zal ook lezingen geven. Mijn onderwerp is de grote dichter William Shakespeare en de psychologische beweegredenen van de personages in zijn stukken.'

Dit keer was Celia's glimlach gemeend. 'O, wat vind ik het fijn om u te ontmoeten. Ik hield ervan om Shakespeare te lezen voor school en heb zelfs een paar van zijn sonnetten uit mijn hoofd geleerd.'

Longworth wachtte even toen de bediende Celia haar glas chardonnay kwam brengen. Hij bestelde een glas Johnnie Walker Blue met ijs voordat hij zich weer op Celia richtte. 'En wat was uw lievelingssonnet?'

'"Je bent je moeders spiegel..."', begon ze.

'"En in jou ziet ze de lente van haar jeugd"', vulde Longworth aan.

'Natuurlijk kent u het,' zei Celia.

'Mag ik vragen waarom dat uw favoriet is?'

'Mijn moeder stierf toen ik twee jaar oud was. Toen ik zestien was, droeg mijn vader het aan me voor. Als u een foto van mij en mijn moeder naast elkaar zou houden, dan zou u ons niet uit elkaar kunnen houden.'

'Dan moet uw moeder een erg mooie vrouw geweest zijn,' stelde Longworth nuchter vast. 'Is uw vader ooit hertrouwd?'

Celia voelde tranen opkomen. Hoe ben ik in dit gesprek verzeild geraakt, vroeg ze zichzelf af.

'Nee, nooit.' Om nog meer persoonlijke vragen de kop in te drukken, zei ze: 'Hij is twee jaar geleden gestorven.'

Die woorden klonken nog steeds onwerkelijk.

Pap was pas zesenvijftig, dacht ze. Hij was nooit ziek en toen kreeg hij opeens een dodelijke hartaanval.

Als hij nog had geleefd, had hij Steven onmiddellijk doorzien.

'Het spijt me,' zei Longworth. 'Ik weet hoe zwaar dat verlies u moet vallen. Laat me zeggen dat ik blij ben dat onze lezingen niet tegelijkertijd zijn. Ik kijk er erg naar uit om u morgen te horen spreken. Aangezien ik me toegelegd heb op het elizabethaanse tijdperk, ben ik benieuwd: behandelt u ook sieraden uit die tijd?'

'Jazeker.'

'Hoe bent u op uw jonge leeftijd al zo'n expert geworden?'

Dit was weer veilig terrein. 'Mijn vader heeft me veel over edelstenen geleerd,' zei ze. 'Al toen ik drie was, wilde ik alleen maar kettingen en armbanden voor mijn poppen en mijzelf hebben. Eerst vond mijn vader het vooral erg schattig, maar daarna besefte hij dat ik geboeid was door sieraden en leerde hij me om edelstenen op hun waarde te schatten. Nadat ik aan de universiteit wat vakken over geologie en mineralogie had gevolgd, behaalde ik mijn diploma in gemmologie en werd ik in Engeland beëdigd als edelsteenkundige.'

Toen de ober Longworths drankje kwam brengen, liep Lady Em op hun tafel af. Ze droeg een parelketting van drie strengen en prachtige parelen oorbellen. Celia wist hoe waardevol ze waren. Lady Em had ze vorige maand naar Carruthers gebracht om ze te laten schoonmaken en opnieuw te laten rijgen.

Ze begon op te staan, maar Lady Em legde een hand op haar schouder. 'Dat is niet nodig, Celia. Ik wilde alleen maar zeggen dat ik het verzoek heb ingediend om jullie allebei tijdens het diner aan mijn tafel te plaatsen.'

Ze keek naar Longworth. 'Ik ken deze alleraardigste jongedame,' vertelde ze hem, 'en uw reputatie als Shakespeare-expert is u vooruitgesneld. Uw gezelschap zal meer dan welkom zijn.' Zonder op een antwoord te wachten liep ze weer verder, op de voet gevolgd door een man en twee vrouwen.

'En wie is dat?' vroeg Longworth.

'Dat is Lady Emily Haywood,' legde Celia uit. 'Ze is een beetje dwingend, maar ze is bijzonder aangenaam gezelschap.' Ze keek toe hoe Lady Em naar een lege tafel bij de ramen werd gebracht. 'Die heeft ze vast gereserveerd,' zei ze.

'Wie zijn die andere mensen?' vroeg Longworth.

'De andere twee ken ik niet, maar de forsere vrouw is Brenda Martin, de persoonlijke assistent van Lady Em.'

'Lady Em, zoals je haar noemt, lijkt nogal autoritair,' observeerde Longworth, 'maar ik vind het niet erg om bij haar aan tafel te zitten. Ze lijkt me zeer boeiend.'

'O, zeker weten,' zei Celia.

'Mevrouw Kilbride.' Een bediende benaderde haar van achteren met een telefoon in zijn hand. 'Telefoon voor u,' zei hij terwijl hij hem aan haar gaf.

'Voor mij?' zei Celia verbaasd. Laat het niet weer Steven zijn, dacht ze.

Het was Randolph Knowles, de advocaat die ze in dienst had genomen toen ze voor de FBI een verklaring moest afleggen. Waarom zou hij haar bellen?

'Hallo, Randolph. Is er iets mis?'

'Celia, ik wilde je even waarschuwen. Overmorgen zal er in *People Magazine* een lang interview met Steven verschijnen. Hij zegt dat jij wist dat hij jouw vrienden aan het oplichten was. Ze vroegen mij om commentaar, dat heb ik niet gegeven. In het artikel staat dat jij en Steven samen hartelijk om zijn plannen gelachen hebben!'

Celia voelde haar lichaam ijskoud worden. 'O god, hoe kan hij dit doen?' fluisterde ze.

'Laat je niet te erg van streek maken. Iedereen weet dat hij een geboren leugenaar is. Mijn bron bij het Openbaar Ministerie zegt dat jij momenteel geen verdachte bent, maar misschien zullen ze de FBI verzoeken om je opnieuw te ondervragen vanwege dat artikel. Wat er ook gebeurt, er zal sowieso wat nare publiciteit volgen. Vergeet niet, je hebt zelf ook een kwart miljoen dollar in zijn fonds geïnvesteerd. Dat is een sterk argument voor je onschuld.'

Een kwart miljoen, al het geld dat haar vader haar had nagelaten, dacht ze. Elke cent die ze had.

'Ik houd je op de hoogte.' Ze vond dat hij bezorgd klonk. Hij is pas een paar jaar geleden afgestudeerd, dacht ze, misschien was het een vergissing om hem in dienst te nemen. Misschien is dit een te grote zaak voor hem.

'Bedankt, Randolph.' Ze gaf de telefoon terug aan de ober.

'Celia, is er iets mis?' zei Longworth. 'Gaat het wel goed?'

'Nee, alles gaat afschuwelijk mis,' zei Celia terwijl het geluid van een bel aangaf dat het diner opgediend zou worden.

12

Devon Michaelson was blij om te zien dat er geen tafels vrij waren in de Queens Lounge en ging naar beneden om in de Lido Bar een martini te drinken. Hij zag twee beroemde stelletjes die gelukkig diep met elkaar in gesprek waren. Toen de bel klonk, ging hij naar de eetzaal.

De eersteklaspassagiers dineerden in stijl. De eetzaal, crèmewit geschilderd en in jakobijnse stijl ingericht, was een kleinere versie van de meest exclusieve eetzaal van de Titanic. De meubels, tafels en stoelen waren uitgevoerd in hout en het toppunt van stijl en comfort. Speciaal ontworpen kroonluchters gaven de zaal een vorstelijke aanblik. Als kaarsen vermomde lampen verlichtten elke tafel en de erkerramen werden opgeluisterd door zijden gordijnen. Een orkest speelde zachtjes op een verhoogd podium. Op linnen tafelgoed was porselein van Limoges en zilveren bestek klaargezet.

Michaelson werd al spoedig vergezeld door een stel dat hij in de zestig schatte. Toen ze alle drie gingen zitten, stak hij zijn hand uit en zei: 'Devon Michaelson.'

'Willy en Alvirah Meehan.' Devon dacht dat hij die namen herkende. Had hij hen al eerder gezien? Terwijl ze spraken, liep er een tweede man op hun tafel af. Hij was lang en had donker haar, warme bruine ogen en een innemende glimlach.

'Ted Cavanaugh,' stelde hij zichzelf voor. Even later kwam er een vierde gast bij. 'Anna DeMille,' zei ze op luide toon. Devon schatte haar ongeveer vijftig. Ze was erg dun en had gitzwart haar dat haar gezicht omlijstte, pikzwarte wenkbrauwen en een brede glimlach.

'Wat een avontuur,' riep ze uit. 'Ik ben nog nooit op zo'n luxueuze cruise geweest.'

Alvirah keek haar ogen uit. 'Het is prachtig,' zei ze. 'We zijn al eerder op cruisetochten meegevaren, maar ik heb nog nooit zoiets spectaculairs gezien. Dat mensen vroeger op deze manier reisden... Het is echt adembenemend.'

'Schat,' zei Willy, 'de vaart van de Titanic benam mensen letterlijk de adem. Bijna alle opvarenden verdronken.'

'Dat gaat ons niet overkomen,' zei Alvirah beslist.

Ze wendde zich tot Ted Cavanaugh. 'Ik hoorde u in de foyer zeggen dat uw vader de gepensioneerde ambassadeur van Egypte is. Ik heb daar altijd al naartoe willen gaan. Willy en ik zijn naar de tentoonstelling over Toetanchamon geweest toen die in New York was.'

'Indrukwekkend om te zien, of niet?' zei Ted.

'Ik vond het altijd zo zonde dat veel van die tombes geplunderd werden,' zei Alvirah.

'Dat ben ik volledig met u eens,' zei Ted met overtuiging.

'Hebben jullie alle beroemdheden in deze zaal al gezien?' vroeg Anna DeMille. 'Het is net alsof we op de rode loper staan, of niet?'

Niemand gaf antwoord omdat op dat moment net de eerste gang op tafel werd gezet. Het was een royale portie Belugakaviaar en zure room, geserveerd op kleine driehoekjes geroosterd brood. Ook kregen ze kleine glaasjes ijskoude wodka.

Toen iedereen aan het voorgerecht begonnen was, richtte

Anna haar aandacht op Devon. 'En wat doet u in het dagelijks leven?' vroeg ze.

Devons dekmantel was dat hij een gepensioneerde ingenieur was die in Montreal woonde. Maar daar nam Anna geen genoegen mee.

'Reist u alleen?' vroeg ze nieuwsgierig.

'Ja. Mijn vrouw is aan kanker overleden.'

'O, dat spijt me. Is dat al lang geleden?'

'Pas een jaar. We zouden deze reis samen maken. Ik heb haar urn meegenomen om haar as over de Atlantische Oceaan uit te strooien. Dat was haar laatste wens.'

Dat zou een verder kruisverhoor in de kiem moeten smoren, dacht hij. Maar Anna dacht daar anders over. 'O, gaat u een kleine ceremonie houden?' vroeg ze. 'Ik heb gelezen dat mensen dat doen. Als u gezelschap zoekt, ben ik best bereid om er bij aanwezig te zijn, hoor.'

'Nee, dit wil ik alleen doen,' zei hij terwijl hij met zijn wijsvinger een traan uit zijn ooghoek wegpinkte.

O mijn god, dacht hij. Straks kom ik nooit meer van dit mens af.

Alvirah leek aan te voelen dat hij geen verdere persoonlijke vragen wilde beantwoorden. 'O, Anna, vertel eens over hoe je op deze cruise terecht bent gekomen,' zei ze. 'Wij hebben zelf de loterij gewonnen. Dat is de reden dat we mee kunnen met deze reis.'

Terwijl Alvirah Anna afleidde, richtte Devon zich dankbaar op de tafel rechts van hem. Hij bestudeerde Emily Haywoods parels. Prachtig, dacht hij, maar niets meer dan klatergoud vergeleken met haar smaragden. Een waardige uitdaging voor de internationale juwelendief die bekendstond als de Man met Duizend Gezichten. Hij had kosten noch moeite gespaard om ervoor te zorgen dat hij dicht bij Lady Em en haar onbetaalbare Cleopatra-ketting kon blijven.

Opeens wist hij weer wat hij over Alvirah Meehan had gehoord. Ze had geholpen met het oplossen van enkele misdaden. Maar het zou beter zijn als ze zich dit keer met haar eigen zaken bemoeide, dacht hij grimmig. Alvirah en Anna zouden het me nog knap lastig kunnen maken.

Na de kaviaar, een kleine kom soep, een salade en een visgerecht werden de hoofdgerechten opgediend. Bij elk gerecht werd een passende wijn aangeboden. Na het dessert werd er voor iedereen een klein kommetje halfgevuld met water neergezet.

Willy keek Alvirah vragend aan. Alvirah keek naar Ted Cavanaugh, die zijn vingers in het kommetje doopte en ze aan het servet op zijn schoot afdroogde. Alvirah volgde zijn voorbeeld, en Willy het hare.

'Is dit nou een vingerkommetje?' vroeg Anna.

Hoe zouden we het anders moeten noemen, dacht Devon sarcastisch.

'Nog een paar van dit soort maaltijden en dan word ik zo rond als een strandbal,' zuchtte ze.

'Je hebt nog een lange weg te gaan.' Willy glimlachte haar toe.

Anna richtte zich weer tot Devon. Het diner was afgelopen en ze zei: 'Ik weet dat er vanavond een optreden is in de balzaal. Zou je het leuk vinden om mij te vergezellen?'

'Dank je, maar nee.'

'Een slaapmutsje anders?'

Devon stond op. 'Nee,' zei hij beslist.

Het was zijn plan geweest om Lady Haywoods groep te volgen om te zien of zij naar de balzaal gingen of zich terug zouden trekken om een cocktail te drinken in een van de bars van het schip. Hij wilde zich in haar gezelschap mengen, maar dat zou niet lukken als iemand als Anna DeMille hem bleef achtervolgen.

'Ik moet helaas dringend wat mensen terugbellen. Een goedenavond, allemaal.'

13

Tijdens het diner stelde Lady Em haar gasten aan professor Henry Longworth voor, om zich daarna op Celia te richten. 'Liefje, ik weet dat je Brenda al kent, maar volgens mij heb je Roger Pearson en zijn vrouw Yvonne nog niet ontmoet. Roger is mijn financieel adviseur en ook de executeur van mijn nalatenschap. Ik hoop natuurlijk dat ik van die laatste diensten nog lang geen gebruik hoef te maken.' Ze lachte. 'Ik heb weleens gehoord dat iemand me een "taaie, oude tante" noemde en hoewel dat niet echt flatteus is, geloof ik wel dat het waar is.' Vroeger tenminste wel, dacht ze weemoedig.

Ze lachten allemaal en hieven hun glas terwijl Roger zei: 'Op Lady Emily. Ik weet dat we ons allemaal vereerd voelen om in haar gezelschap te verkeren.'

Celia zag dat Henry Longworth wel zijn glas hief, maar dat hij onthutst was door de lovende toost. Hij kent haar amper, dacht ze. Hij werd zo ongeveer gedwongen om bij haar aan tafel te komen zitten en nu moet hij zich vereerd voelen. Toen hij in haar richting keek en zijn wenkbrauwen optrok, wist ze dat dat precies was wat hij dacht.

Toen de kaviaar werd opgediend, zei Lady Em tevreden: 'Dit is de manier waarop men vroeger ook kaviaar serveerde op cruises.'

'Ik denk dat je in een restaurant voor zoiets ongeveer tweehonderd dollar betaalt,' zei Roger.

'Eigenlijk zouden we een schaal vol moeten krijgen. Deze reis heeft meer dan genoeg gekost,' zei Brenda.

'Dat betekent niet dat we er niet van genieten,' zei Roger met een glimlach.

'Brenda is erg voorzichtig met mijn geld,' zei Lady Em. 'Ze wilde niet eens in de suite naast die van mij verblijven. Ze moest en zou een kamer een dek lager krijgen.'

'En die is luxueus genoeg,' zei Brenda beslist.

Lady Em keek naar Celia. 'Weet je nog wat mijn favoriete gezegde over sieraden is?'

Celia glimlachte. 'Jazeker. "De mensen kijken toch wel, maak het in elk geval de moeite waard".'

Iedereen aan tafel moest lachen.

'Heel goed, Celia. De beroemde Harry Winston zei dat tegen me toen ik hem ontmoette tijdens een galadiner in het Witte Huis.'

Vervolgens legde ze aan de anderen uit: 'Celia is een expert op het gebied van edelstenen. Ik ga naar haar toe als ik juwelen koop of wanneer mijn sieraden beschadigd zijn. Natuurlijk draag ik mijn mooiste sieraden graag, waarom zou je ze in hemelsnaam anders kopen? Sommigen van jullie hebben misschien gelezen dat ik de smaragden halsketting die van Cleopatra geweest zou zijn ga dragen tijdens deze reis. De vader van mijn overleden echtgenoot heeft hem meer dan honderd jaar geleden gekocht. Ik heb het nooit in het openbaar gedragen, het is simpelweg te waardevol. Maar ik vond het passend dat ik het tijdens de plechtigheden op dit majestueuze schip zou dragen. Wanneer ik weer terug ben in New York ga ik het aan het Smithsonian Instituut doneren.

De aanblik ervan is zo schitterend, dat wil ik de rest van de wereld niet onthouden.'

'Is het waar dat er een standbeeld van Cleopatra bestaat waarop ze die halsketting draagt?' vroeg professor Longworth.

'Ja, dat is waar. En ik weet zeker dat Celia weet dat smaragden in Cleopatra's tijd vaak anders behandeld werden dan nu, waardoor ze niet altijd volledig tot hun recht komen. Maar de vakman die deze smaragden onder handen heeft genomen was zijn tijd ver vooruit.'

'Lady Em, weet u zeker dat u afstand wilt doen van die ketting?' protesteerde Brenda.

'Ja. Zo kan het publiek hem ook waarderen.'

Ze wendde zich tot Henry Longworth. 'Als u een lezing geeft, citeert u dan ook uit Shakespeares werk?'

'Jazeker. Ik kies er een paar citaten uit en vraag aan het publiek of ze iets willen horen.'

'Ik zal vooraan zitten,' zei Lady Em overtuigd.

Ze mompelden allemaal dat ze er ook bij zouden zijn, op Rogers vrouw na, die geen zin had om een lezing over Shakespeare bij te wonen.

Een paar minuten eerder had ze een paar kennissen uit East Hampton gezien. Ze verontschuldigde zichzelf en stapte op hen af.

De tafel van kapitein Fairfax stond in het midden van de zaal. Toen het diner op zijn einde liep, stond hij op. 'Meestal wordt er de eerste dag op zee geen formeel diner gegeven,' zei hij, 'maar we hebben voor u een uitzondering gemaakt. We wilden dat u volop van elk moment van deze fascinerende reis kunt genieten. Het optreden vanavond wordt verzorgd door Giovanni DiBiase en Meredith Carlino, die aria's uit

Carmen en *Tosca* ten gehore zullen brengen. Ik wens u een prettige avond.'

'Dat optreden zou ik graag bijwonen,' zei Lady Em terwijl ze opstond, 'maar ik ben wat moe. Ik nodig iedereen die dat wil uit om met mij een slaapmutsje te komen drinken in de Edwardian Bar.'

Net als Yvonne sloeg Celia het aanbod af, met als reden dat ze haar lezing moest voorbereiden. In haar suite durfde ze weer na te denken over het feit dat Steven aan *People Magazine* had verteld dat zij betrokken was bij de diefstal. Wat zouden de gevolgen daarvan zijn?

Hij is zo'n leugenaar, dacht ze. Geboren voor bedrog. Alles wat hij me verteld heeft was een leugen.

De berichten die in de media verschenen nadat Steven gearresteerd was hadden haar verbijsterd achtergelaten. Dat gevoel nam later alleen maar toe. Zijn vader, een rijke olie- en gasmagnaat uit Houston, had haar gebeld om te vertellen dat Steven door zijn familie onterfd was. Hij vertelde haar ook dat Steven nog een vrouw en een kind in Texas had waar de familie de zorg voor droeg.

Carruthers had over verlof gesproken toen het schandaal bijna een maand geleden de krantenkoppen haalde. Op haar voorstel hadden zij ermee ingestemd dat ze haar vakantiedagen zou opnemen totdat de gemoederen weer wat bekoeld waren.

Wie weet wat er zal gebeuren als zij het artikel morgen zien, vroeg ze zich af.

Die nacht kon ze de slaap niet vatten.

14

Yvonne en haar vrienden dronken samen een drankje in de Prince George Lounge. Het was al laat toen ze naar haar suite terugkeerde, maar Roger was er nog niet. Hij had vast niet kunnen wachten om naar het casino te gaan, dacht ze. Ze was er zeker van dat hij daarnaartoe was gerend zodra Lady Em naar haar kamer was gegaan. Hij was altijd al een gokker geweest, maar nu begon het een probleem te worden. Het maakte haar niet uit wat hij met zijn tijd deed, maar het was wel belangrijk dat hij de rekeningen bleef betalen.

Ze lag al in bed maar sliep nog niet toen de deur openging en hij binnenkwam, stinkend naar alcohol.

'Yvonne,' zei hij met dubbele tong.

'Niet zo hard, ze kunnen je op de zeebodem nog horen,' zei ze bits. 'Heb je weer verloren vanavond? Ik weet dat je niet kon wachten om naar het casino te gaan.'

'Dat zijn jouw zaken niet,' zei hij boos.

Met die vriendelijke woorden sloten Roger en Yvonne Pearson hun eerste avond aan boord van de Queen Charlotte af.

15

Op Willy's verzoek gingen hij en Alvirah die avond niet naar het optreden. In plaats daarvan gaf hij Alvirah de ring die hij voor hun vijfenveertigjarige jubileum had gekocht.

In hun suite maakte hij de fles champagne open die hun welkomstcadeau was geweest. Hij schonk twee glazen in en gaf er een aan Alvirah. 'Op de gelukkigste vijfenveertig jaar van mijn leven,' proostte hij. 'Ik zou geen dag zonder je kunnen, schat.'

Alvirahs ogen werden vochtig. 'En ik ook geen dag zonder jou, Willy,' zei ze vol overtuiging terwijl hij een ingepakt doosje uit zijn zak trok. Zeg hem niet dat hij dit niet had hoeven doen, hield ze zichzelf voor. Zeg niet dat dit soort gekkigheden toch veel te duur zijn.

Nadat hij haar het pakje had gegeven, pakte ze het langzaam uit en deed het doosje open. Ze zag een ring met een ovaalvormige saffier, omringd door diamantjes.

'O Willy,' zuchtte ze.

'Hij zal passen,' zei Willy trots. 'Ik heb een van je andere ringen meegenomen om daar zeker van te zijn. Je hebt de gemmologe gezien die me heeft helpen uitkiezen. Dat knappe meisje met het zwarte haar dat aan de andere tafel zat. Ze heet Celia Kilbride.'

'O, ik heb haar inderdaad gezien,' zei Alvirah. 'Ze was niet te missen. Wacht, had zij niet dat vriendje die betrokken was bij die beleggingsfraude?'

'Ja, dat is zij.'

'Dat arme meisje,' riep Alvirah uit terwijl ze een slokje champagne nam. 'Ik wil haar graag beter leren kennen.'

Ze deed de ring om. 'Willy, hij is perfect. Ik vind hem geweldig.'

Willy zuchtte opgelucht. Ze heeft me niet eens gevraagd hoeveel hij kostte, dacht hij. Maar zo duur was hij niet geweest. Tienduizend dollar. Celia zei dat hij van een vrouw was geweest die hem had verkocht nadat haar moeder was overleden. Hij was eigenlijk veel duurder, ware het niet dat er een krasje op de saffier zat dat je alleen met een microscoop kon zien.

Alvirah dacht ondertussen aan iets anders. 'Willy, die arme Devon Michaelson. Ik voorspel dat Anna DeMille hem op de zenuwen gaat werken. Ze hoorde dat hij de as van zijn vrouw gaat uitstrooien, en volgens mij zou ze maar wat graag zelf die as over de reling willen gooien. Die gaat hem elke dag lastigvallen. Goed, ik begrijp dat ze wil hertrouwen en het is geen onaantrekkelijke man, maar ze pakt het helemaal verkeerd aan.'

'Schat, ik smeek je, geef haar geen advies. Bemoei je er niet mee.'

'Ik zou haar graag helpen, maar je hebt gelijk. Ik ben wel van plan om me aan Lady Em voor te stellen. Ik heb al zo veel over haar gelezen.'

Willy probeerde Alvirah niet van dat idee af te brengen. Hij wist heel goed dat voor de reis voorbij was Alvirah en Lady Em beste vriendinnen zouden zijn.

Dag twee

16

De volgende ochtend begon er om zeven uur een yogales. Celia was pas net in slaap gevallen, maar dwong zichzelf om op te staan en mee te doen. Er waren ongeveer twintig mensen.

Het verbaasde haar niet dat de instructrice Betty Madison was, een beroemde yoga-instructrice die een bestseller over het onderwerp had geschreven. Er werkten geen amateurs op dit schip, dacht ze terwijl ze een plek vond en haar matje uitrolde. Dat gold voor alle cruisetochten waarop ze lezingen had gegeven. Voorheen had ze altijd haar goede vriendin Joan LaMotte gevraagd om mee te gaan. Dit keer had ze dat niet gedurfd, omdat Joan en haar echtgenoot dankzij Stevens fonds tweehonderdvijftigduizend dollar waren kwijtgeraakt.

Net zo veel als ik, dacht ze, maar ik was de judasgeit die de rest naar de slachtbank heeft geleid.

Er waren zo veel aanwijzingen, dacht ze, waarom zijn die me niet opgevallen? Waarom gaf ik hem altijd het voordeel van de twijfel? Steven en ik deden altijd dingen samen, we gingen naar musea, films en het theater en gingen hardlopen in Central Park. Als we iets met andere mensen ondernamen, waren dat altijd mijn vrienden. Zijn vrienden van vroeger woonden allemaal nog in Texas en Steven vond het handiger om zijn collega's buiten het werk om niet te zien. Professioneler.

Achteraf gezien was het overduidelijk waarom ze Stevens vrienden niet had leren kennen. Hij had er geen. De kleine groep 'vrienden' die het huwelijk zouden bijwonen kende hij van zijn wekelijkse basketbaltraining of van de sportschool.

Zodra de yogales voorbij was, ging Celia terug naar haar suite, waar ze ontbijt bestelde. Het dagelijkse vier pagina's tellende scheepskrantje was vannacht onder haar deur door geschoven. Ze was bang dat er in het financiële katern iets zou staan over Stevens interview met *People Magazine*, want het zou zeker een opzienbarend stuk worden. Toen ze het opendeed zag ze dat er gelukkig niets over Steven gezegd werd.

Maar wacht maar tot *People Magazine* morgen in de winkel ligt. Die gedachte bleef hardnekkig door haar hoofd spoken.

17

Ronald Fairfax was al twintig jaar kapitein bij de Castle Line-rederij. Al zijn schepen waren de beste van de beste geweest, maar de Queen Charlotte steeg daar met vlag en wimpel bovenuit. In plaats van het voorbeeld te volgen van andere rederijen zoals Carnival, die enorme schepen bouwden die onderdak aan meer dan drieduizend passagiers konden geven, bood de Queen Charlotte maar ruimte aan honderd gasten, veel minder dan de eersteklasschepen van weleer.

Dat was natuurlijk de reden dat er zo veel beroemdheden aan boord waren, die allemaal dolgraag te gast wilden zijn tijdens deze exclusieve eerste tocht.

Kapitein Fairfax voer al sinds de dag dat hij in Londen afgestudeerd was. Hij was een indrukwekkende verschijning met zijn brede schouders, zijn volle bos haar en zijn ietwat verweerde gezicht. Hij werd gezien als een uitstekende kapitein en een geweldig gastheer die gemakkelijk een praatje wist aan te knopen met zelfs de meest eerbiedwaardige gasten.

Iedereen wachtte vol spanning een uitnodiging af om aan zijn eettafel plaats te nemen, of om bij een van de privéfeestjes in zijn prachtige en ruime suite aanwezig te mogen zijn. Deze uitnodigingen waren voorbehouden aan de meest belangrijke gasten. Ze werden met de hand geschreven door de stewards en onder de deur geschoven van de reizigers die het geluk hadden om te mogen komen.

Dit was niet waar kapitein Fairfax zich mee bezighield terwijl hij op de brug stond.

Het was geen geheim dat de kosten van het bouwen en uitrusten van dit uitzonderlijke schip bijna twee keer zo hoog waren dan aanvankelijk beraamd was. Daarom had Gregory Morrison, de eigenaar van Castle Line, hem duidelijk gemaakt dat er niets mis mocht gaan tijdens deze reis. De tabloids en nieuwssites zochten al hongerig naar iets wat erop zou wijzen dat er iets niet ging zoals het hoorde tijdens deze uitermate belangrijke reis. Ze hadden zich al gestort op het feit dat het schip gemodelleerd was naar de Titanic. Achteraf gezien was het niet heel handig geweest om die vergelijking te maken.

Fairfax fronste. Het was al voorspeld dat ze anderhalve dag voor ze Southampton bereikten in een zware storm terecht zouden komen.

Hij keek op zijn horloge. Hij had een zeer vertrouwelijke afspraak in zijn kamer. De agent van Interpol die bij de andere passagiers bekendstond als Devon Michaelson had om een geheime bijeenkomst gevraagd.

Waar zou Michaelson het over willen hebben? De kapitein wist al dat de zogenaamde Man met Duizend Gezichten aan boord zou kunnen zijn.

Hij verliet de brug en liep naar zijn suite. Een paar momenten later werd er op zijn deur geklopt. Hij herkende Devon Michaelson omdat hij hem aan dezelfde tafel had zien zitten als de zoon van de ambassadeur, Ted Cavanaugh.

Fairfax stak zijn hand uit. 'Meneer Michaelson, ik ben zeer blij dat u aan boord bent van dit schip.'

'Ik ook,' zei Michaelson beleefd. 'Zoals u vast wel weet heeft de Man met Duizend Gezichten de afgelopen paar weken via sociale media laten weten dat hij ook zou meevaren. Een uur geleden heeft hij de boodschap gestuurd dat hij aan boord is, van de luxe van het schip geniet en ernaar uitkijkt om zijn juwelenverzameling te vergroten.'

Fairfax verstijfde. 'Is er een kans dat iemand dit als grapje naar ons stuurt?' vroeg hij.

'Ik ben bang van niet, meneer. De berichten zijn overtuigend en dit past in zijn profiel. Het is voor hem niet genoeg om alleen maar te stelen wat hij wil, maar hij ontleent er extra plezier aan door aanwijzingen te geven over zijn plannen, om vervolgens zijn tong uit te steken naar de lange arm der wet wanneer hij ermee wegkomt.'

'Het is erger dan ik dacht, meneer Michaelson,' zei Fairfax. 'Ik denk dat u wel begrijpt hoe belangrijk het is dat er tijdens deze reis niets plaatsvindt wat ook maar iets weg heeft van een schandaal. Is er iets dat ik of mijn bemanning kunnen doen om een calamiteit te voorkomen?'

'Wees waakzaam, net als ik,' antwoordde Michaelson.

'Degelijk advies. Bedankt, meneer Michaelson,' zei de kapitein terwijl hij de deur voor hem opendeed.

Eenmaal alleen putte Fairfax troost uit de wetenschap dat er een agent van Interpol aan boord was. John Saunders, het hoofd van de beveiliging, was goed in zijn werk, en de rest van zijn team ook. Saunders genoot een goede reputatie en had al op eerdere Castle Line-cruises met Fairfax meegevaren. Hij kon op discrete wijze met opstandige passagiers omgaan. Fairfax was er zeker van dat de werknemers van het schip, die uit vijftien verschillende landen kwamen, goed waren nagetrokken voordat ze aangenomen waren. Maar een internationale juwelendief was heel andere koek.

Het besef dat er zo veel mis kon gaan tijdens de reis drukte zwaar op zijn gemoed terwijl hij terugliep naar de brug.

18

Net als Celia ging ook Yvonne naar de vroege yogales. Niets was belangrijker voor haar dan het behouden van haar slanke figuur en jeugdige uiterlijk.

Roger sliep nog toen ze vertrok maar was al weg toen ze weer terugkwam in de suite. Waarschijnlijk loopt hij slaafs achter Lady Em aan en hangt hij aan haar lippen, dacht Yvonne misprijzend.

Ze nam een douche, bestelde een licht ontbijt, deed een trui en een broek aan en ging naar de spa van het schip. Voor de aanvang van de reis had ze al afspraken gemaakt voor verschillende soorten massages en speciale gezichtsbehandelingen. In de namiddag zou ze zich ook laten opmaken.

Ze begon al gewend te raken aan de luxueuze voorzieningen op het schip. Maar desondanks was ze prettig verrast door de prachtige behandelkamers en de goede zorgen van de zeer bekwame schoonheidsspecialisten. Het was al bijna lunchtijd toen ze het zich gemakkelijk maakte in een ligstoel. Ze werd onmiddellijk op haar schouder getikt.

'Ik ben Anna DeMille,' zei de vrouw aan haar linkerzijde. 'Maar helaas geen familie van Cecil B. DeMille. Je weet toch wie dat is, en ken je dat geweldige verhaal over hem? Hij was bezig een grote vechtscène met honderden acteurs te regisseren en vond dat alles op rolletjes liep. Toen vroeg hij aan zijn cameraman: "Staat het er allemaal op?" En de cameraman vroeg: "Zeg maar wanneer ik kan beginnen met draaien, C.B.". Anna lachte hartelijk. 'Briljant verhaal, of niet?'

Lieve hemel, dacht Yvonne, hoe ben ik hier nu weer in verzeild geraakt?

Ze dwong zichzelf een beleefd gesprekje te voeren en stond toen op. 'Leuk om even met u te praten,' loog ze.

Toen ze vertrok, wendde Anna zich tot de vrouw rechts van haar, die vooraan in de zestig leek en net haar boek dicht had gedaan.

'Ik ben Anna DeMille,' zei ze. 'Ik vind deze reis zo spannend. Ik zou hier nooit gezeten hebben als ik niet de hoofdprijs had gewonnen in de jaarlijkse tombola van mijn kerk. Stel je voor, een volledig vergoede cruise! En dan ook nog de eerste tocht van de Queen Charlotte. Ik kan het nog steeds niet geloven.'

'Erg begrijpelijk.'

Anna negeerde de koele toon in de stem van de vrouw.

'Hoe heet u?' vroeg ze.

'Robyn Reeves,' was het afgemeten antwoord terwijl de vrouw het boek weer opendeed.

Niemand is echt gezellig vandaag, dacht Anna. Ik ga wel even kijken of ik Devon kan vinden. De arme man. Hij is vast erg eenzaam met alleen de as van zijn vrouw als gezelschap.

19

Yvonne lunchte met haar vriendinnen Dana Terrace en Valerie Conrad in het kleine restaurant dat was ingericht als een Brits theehuis. Ze hadden samen besloten dat hun echtgenoten beter andere plannen konden maken, omdat ze gingen roddelen, iets wat hun mannen alleen maar zou vervelen.

'Hal staat op de squashbaan,' kondigde Dana aan.

'Net als Clyde,' zei Valerie onverschillig.

Yvonne zei niets. Er bestond geen twijfel over dat Roger in het casino was. Stiekem had ze veel ontzag voor Dana en Valerie, die allebei de afkomst hadden waar zij zo naar verlangde. Dana's voorouders waren met de Mayflower naar de vs gekomen. En Valerie's vader kwam niet alleen uit een roemrijk geslacht, maar was ook een succesvol zakenman.

Sinds haar jeugd had ze maar een ding gewild: een goed huwelijk, niet alleen voor het geld, maar ook voor het prestige.

Yvonnes ouders, allebei leraren aan de middelbare school, waren met hun pensioen naar Florida vertrokken nadat Yvonne aan de plaatselijke staatsuniversiteit was afgestudeerd. Wanneer ze het over hen had, promoveerde ze hen tot universiteitsprofessoren. Omdat ze vloeiend Frans sprak, had ze als tweedejaars een semester lang vakken gevolgd aan de Sorbonne. Tegenwoordig zei ze dat ze daar gestudeerd had.

Dana en Valerie hadden samen op een exclusieve privéschool gezeten en waren jaargenoten geweest aan Vassar College. Net als Yvonne waren ze begin veertig en erg knap, maar het verschil was dat zij zich nooit zorgen hadden hoeven maken over hun toekomst, terwijl Yvonne zelf naar de top had moeten klimmen.

Yvonne had Roger Pearson ontmoet toen zij zesentwintig was en hij tweeëndertig. Hij had aan haar eisen voldaan. Hij was knap – tenminste, toen ze hem ontmoette nog wel. Net als zijn vader en grootvader had hij aan Harvard gestudeerd en was hij daar lid geweest van de meest exclusieve verenigingen. Net als zij was hij een gecertificeerd accountant. Maar in tegenstelling tot hen bleek hij niet bijzonder ambitieus. Hij hield van drinken en was een gokker, twee eigenschappen die hij zorgvuldig verborgen hield. Wat hij niet meer kon verbergen was het flinke buikje dat hij ontwikkeld had in de twintig jaar dat ze getrouwd waren.

Het duurde niet lang voor Yvonne de echte Roger leerde kennen en ze doorkreeg dat hij lui was. Vijf jaar geleden, na de dood van zijn vader, was hij directeur geworden van het bedrijf van zijn vader en had hij veel van zijn cliënten, met Lady Em als belangrijkste, overtuigd om hem in dienst te houden. Ze benoemde hem zelfs tot haar nieuwe executeur-testamentair.

In de aanwezigheid van Lady Em was hij een ander persoon en sprak hij met gezag over politiek, de wereldeconomie en moderne kunst.

Hij en Yvonne hielden de schijn op dat ze een gelukkig getrouwd stel waren en samen bezochten ze de evenementen en liefdadigheidsbals waar ze allebei zo van hielden. Ondertussen zocht Yvonne naar een succesvolle, pas gescheiden man of – nog beter – een weduwnaar. Er had zich nog geen geschikte kandidaat gemeld. Haar twee vriendinnen, Valerie en Dana, zaten allebei al in hun succesvolle tweede huwelijk. Dat wilde zij ook.

Onder het genot van prosecco en een salade bespraken ze de voorzieningen op het schip en hun medereizigers. Valerie en Dana kenden Lady Haywood en waren net zo onder de indruk van haar als de rest van de passagiers. Het fascineerde hen dat Yvonne haar saai vond.

'Ik heb al haar verhalen over haar overleden maar o zo geweldige Sir Richard al twee, nee, al tweeëntwintig keer te vaak gehoord,' vertrouwde Yvonne hen toe terwijl ze nuffig een tomaatje uit haar salade pikte. Waarom vergeet ik de ober steeds te vertellen dat ik tomaten niet lekker vind, dacht ze.

Valerie had een kopie meegenomen van het activiteitenschema van die dag. 'We kunnen naar een oud-diplomaat luisteren die een historische analyse geeft van de gespannen relatie tussen het Westen en het Midden-Oosten.'

'Ik kan niets saaiers bedenken,' zei Dana terwijl ze een grote slok wijn nam.

'Oké, die niet,' zei Valerie. 'En deze? Een meester-kok demonstreert hoe je snel en gemakkelijk van elke maaltijd een gourmetervaring kan maken.'

'Dat is misschien wel interessant,' zei Yvonne.

'Valerie en ik hebben allebei een kok in dienst,' legde Dana uit. 'Die bereiden onze maaltijden voor ons.'

Yvonne deed nog een poging. 'Hier is er eentje die wel leuk is. Hij gaat over Emily Posts klassieke boek over de etiquette en de gebruiken van de negentiende en begin twintigste eeuw. Waarom gaan we daar niet naartoe? Ik vind het wel leuk om te horen hoe ze dingen vroeger deden.'

Valerie glimlachte. 'Mijn oma vertelde me dat mijn overgrootmoeder de regels van die tijd strikt naleefde. Nadat ze getrouwd waren woonde ze in een huis aan Fifth Avenue. Toentertijd liet men nog visitekaartjes achter bij de butler. Toen mijn overgrootvader stierf, was het volledige huishouden in de rouw. De butler moest in zijn gewone kleding de deur opendoen terwijl de dienstmeid vlak achter hem stond, tot een bediende zwarte livreien voor het voltallige personeel had gehaald.'

'Mijn grootvader was een van de eerste verzamelaars van moderne kunst,' zei Dana. 'Emily Post vond het "afschuwelijke nieuwerwetse dingen met flamboyante kleuren en groteske, driehoekige vormen die van slechte smaak getuigden". Mijn oma wilde dat hij ze de deur uit deed. Goddank heeft hij dat niet gedaan, ze zijn tegenwoordig miljoenen waard.'

'Als we aan onze goede manieren willen werken, kunnen we net zo goed met die lezing beginnen,' zei Yvonne. 'Misschien hebben ze het wel over de juiste manier om een huwelijk te beëindigen en een nieuwe te beginnen.'

Ze moesten allemaal lachen. Valerie wenkte de ober en wees naar hun bijna lege glazen. Ze werden snel bijgevuld.

'Oké,' zei Dana. 'Wat doen ze vandaag nog meer?'

'De Shakespeare-lezing,' zei Yvonne.

'Ik zag dat professor Longworth bij jou aan tafel zat,' zei Valerie. 'Hoe was hij?'

'Geen komiek,' zei Yvonne. 'Hij trekt graag zijn wenkbrauwen op. Misschien is zijn voorhoofd daarom zo gerimpeld.'

'En Celia Kilbride?' vroeg Dana. 'Zij wordt ervan beschuldigd medeplichtig te zijn aan dat beleggingsschandaal. Ik vind het vreemd dat ze haar op het schip hebben uitgenodigd. De kapitein bleef maar zeggen dat alles van uitmuntende kwaliteit was. Waarom zouden ze dan een dief toelaten?'

'Ik heb gelezen dat ze zelf zegt ook slachtoffer te zijn,' zei Yvonne. 'En ik weet dat ze als een van de vooraanstaande gemmologen in de wereld wordt gezien.'

'Ik vraag me af wat zij van de verlovingsring zou vinden die ik van Herb gekregen heb,' lachte Valerie. 'Die was van zijn oma geweest. Als je die heel dicht bij je oog hield kon je heel misschien een diamantje ontdekken. Toen ik van hem scheidde, gaf ik die aan hem terug. Ik zei: "Ik zou een andere vrouw niet van de kans willen beroven om deze aan haar vinger te mogen dragen".'

Terwijl ze lachten, dacht Yvonne na over het feit dat ze de eerste keer allebei met een knappe vent waren getrouwd en de tweede keer iemand met veel geld aan de haak hadden geslagen. Ik moet mijn ogen openhouden. Of, nog beter...

Nadat ze allemaal nog een flinke slok hadden genomen, zei Yvonne: 'Ik heb een missie voor jullie twee.' Ze keken haar verwachtingsvol aan. 'Toen jullie afscheid namen van jullie eerste echtgenoot, hadden jullie toen al een nieuwe kandidaat op het oog?'

'Ik wel,' zei Valerie.

'Ik ook,' zei Dana.

'Eerlijk gezegd is dat wat er ooit tussen mij en Roger bestond al lang uitgeblust. Dus houd je ogen open.'

'En de lezingen? Wat gaan we doen?' vroeg Valerie.

Dana gaf antwoord. 'Ik heb wel zin in wat vertier. Laten we ze alle drie bijwonen, Emily Post, Shakespeare en Celia Kilbride.'

'Op vertier,' zei Valerie terwijl ze met hun glazen tegen elkaar klonken.

20

Anna DeMille dacht niet graag terug aan het moment dat ze al wat water uit het vingerkommetje had opgedronken toen ze zag dat Ted Cavanaugh zijn vingers erin doopte. Ze was er bijna zeker van dat niemand anders het had gezien, maar toch ergerde het haar. Daarom besloot ze om naar de lezing over etiquette te gaan. Misschien kan ik wat tips krijgen, dacht ze, daar was niets verkeerds aan. En ik zie ook wel dat de meeste mensen op dit schip best poenig zijn.

Ze hoopte ook dat Devon Michaelson er zou zijn.

Ze wachtte tot het laatste moment om een stoel uit te kiezen voor de lezing begon, voor het geval hij nog naar binnen liep en ze naast hem kon zitten.

Dat gebeurde niet. Ze zag wel dat Ted Cavanaugh, professor Longworth en de Meehans bijna vooraan zaten.

Anna ging naast een oudere heer zitten die alleen leek te zijn. Ze wilde zichzelf net voorstellen en hem de anekdote over Cecil B. DeMille vertellen, toen de spreker naar het podium toe liep.

Julia Witherspoon was een vrouw van ongeveer zeventig met een streng gezicht. Nadat ze zichzelf had voorgesteld, legde ze uit dat ze meestal alleen over de etiquette tijdens het diner sprak, maar op deze tocht leek het haar toepasselijk om de algemene gebruiken van een eeuw geleden te bespreken.

Terwijl Witherspoon begon te spreken, had ze niet kunnen weten dat Ted Cavanaugh een van haar meest geboeide luisteraars zou zijn. Toen hij als jongen zijn liefde voor de Egyptische oudheid had opgevat, was hij ook geïnteresseerd geraakt in wat de gebruiken van vroeger waren. Hij wist dat hij het interessant zou vinden om meer te weten over de zeden in de samenleving van honderd jaar geleden, en hij kon wel wat afleiding gebruiken.

'Aangezien er vandaag de dag een schromelijk gebrek is aan wat een eeuw geleden als goede manieren bekendstond, bent u misschien geïnteresseerd om meer te weten over enkele prachtige gebruiken die in de late negentiende en vroege twintigste eeuw in zwang waren.

Laten we met de etiquette rondom het huwelijk beginnen. Wanneer een jongeman zijn beoogde bruid een verlovingsring geeft, volgt hij een traditie die meer dan tachtig jaar geleden is begonnen. De enige juiste verlovingsring heeft een diamant, omdat die symbool staat voor, en ik citeer, "de oprechte, eeuwigdurende liefde die de echtgenoot-in-spe koestert" voor zijn lieveling.

Tijdens de eerste gezamenlijke maaltijd na een verloving zou de vader van de toekomstige bruid zijn glas heffen en het gezelschap toespreken door te zeggen: "Ik wil graag proosten op het geluk van mijn dochter Mary en de jongeman die ze voor altijd deel wil laten uitmaken van onze familie, James Manlington".

De jongeman zou antwoorden door te zeggen: "Ik, eh... wij bedanken u voor al uw gelukwensen. Ik geloof dat ik u niet hoef te vertellen dat ik graag wil bewijzen dat Mary niet de vergissing van haar leven begaat door mij als echtgenoot te kiezen. Ik hoop dat het niet lang zal duren voor ik u allemaal bij ons thuis kan verwelkomen, met Mary aan het hoofd van de tafel en ik, waar ik hoor, aan haar zijde."'

Witherspoon zuchtte. 'Het is enorm zonde dat men vandaag de dag zo ongemanierd is.'

Ze schraapte haar keel. 'En dan nu het huwelijk. De jurk van de vrouw dient wit te zijn en het liefst gemaakt van satijn of zijde. Voor de bruidsstoet geldt, aldus Emily Post: "Een gedistingeerde oom van mij werd ooit gevraagd: 'Vond u de bruiloft niet schitterend? Waren de bruidsmeisjes niet beeldschoon?' Hij antwoordde: 'Ik vond het zeker niet schitterend. Elk bruidsmeisje was zo opgedirkt dat er geen knap gezicht meer te bekennen was. Als ik zo'n vertoning wil zien, zou ik wel naar een musical gaan.""'

Witherspoon vertelde verder over de juiste inrichting voor het huis van de bruid, inclusief het passende aantal bedienden, een butler, twee lakeien, een kok met twee keukenhulpjes, een huishoudster en twee dienstmeisjes.

Daarna vertelde ze hoe een huishouden zich diende te kleden tijdens een rouwperiode.

Toen haar lezing voorbij was, was iedereen in het publiek zich ervan bewust dat ze in hun leven al flink wat blunders hadden begaan.

Terwijl Witherspoon sprak, merkte Ted Cavanaugh dat hij zijn aandacht er niet de hele tijd bij kon houden. Hij dacht weer aan de uitdaging die voor hem lag. Lady Haywood had de waarheid verteld, ze had de Cleopatra-halsketting die van haar echtgenoot was geweest meegenomen. Of ze het nu leuk vond of niet, naast beroemde ontdekkingsreizigers waren Sir Richard en zijn vader ook grafrovers, dacht Ted. Die ketting hoort al jaren in het museum van Caïro thuis, ze heeft het recht niet om hem aan het Smithsonian te geven. Als ze dat doet, zal er vast een slepende rechtszaak volgen om hem terug te krijgen. Door het Smithsonian aan te klagen kan ik veel geld verdienen, maar ik wil daar liever niet mijn toevlucht toe nemen.

Ik zal haar vertellen dat als ze niet wil dat haar echtgenoot en diens vader als grafschenders bekend komen te staan, ze de ketting aan het Museum der Egyptische Oudheden moet geven. Misschien kan ik haar overtuigen, hoopte hij. Ik zal in elk geval mijn best doen.

Ted Cavanaugh was niet de enige in het publiek die Witherspoon niet zijn volledige aandacht schonk. Professor Henry Longworth had er een gewoonte van gemaakt om de lezing die voorafging aan die van hem bij te wonen. Zo kreeg hij de kans om het publiek te peilen en te zien waar ze op reageerden.

Longworth wilde niet toegeven hoe interessant hij Witherspoons lezing vond. De bittere herinneringen aan zijn armoedige jaren in Liverpool stonden hem nog helder voor de geest, net als het gehoon dat hem ten deel was gevallen toen hij nog maar net in Cambridge studeerde. Tijdens het eerste universiteitsdiner had hij zijn thee in het schoteltje gegoten en het aan zijn lippen gezet om het leeg te slurpen. Tot hij het gegniffel en de blikken van de andere studenten aan de lange tafel opving. Het gegniffel groeide uit tot een daverend geschater toen de student naast hem ook zijn thee op het schoteltje goot en begon te slurpen. De andere studenten aan de tafel volgden dat voorbeeld.

Henry zou dat moment nooit meer vergeten. Daarom had hij er een hobby van gemaakt om de etiquette te bestuderen.

Het had zijn vruchten afgeworpen. Hij wist dat zijn gereserveerde houding en zijn meeslepende lezingen bijdroegen aan zijn geheimzinnige voorkomen.

Wat andere mensen niet wisten was dat hij een woning in Mayfair bezat die hij lang geleden gekocht had, toen de huizen daar nog te betalen waren. Hij had talloze woonmagazines aandachtig bestudeerd en langzaam maar zeker was zijn huis een toonbeeld van goede smaak geworden. Elk jaar vulde hij het met meer prachtige objecten die hij verzamelde tijdens zijn verre reizen. Alleen zijn schoonmaakster wist van het bestaan ervan. Zelfs zijn post werd naar een postbus gestuurd. Het huis en het meubilair waren van hem. Als hij thuis was, zat hij het liefst in zijn nette jasje in de bibliotheek en dan genoot hij van de aanblik van een prachtig schilderij of een fraai beeld. In die kamer werd hij pas echt zichzelf, 'heer' Henry Longworth. Het was een fantasiewereld die hij tot de werkelijkheid had gemaakt. Na een lange reis was hij altijd blij om weer terug te keren.

Hij luisterde terwijl Anthony Breidenbach, het hoofd entertainment van de cruise, aankondigde dat na een kwartier pauze zijn Shakespeare-lezing zou beginnen. Om half vier was gemmologe Celia Kilbride aan het woord.

21

Celia was blij om te zien dat Lady Emily, Roger Pearson en professor Henry Longworth op de eerste rij van het auditorium zaten. Dat niet alleen, maar ook de mensen die tijdens het diner aan haar tafel hadden gezeten waren er.

Er waren ongeveer net zo veel toehoorders als bij Longworth. Het moment voordat ze begon voelde ze, zoals altijd, een golf van nervositeit haar overspoelen. En toen verdwenen de zenuwen.

'Een lezing over de geschiedenis van juwelen en sieraden moet beginnen bij de definitie van het woord zelf. Juweel is afgeleid van het Franse woord "j-o-u-e-l", wat zo veel betekent als "speeltje".

Alhoewel de prehistorische mens al sieraden maakte van schelpen en andere voorwerpen, is het bijna zeker dat de eerste sieraden van edelmetaal werden gemaakt. Het is logisch dat goud zo'n natuurlijke keuze was, het komt overal ter wereld voor en de oudere beschavingen konden het glanzende metaal makkelijk uit rivierbedden winnen.

Daarnaast was goud ook eenvoudig te bewerken. Onze voorouders merkten dat het niet roestte of anderszins aangetast werd. Omdat het niet verging, werd het in veel culturen en oude teksten al snel geassocieerd met goden en onsterfelijkheid. Het Oude Testament spreekt over het Gouden Kalf, en Jason en de Argonauten zochten omstreeks 1200 voor Christus naar het Gulden Vlies.

In de oude koninkrijken van het Midden-Oosten is het verlangen naar goud een steeds terugkerend thema. De koning van Babylon schreef: "Stuur me zo snel mogelijk al het goud dat je kunt missen."

De koning van de Hettieten schreef in een brief: "Stuur me grote hoeveelheden goud, meer goud dan je mijn vader hebt gestuurd."

Goud wordt ook al snel geassocieerd met de rijkdom van het Oude Egypte, omdat deze goddelijke kleur toentertijd werd beschouwd als het vlees van de goden.'

De volgende twintig minuten sprak ze over de evolutie van sieraden en de verschillende edelstenen die daarvoor gebruikt werden.

Omdat Lady Em in de media had toegegeven dat ze de halsketting van Cleopatra bezat en deze aan boord zou dragen, had Celia besloten om het verhaal van de ketting en de andere juwelen die Cleopatra tijdens haar negenendertigjarige bestaan had gedragen te vertellen. Het publiek gaf haar zijn onverdeelde aandacht, dus ze wist dat ze de juiste keuze had gemaakt.

Ze vertelde hun over de sieraden van de oude Egyptenaren, de sieraden voor het hoofd en nek, de halskettingen en gordels die ze als versiering droegen, en de ringen om hun vingers en de banden voor de armen en benen.

Wat ze niet wist was dat de meest aandachtige luisteraar in het publiek alles al wist over de geschiedenis van de edelstenen die ze had opgenoemd en haar in stilte feliciteerde met de nauwkeurigheid van haar lezing.

Ze vertelde haar publiek dat ze zich bij haar tweede lezing zou richten op de unieke rol van de smaragd in de rijke geschiedenis van juwelen. Ook zou ze het hebben over legendarische diamanten als de Koh-i-Noor, die nu deel uitmaakte van de kroon van koningin Elizabeth, en de Hopediamant, die aan het Smithsonian was gedoneerd.

Celia sloot haar haar lezing af met: 'Lady Emily Haywood, die hier vandaag ook aanwezig is, is momenteel in het bezit van de onschatbare halsketting van Cleopatra. Ik heb gehoord dat ze van plan is hem tijdens deze reis te dragen voordat ze hem bij haar terugkeer in New York aan het Smithsonian Instituut gaat doneren. Net als de Hopediamant zal hij elk jaar door miljoenen mensen bekeken worden.'

Lady Em stond op. 'Celia, je moet het verhaal vertellen over de legende van de vloek op de halsketting.'

'Weet u dat zeker, Lady Em?'

'Absoluut.'

Aarzelend vertelde Celia over de vloek. 'Nadat ze werd gedwongen om de ketting te dragen terwijl ze als gevangene over zee naar Rome werd gevoerd, sprak Cleopatra een vloek uit over het sieraad: "Eenieder die met deze ketting te water gaat, zal nooit meer het vasteland bereiken."' Ze vertelde er ook bij dat legenden zelden op waarheid berustten en dat ze er zeker van was dat dit ook gold voor de ketting van Cleopatra.

Aan het applaus te horen wist Celia dat haar lezing in goede aarde was gevallen. Flink wat mensen spraken haar aan om te vertellen hoeveel ze ervan genoten hadden, en drie vrouwen vroegen haar of de antieke sieraden die ze geërfd hadden meer waarde hadden dan ze dachten.

Ze gaf altijd hetzelfde antwoord op die vraag. 'Wanneer je

terug bent in New York, breng dan alle sieraden die je wilt laten taxeren naar Carruthers en ik zal je met alle plezier helpen.'

Een vrouw die eind zestig leek nam geen genoegen met dat antwoord. Ze droeg een ring om de middelvinger van haar linkerhand.

'Is hij niet beeldig?' vroeg ze. 'Mijn nieuwe aanbidder heeft hem aan mij gegeven vlak voordat we vertrokken. Hij zei dat het een diamant van vier karaat was en dat hij vorig jaar in Zuid-Afrika is opgegraven.'

Celia pakte uit haar handtas een klein stuk gereedschap dat bekendstond als een juweliersloep. Ze hield de loep bij haar oog terwijl ze de ring bestudeerde. Celia had maar een blik nodig om te weten dat de steen zirkonium was. Ze zei: 'Laten we even bij het raam gaan staan, daar heb ik beter licht.' Nadat ze de vrouwen om haar heen met een glimlach bedankt had, liep Celia naar het raam.

'Bent u met uw vrienden op reis?' vroeg ze nonchalant.

'O, jazeker. Samen met vier vriendinnen, we noemen onszelf de "weduwen van het woeste water". We reizen de hele wereld af. Natuurlijk zou het fijner zijn om met onze echtgenoten te zijn, maar het is niet anders. We maken er maar het beste van.'

'Maar u zei dat u een vriendje heeft,' zei Celia.

'Dat klopt. Hij is tien jaar jonger. Ik ben zeventig, maar hij zegt dat hij altijd al op oudere vrouwen viel. Hij is gescheiden.'

'Sorry, ik geloof niet dat ik uw naam weet.'

'O, ik ben Alice Sommers.'

'En waar heeft u uw nieuwe vriend ontmoet?' vroeg Celia, terwijl ze deed alsof dit een toevallige vraag was.

Alice Sommers begon te blozen. 'Misschien vindt u het

wat gek, maar ik ben lid geworden van die datingsite Jij & Ik Samen. Dwight reageerde op mijn profiel.'

Nog een oplichter, dacht Celia, en aangezien de vier weduwen zo veel reizen, hebben ze vast meer dan genoeg geld.

'Alice,' zei Celia, 'ik zal eerlijk zijn. Dit is geen echte diamant, maar zirkonium. Het ziet er mooi uit, maar het is niets waard. Ik vind het niet leuk om je dit te moeten vertellen en je zult je vast gekwetst en beschaamd voelen. Zo voelde ik me ook. Mijn verloofde kocht een prachtige verlovingsring voor mij, maar toen kwam ik erachter dat hij mensen oplichtte door ze over te halen om geld in zijn fonds te beleggen. Hij gebruikte dat geld om onder andere die ring te kopen. Mijn advies is om deze ring in de zee te gooien en te genieten van het gezelschap waarmee je op reis bent.'

Alice Sommers luisterde aandachtig. Even was ze stil, daarna beet ze op haar lip. 'Ik voel me zo'n dwaas,' zei ze. 'En mijn vriendinnen probeerden me nog te waarschuwen! Celia, zou je met mij deze rommel overboord willen gooien?'

'Met plezier,' zei Celia lachend. Maar toen ze Alice naar het dek volgde, besefte ze dat ze haar een spannende roddel had gegeven. Een van haar vriendinnen zou vast al snel haar naam googelen en zo achter alle details omtrent haar en Steven komen. En zoals het altijd ging, zou dat nieuws zich als een lopend vuurtje over het schip verspreiden.

Niet elke goede daad is goud waard, dacht ze terwijl Alice Sommers met een lijdzame glimlach het zirkonium van haar vinger haalde en met een grote boog van het schip gooide. Ze keken toe hoe hij in het ruige water verdween.

22

Willy en Alvirah hadden de lezingen over Shakespeare, over etiquette en die van Celia bijgewoond. Daarna besloten ze een wandeling te maken over het dek.

'O, Willy,' verzuchtte Alvirah, 'was die lezing over de gewoontes van honderd jaar geleden niet fascinerend? En Celia's verhalen over sieraden waren zo boeiend. En toen professor Longworth die sonnetten van Shakespeare voorlas, wilde ik dat ik ze al had geleerd toen ik nog jong was. Ik bedoel, ik voel me zo onderontwikkeld.'

'Dat ben je niet,' zei Willy stellig. 'Je bent de slimste vrouw die ik ken. Ik wed dat heel veel mensen jouw gezond verstand en je gave om mensen te beoordelen zouden willen hebben.'

Alvirahs gezicht klaarde op. 'O Willy, door jou voel ik me altijd beter. En, over andere mensen gesproken, zag je hoe Yvonne Pearson er als een haas vandoor ging na het eten gisteravond? Ze wachtte niet eens op de rest.'

'Nee, ik heb niet heel veel aandacht aan haar besteed,' zei Willy.

'Ik zag dat ze naar een andere tafel liep en daar de andere mensen met een zoen begroette. Ik vond het erg onbeleefd om weg te gaan voor Lady Haywood opstond, zeker omdat ze haar gast is.'

'Misschien wel,' zei Willy, 'maar het is niet heel belangrijk. Toch?'

'En dan nog iets, Willy. Ik beschouw mezelf als een kenner van de menselijke natuur, dat weet je. Ik vermoed dat er geen sprake meer is van liefde tussen Roger en Yvonne Pearson. We zaten niet eens aan hun tafel en toch zag ik dat ze elkaar negeerden. Maar weet je wie ik wel bijzonder charmant vind? Die aardige jongeman, Ted Cavanaugh. En ik vind het zo zielig voor die lieve Celia Kilbride. Wat die slang van een verloofde haar allemaal heeft aangedaan! En trouwens, Ted droeg geen trouwring. Ik keek naar hem en Celia Kilbride en dacht: wat een knap stel zou dat zijn. Ze zouden prachtige kinderen krijgen.'

Willy glimlachte.

'Ik weet wat je denkt, Willy, maar ik koppel mensen gewoon graag aan elkaar. En Willy, zag je die andere vrouw die aan Lady Ems tafel zat? Ik bedoel Brenda Martin, Lady Ems metgezel. Een best forse vrouw, met kort grijs haar.'

'Ja, haar heb ik zeker gezien,' zei Willy. 'Dat is geen schoonheid.'

'Dat klopt, arme ziel. Maar vanochtend tijdens mijn wandeling, toen jij bezig was met je kruiswoordpuzzel, kwam ik haar tegen. We begonnen te kletsen. Eerst zei ze niet veel, maar al snel vertelde ze honderduit. Ze werkt al twintig jaar voor Lady Em en reist de hele wereld met haar af. Ik zei: "Dat is vast een hele ervaring!" Ze lachte en zei: "Na verloop van tijd verliest het wel zijn charme," en ze vertelde me dat ze de afgelopen zomer in East Hampton had doorgebracht.'

'Nou, je hebt ze allemaal al helemaal doorzien,' zei Willy terwijl hij de oceaanwind opsnoof. 'Ik houd van de geur van de zee. Weet je nog hoe we vroeger in de zomer op zondag naar Rockaway Beach gingen?'

'Ja, en er is geen mooier strand dan dat, zelfs niet in de Hamptons. Het verkeer is daar ook afschuwelijk, ook al vind ik dat pension waar we verbleven wel leuk. Brenda vertelde me dat Lady Em een landhuis heeft in de Hamptons.'

'Is er ook iets dat Brenda je niet verteld heeft?' vroeg Willy.

'Nee, dat was het. O nee, wacht. Toen ik zei: "Brenda, het is vast geweldig om in een landhuis te wonen," zei ze: "Ik verveel me dood." Is het niet gek om dat te zeggen?' Alvirah schudde haar hoofd. 'Willy, tussen neus en lippen door kreeg ik het vermoeden dat Brenda het verschrikkelijk vindt om Lady Em steeds op haar wenken te moeten bedienen. Ik bedoel, ze zei dingen als: "Lady Em is een boek aan het lezen en zei dat ik een uur kon gaan wandelen. *Precies een uur.*" Klinkt dat niet alsof Brenda vierentwintig uur per dag tot Lady Ems beschikking moet staan en daar schoon genoeg van heeft?'

'Zo klinkt het wel, ja,' zei Willy. 'Ik zou dat ook niet fijn vinden. Maar waarom zou Brenda nu nog van baan wisselen? Lady Em is zesentachtig jaar oud en maar weinig mensen leven veel langer dan dat.'

'Dat klopt,' zei Alvirah. 'Maar ik krijg de indruk dat Brenda Martin schoon genoeg heeft van Lady Em. Echt waar.'

23

Celia besloot om in haar kamer te eten en bracht de rest van de middag lezend in de ligstoel op haar privébalkon door.

Aan de ene kant was het fijn om na haar lezing op deze manier te kunnen ontspannen, maar aan de andere kant was het moeilijk om haar aandacht bij haar boek te houden. Steeds kwam dezelfde gedachte bij haar op. Wat als het Openbaar Ministerie toch besluit om me aan te klagen? Ik heb niet genoeg geld om de kosten van een advocaat tijdens een rechtszaak te betalen.

De leiding van Carruthers had tot dusver aan haar kant gestaan, maar wanneer dat artikel in *People Magazine* zou verschijnen, werd ze waarschijnlijk ontslagen, of werd haar beleefd verzocht om onbetaald verlof te nemen.

Om zes uur bestelde ze haar avondeten, salade en zalm. Toch at ze met lange tanden. Toen ze terug was gekomen van haar lezing, had ze zich omgekleed in een broek en blouse, maar nu besloot ze om haar pyjama aan te trekken en naar bed te gaan. Ze was plotseling doodmoe en herinnerde zich dat ze de voorgaande nacht amper had geslapen.

Voordat de butler langskwam om het bed op te maken, hing ze een bordje met 'STILTE ALSTUBLIEFT' erop aan de deur.

Waarschijnlijk klinkt dat vriendelijker dan 'NIET STOREN', dacht ze.
Ze viel onmiddellijk in slaap.

24

Voor het avondeten was formele kleding verplicht, dus de mannen droegen smokings en de vrouwen avond- en cocktailjurken. Aan de tafel van Alvirah en Willy werden de drie lezingen besproken en hoe boeiend ze waren geweest.

Een paar meter verderop vertelde Lady Em honderduit over het landhuis van Sir Richard. 'Het was werkelijk prachtig,' zei ze. 'Denk maar aan *Downton Abbey*. Natuurlijk werd het leven er simpeler na de Eerste Wereldoorlog. Maar mijn echtgenoot heeft me verteld dat er in de tijd van zijn vader wel twintig bedienden werkten.

Iedereen trok nette kleding aan voor het avondeten. En in het weekend waren er altijd gasten in het huis. Zelfs prins Bertie, zoals hij ook wel genoemd werd, verbleef er weleens. Iedereen weet toch dat Bertie koning werd toen koning Edward VIII afstand deed van troon? Hij was koning George VI en is de vader van koningin Elizabeth.'

O, maar natuurlijk, dacht Yvonne, maar ze wist een geïnteresseerde glimlach op haar gezicht te houden.

Na het eten besloot Lady Em direct naar haar suite te gaan. Maar toen Roger haar zijn arm aanbood, zei ze: 'Roger, ik zou morgenochtend om elf uur in mijn suite graag iets met je willen bespreken. Onder vier ogen.'

'Zoals u wilt, Lady Em,' zei Roger. 'Moeten we het over iets in het bijzonder hebben?'
'Zullen we dat tot morgenochtend bewaren?' stelde ze voor.
Toen hij haar bij de deur achterliet, besefte ze niet hoe diep haar verzoek Roger verontrustte.

25

Toen het diner ten einde liep, had Devon Michaelson besloten dat het tijd was om zijn tafelgenoten, Ted Cavanaugh, de Meehans en Anna DeMille, voor eens en altijd te overtuigen van zijn dekmantel. Ze moesten geloven dat hij als weduwnaar met het schip meevoer om de as van zijn overleden vrouw een laatste rustplaats te geven.

'Ik heb besloten om haar morgenochtend om acht uur vanaf het hoogste dek uit te strooien,' kondigde hij aan. 'Ik heb erover nagedacht en ik heb besloten dat ik deze plechtigheid met jullie allemaal wil delen. Alvirah en Willy, jullie vieren jullie huwelijk van vijfenveertig jaar. Anna, jij viert dat je die tombola hebt gewonnen. Ted, ik weet niet of jij iets viert, maar jij bent ook welkom. Op mijn eigen manier vier ik namelijk dertig jaar geluk met mijn geliefde Monica.'

'O, ik zal erbij zijn,' zei Anna DeMille onmiddellijk.

'Natuurlijk zijn wij er ook bij,' zei Alvirah meelevend.

Devon draaide zijn hoofd weg, alsof hij tranen moest wegknipperen, maar eigenlijk keek hij naar de ketting van robijnen en diamanten en de bijpassende oorbellen die Lady Em die avond droeg.

Erg mooi, dacht hij, en erg duur, maar niets vergeleken met de halsketting van Cleopatra.

Hij wendde zich weer tot zijn eigen tafel. Met hese stem zei hij: 'Dank. Jullie zijn allemaal erg aardig.'

26

Yvonne ging rechtstreeks naar hun suite terwijl Roger Lady Em naar de hare bracht. Toen hij binnenkwam was Yvonne in een slecht humeur. Dana en Valerie waren met andere vrienden meegegaan zonder haar uit te nodigen.

Ze begon op Roger te vitten. 'Ik kan die ouwe heks niet meer uitstaan! Je bent niet haar eigendom. Vertel haar dat je werktijden van maandag tot vrijdag zijn, en geen minuut langer.'

Roger liet haar uitrazen en begon toen terug te schreeuwen. 'Denk je dat ik het leuk vind om de hielen te likken van dat oude lijk? Bij elke factuur die ik haar stuur breng ik meer in rekening dan zou moeten om jou te kunnen onderhouden. Dat weet jij net zo goed als ik.'

Yvonne keek hem boos aan. 'Praat niet zo hard. Ze kunnen je op de brug horen.'

'En jou niet?' kaatste Roger terug, maar wel op zachtere toon.

'Roger, vertel me alsjeblieft waarom je...' Toen merkte ze dat hij aan het zweten was en zijn gezicht bijna asgrauw was. 'Je ziet er ziek uit. Wat is er mis?'

'Wat er mis is, is dat Lady Em me morgen onder vier ogen wil spreken in haar suite.'

'Ja, dus?'

'Ik denk dat ze iets vermoedt.'
'Wat dan?'
'Dat ik al jaren met haar boekhouding rommel.'
'Pardon?'
'Je hebt me wel gehoord.'
Yvonne gaapte hem aan. 'Meen je dat?'
'O, zeker, liefste.'
'En als ze dat vermoedt, wat gaat ze dan doen?'
'Waarschijnlijk zal ze in New York een ander bedrijf in de arm nemen om alles door te lichten.'
'En dan?'
'Waarschijnlijk draai ik voor twintig jaar de gevangenis in.'
'Ben je nu serieus?'
'Bloedserieus.'
'Wat ga je hieraan doen?'
'Hoe bedoel je? Moet ik haar overboord gooien?'
'Als jij het niet doet, dan doe ik het wel.'
Ze staarden elkaar aan en toen schudde Roger met zijn hoofd. 'Misschien moet het wel zover komen.'

27

Alvirah en Willy liepen langs de suite van Roger en Yvonne en hoorden hen tegen elkaar schreeuwen. Alvirah stopte onmiddellijk om elk woord te kunnen horen. Het laatste wat ze opving was 'gevangenis', maar omdat een ander stel hen tegemoet kwam lopen werden ze gedwongen om hun weg te vervolgen.

Zodra Willy de deur van hun suite dichtdeed, zei ze: 'Willy, hoorde je dat? Ze haten die arme, oude vrouw.'

'Ik ving nog wel meer op. Ik denk dat hij van haar steelt. Het laatste wat ik hoorde was "twintig jaar de gevangenis in".'

'Willy, ik zeg het je, ik denk dat ze wanhopig zijn. Zij nog meer dan hij. Denk je dat het mogelijk is dat een van hen Lady Em pijn zou kunnen doen?'

28

Professor Henry Longworth kon de vijandigheid aan Lady Ems tafel voelen en besloot om af te zien van een cocktail na het diner. In plaats daarvan ging hij regelrecht naar zijn suite en maakte wat aantekeningen op zijn computer.

Dat duurde niet lang. Hij schreef over de spanning die onder de beleefde gesprekken aan zijn tafel schuilging en de persoon aan een andere tafel die steeds steelse blikken op Lady Ems sieraden wierp. Dit kwam hem prima uit. Zeer interessant, dacht hij met een glimlach.

Daarna keek hij een uurtje naar het nieuws. Tot slot, voordat hij naar bed ging, dacht hij na over Celia Kilbride. Het telefoontje dat ze gisteren in de cocktailbar kreeg intrigeerde hem genoeg om op internet informatie over haar op te zoeken. Hij stond versteld van zijn ontdekking. De knappe, jonge gemmologe was misschien wel betrokken bij een fraudeschandaal, las hij, ook al was haar nog niets ten laste gelegd.

Wie had dat kunnen denken, dacht hij geamuseerd. Daarna besloot hij naar bed te gaan. Het duurde een half uur voor hij insliep. Hij keek al uit naar het cocktailfeestje van de kapitein. Zou dat de gelegenheid zijn waarbij Lady Em de halsketting van Cleopatra zou dragen, die onschatbare ketting van smaragden?

29

Kapitein Fairfax lag in bed. Hij was een gewoontedier en wist dat hij zou ontspannen als hij twintig minuten voor hij ging slapen nog even wat las. Hij wilde net zijn lampje uitdoen toen de telefoon ging. Het was de hoofdingenieur van het schip.

'Kapitein, we hebben last van wat problemen met het aandrijvingsmechanisme. Het euvel is niet groot, we voeren nu tests uit op elke motor. We verwachten dat het probleem in de volgende vierentwintig uur opgelost zal worden.'

'Zijn we langzamer gaan varen?'

'Ja, meneer. Maar we kunnen een snelheid van vijfentwintig knopen aanhouden.'

Fairfax maakte in zijn hoofd snel een rekensom. 'Prima. Houd me op de hoogte,' zei hij voor hij ophing.

De kaptein dacht aan de bedrijvigheid die hen in Southampton opwachtte. Een klein leger schoonmakers zou klaarstaan om het schip grondig onder handen te nemen en het klaar te maken voor de nieuwe passagiers die aan boord zouden komen. De voorraden zouden aangevuld worden en het afval zou van boord worden gehaald. Dit zou allemaal gebeuren in de paar uur die ze hadden tussen het moment dat de passagiers in de ochtend het schip zouden verlaten en het moment dat de nieuwe gasten in de middag aan boord zouden komen. Dat proces zou alleen voorspoedig verlopen als ze op tijd begonnen. De Queen Charlotte moest om zes uur 's ochtends in Southampton aankomen.

Het komt wel goed, stelde hij zichzelf gerust. We zullen de tijd inhalen die we in de volgende vierentwintig uur verliezen door sneller te varen zodra het probleem is opgelost. We gaan het gewoon halen, zolang er verder niets gebeurt dat onze aankomst kan vertragen.

Dag drie

30

Celia was verbaasd toen ze om half acht al wakker werd. Wat vroeg, dacht ze. Maar wat verwacht je dan? Je ging gisteravond al om half negen naar bed, dus je hebt elf uur geslapen. Toch voelde het nog steeds alsof ze een enorme last op haar schouders torste. O, kom op, besloot ze, opstaan! Ga even lopen. Maak je hoofd leeg.

Ze volgde haar eigen advies op door snel haar sportkleding van Lululemon en haar sneakers aan te trekken en naar het promenadedek te lopen. Tot haar verbazing trof ze Willy en Alvirah daar ook al aan.

Ze wilde hen voorbijlopen na hen vriendelijk gedag gezegd te hebben, maar daar wilde Alvirah niets van weten. 'O, Celia,' zei ze. 'Ik wil je heel graag beter leren kennen. Ik weet dat je Willy hebt geholpen met het uitkiezen van die prachtige saffieren ring. Ik heb nog nooit zoiets moois gehad.'

'Ik ben blij dat hij je bevalt,' zei Celia oprecht. 'Dat hoopte je echtgenoot al.'

'O, ik weet wat je bedoelt,' zei Alvirah. 'Hij wist waarschijnlijk zeker dat ik zou zeggen dat het een veel te duur cadeau was. Weet je dat Devon Michaelson de as van zijn vrouw zo meteen gaat uitstrooien? Hij heeft de mensen aan de tafel gevraagd om zijn kleine ceremonie bij te wonen.'

'O, dan zal ik jullie met rust laten,' zei Celia.

Maar het was al te laat. Voordat ze weg kon gaan, stond Michaelson al bij hen.

'Ik heb Celia verteld waarom we hier zijn,' zei Alvirah.

Michaelson hield een zilveren urn vast. 'Ik wilde u nog vertellen hoeveel ik heb genoten van uw lezing, mevrouw Kilbride.'

'Noem me maar Celia. En bedankt. Dit is vast moeilijk voor je. Toen mijn vader twee jaar geleden stierf, heb ik zijn as over de zee bij Cape Cod uitgestrooid.'

'Deed je dat alleen?'

'Nee, samen met wat goede vrienden.'

'Wil je hier misschien ook bij zijn, samen met mijn vrienden van de eettafel?'

Devon Michaelsons gezichtsuitdrukking verraadde hoe aangeslagen hij was en Celia had medelijden met hem. 'Natuurlijk, als je wilt dat ik erbij blijf.'

Even later kwamen Ted Cavanaugh en Anna DeMille ook bij hen staan.

'O, het is niet zo warm,' zei Anna. 'Ik had een jasje aan moeten trekken. Maar het maakt niet uit,' zei ze snel. 'We willen hier allemaal bij zijn, Devon.' Met tranen in haar ogen klopte ze op zijn schouder.

Ze overdrijft het wel, dacht Alvirah. Ze keek naar Willy, die naar haar knikte om haar te laten weten dat hij wist wat er door haar hoofd ging.

'Ik dank jullie allemaal dat jullie hier vandaag bij zijn,' begon Devon. 'Ik wil jullie graag over Monica vertellen. We hebben elkaar vijfendertig jaar geleden aan de universiteit in Londen ontmoet. Sommigen van jullie zullen misschien begrijpen hoe liefde op het eerste gezicht voelt.'

Alvirah keek naar Willy, om te laten weten dat zij dat wisten.

Anna DeMille keek liefdevol naar Devon Michaelson. Hij vervolgde: 'Ik ben geen goede zanger, maar als ik dat wel was, zou ik Monica's favoriete lied voor haar zingen. Het werd ook in de film *Titanic* gebruikt: "Nader mijn God, bij U".'

'Sorry, maar toen ik voorbijliep hoorde ik wat u zei.' Kapelaan Kenneth Baker was bij de groep stil blijven staan. Hij keek Devon aan. 'Mag ik de urn met de as van uw vrouw zegenen?'

Alvirah kon zien dat Devon Michaelson geschrokken was. Zijn gezicht was vuurrood en hakkelend zei hij: 'Natuurlijk, eerwaarde, dank u.'

Met een zachte stem prevelde kapelaan Baker de woorden van een christelijke begrafenisdienst. Hij beëindigde zijn zegening met: 'Moge de engelen u geleiden. Amen.'

Voordat Devon zich om kon draaien om de urn hoog op te tillen en de as in de zee uit te strooien, kon Alvirah zien dat hij zichzelf onder controle probeerde te krijgen. Hij is niet verdrietig, dacht ze. Hij is in verlegenheid gebracht omdat kapelaan Baker hem vroeg om de urn te zegenen. De grote vraag is: waarom?

Ze keken toe terwijl Devon de urn opendeed en hem omdraaide. De as danste in de wind voordat het naar beneden dwarrelde en in het kielzog van het schip verdween.

31

Lady Em was de sieraden aan het uitkiezen die ze die avond naar het cocktailfeestje van de kapitein zou dragen.

'Ik ga vanavond de halsketting van Cleopatra omdoen,' vertelde ze Brenda. 'Ik wilde hem eigenlijk overmorgen voor het eerst dragen, naar ons etentje met de kapitein, maar waarom niet ook vanavond? Ik heb hem al vijftig jaar.' Ze kreeg een dromerige blik in haar ogen toen ze terugdacht aan die romantische avond met Richard, toen hij haar had verteld hoe zijn vader de ketting in handen had gekregen. Ze keek naar Brenda. 'Wat denk jij?'

'Waarom niet?' vroeg Brenda onverschillig, maar ze herstelde zich snel. 'O, Lady Em, wat ik bedoel is dat u al zo weinig mogelijkheden hebt om hem te dragen. Waarom zou u hem niet meerdere keren laten zien, zeker omdat iedereen er dankzij de lezing van Celia Kilbride bijzonder in is geïnteresseerd?'

'En ze misschien willen zien of de verhalen over de vloek waar zijn,' observeerde Lady Em. Ze vroeg zich af waarom er opeens een rilling door haar lichaam trok.

'Absoluut niet,' zei Brenda stellig. 'Ik werk al twintig jaar voor u, Lady Em, en ik heb u nog nooit zoiets naars horen zeggen. Maar ik moet zeggen, ik vind het idee ook niet fijn.

Ik heb de ketting nog nooit gezien, maar ik ben er nu al geen voorstander van.'

'De enige mensen die hem de afgelopen honderd jaar gezien hebben zijn mijn echtgenoot, zijn vader en ik geweest,' zei Lady Em.

Brenda had zo vurig en oprecht geklonken toen ze haar ongerustheid uitte, dat Lady Em zichzelf streng toesprak omdat ze had durven vermoeden dat de vrouw die al sinds jaar en dag haar assistent was niet langer loyaal was. Ik ben zo van streek door de situatie met Roger dat ik de afgelopen paar dagen kortaf tegen haar ben geweest, dacht ze, en dat is niet eerlijk.

Er lagen buideltjes met sieraden op het bed en ze begon ze een voor een open te maken. De eerste bevatte de parels, het paar oorbellen en de ring die ze de eerste avond aan boord had gedragen. Ze waren waarschijnlijk de op een na meest waardevolle stukken die ze bezat, dacht Lady Em. 'Brenda, ik weet dat ik je misschien al eens verteld heb dat de echtgenote van de geweldige operazanger Caruso op haar eenentwintigste de memoires over haar leven met hem heeft geschreven. Daarin schreef ze dat ze na een opera altijd naar Delmonico's gingen en dat iedereen die er toentertijd toe deed naar hun tafel kwam om eer aan hem te betuigen. In haar boek schreef ze: "En ik was betoverend in mijn sabelbont en parels."'

'Volgens mij heeft u dat inderdaad al verteld,' bracht Brenda haar voorzichtig in herinnering.

'O, waarschijnlijk wel,' zei Lady Em opgewekt. 'Ik denk dat je, wanneer je ouder wordt, steeds meer over het verleden praat.' Ze hield een diamanten armband omhoog. 'Ik heb deze al jaren niet gedragen. De duurste sieraden die ik voor deze cruise heb meegenomen zijn die parels die ik de eerste avond droeg, mijn ketting met robijnen en diamanten en natuurlijk de halsketting van Cleopatra. Die draag ik vanavond. Maar ik houd van deze armband. Richard kocht hem op een ochtend toen we langs Harry Winstons winkel op Fifth Avenue liepen. We stopten bij de etalage omdat ik hem wilde bewonderen en toen troonde Richard me mee naar binnen. Even later zat hij om mijn pols. Hij betaalde er tachtigduizend dollar voor. Toen ik protesteerde, zei hij: "Zo duur is dat niet. Je kunt hem dragen als we gaan picknicken."

Lieve hemel, wat verwende hij me. Maar hij was dan ook de gulste man die ik ken. Hij gaf aan zo veel goede doelen.' Haar uitdrukking veranderde terwijl ze de armband zorgvuldig bestudeerde. 'Het lijkt wel of er iets mis mee is,' zei ze. 'Alsof de diamanten die blauwe glans hebben verloren.'

Ze keek naar Brenda en zag de ontzetting en angst op haar gezicht. Wat is er met haar aan de hand, vroeg Lady Em zich af en toen keek ze weer naar de armband. Dit is niet de armband die ik van Richard heb gekregen, dacht ze. Ik weet het zeker. Ik heb zo veel van mijn sieraden al jaren niet gedragen, is het mogelijk dat Brenda het origineel van me heeft gestolen en hem omgewisseld heeft met een waardeloos prul?

Op dat moment wist ze eigenlijk zeker dat haar vermoeden klopte. Maar daar mag Brenda niet achter komen, dacht ze. 'Waarschijnlijk helpt het om hem even op te poetsen, Brenda,' zei ze. 'En als dat niets uithaalt, dan breng ik hem thuis naar Celia Kilbride, zodat zij hem goed schoon kan maken.'

Lady Em zuchtte. 'Genoeg met mijn sieraden gespeeld. Ik ga denk ik even liggen. Ik heb Roger gevraagd om rond elf uur even langs te komen voor een gesprek. Waarom neem jij niet even wat tijd voor jezelf?'

32

Na de ceremonie met Devon Michaelson stemde Celia er half-onwillig mee in om met Alvirah en Willy te lunchen in het buffetrestaurant. 'Ik heb gelezen dat je hier alles kunt krijgen, van sushi en Chinees tot Europese cuisine,' zei Alvirah.

Ze hadden om één uur in het restaurant afgesproken, dus maakte Celia eerst een lange wandeling over het promenadedek. Ze keerde terug naar haar suite, nam een douche en trok een blauwe broek en een wit-met-blauw shirt aan. Daarna bestelde ze een ontbijt en las de aantekeningen van haar lezingen nog een keer door. Vandaag zou ze andere befaamde juwelen van vroeger behandelen, en ze zou het hebben over sieraden die door de eeuwen heen uit liefde, als zoenoffer of als omkoperij cadeau gedaan waren.

Een van de verhalen ging over de elegante echtgenote van William Randolph Hearst, die erachter was gekomen dat haar echtgenoot zijn kasteel in San Simeon voor zijn minnares, de actrice Marion Davies, had gebouwd. Celia dacht na over wat ze zou zeggen.

'Mevrouw Hearst zou tegen een vriendin gezegd hebben: "Ik stond altijd voor hem klaar, al sinds hij met zijn krantenimperium begon, en ik heb hem vijf prachtige zoons geschonken." Daarna was ze naar Tiffany's gegaan, waar ze een lange, prachtige parelketting bestelde en tegen de winkelmedewerker zei dat ze de rekening naar haar echtgenoot moest sturen. Het verhaal wil dat hij nooit een woord tegen haar heeft gezegd over de rekening.

Later werden een erfgename van William Hearst en haar echtgenoot uitgenodigd voor een formeel diner aan boord van de Britannia toen koningin Elizabeth II naar Los Angeles voer. Mevrouw Hearst droeg tijdens die tocht een smaragden ketting, een familiestuk. Toen ze aan boord ging, zag ze dat de koningin haar eigen set smaragden droeg. Mevrouw Hearst vertrouwde een vriendin toe: "Vergeleken met die van haar lijkt het of ik die van mij gratis bij de zegeltjes heb gekregen!"'

Het laatste persoonlijke verhaal dat Celia ging vertellen zou over de koning van Saoedi-Arabië gaan, die met zijn dochter een galadiner in het Witte Huis had bijgewoond. De tweeentwintigjarige prinses had het lef om de president twintig minuten te laten wachten, een onvergeeflijke schoffering. Maar dat werd genegeerd door de media, die alleen maar aandacht had voor haar ketting die gemaakt was van een onvergetelijke combinatie van onschatbare edelstenen als diamanten, robijnen, smaragden en saffieren.

Het is menselijk om van smakelijke roddels te genieten, dacht Celia. Ze vertelde er altijd graag een paar om haar lezing op te leuken.

Blij dat ze voldoende voorbereid was voor haar presentatie keek Celia op haar telefoon. Het was kwart voor één, tijd om met Alvirah en Willy te gaan lunchen. Ze zouden niet zelf het eten hoeven pakken, dacht ze terwijl ze terugdacht aan andere luxueuze oceaanstomers die eenzelfde soort restaurant hadden. Zodra een passagier een keuze had gemaakt, bracht een bediende de bestelling naar de tafel, met eventueel een drankje.

Ze keek nogmaals op haar horloge en besloot dat ze voldoende tijd had om haar advocaat te bellen. Ze wilde weten of hij had gehoord of mensen anders over haar zouden denken na het artikel in *People Magazine*. Maar Randolph Knowles was niet op kantoor. Zijn secretaresse beloofde dat hij terug zou bellen. 'Hebben jullie iets gehoord van het Openbaar Ministerie?' Celia moest het vragen.

'Nee, nog niets. O, wacht, meneer Knowles komt net binnen.' Celia hoorde haar zeggen: 'Mevrouw Kilbride aan de lijn.' Toen ze Randolphs stem hoorde, wist ze dat ze geen goed nieuws te horen zou krijgen. Ze nam niet de moeite om hem formeel te groeten. 'Wat is er aan de hand, Randolph?' vroeg ze.

'Niets goeds, Celia,' zei hij. 'Je ex-verloofde is zo'n overtuigende leugenaar dat het Openbaar Ministerie me net gebeld heeft om te vertellen dat de FBI je misschien weer wil ondervragen zodra je thuiskomt.'

Verstijfd dacht Celia na. Ik zal de dag dat we in Southampton aanmeren terug moeten vliegen vanuit Londen. Dat is al over een paar dagen. Ze herinnerde zich de ijzige gezichten van de FBI-agenten die haar ondervraagd hadden.

Randolph vervolgde: 'Celia, ze hebben je al door de mangel gehaald en toen geloofden ze je. Dit is niets meer dan de volgende horde.' Maar aan zijn toon kon ze horen dat hij niet overtuigd was.

'Ik hoop het.' Celia drukte de rode knop op haar telefoon in. Had ik de Meehans maar niet beloofd dat ik met hen zou gaan eten, dacht ze. Maar dat had ze wel, en een paar minuten later schoof een bediende haar stoel voor haar aan.

Het stel glimlachte naar haar en Alvirah groette haar hartelijk. 'Celia, zoals ik al zei, we zijn zo blij dat we met je kunnen kletsen. Willy vertelde me dat hij aanvankelijk spijt had dat hij Carruthers was binnengelopen toen hij om de prijzen van de ringen in de vitrines vroeg, maar jij wist hem op zijn gemak te stellen.'

Ze zei niet dat ze dolgraag met Celia wilde praten over haar doortrapte ex-vriendje. Ze wist zeker dat wanneer het proces zou beginnen, zij het zou mogen bespreken in haar column in *The Globe*. Natuurlijk kon ze dat onderwerp niet meteen aansnijden. 'Waarom kiezen we niet allemaal wat uit,' zei ze. 'En dan kunnen we praten.'

Een paar minuten later, terwijl Willy zich aan zijn bord sushi tegoed deed en zij al halverwege haar bord *linguine alla vongole* was, merkte ze dat Celia slechts een paar happen van haar kipsalade had genomen.

'Celia, als de salade niet lekker is, kun je ook iets anders bestellen,' zei Alvirah.

Celia had plotseling een brok in haar keel en ze voelde dat ze tranen in haar ogen kreeg. Snel pakte ze haar zonnebril uit haar tas, maar Alvirah had het al gezien. 'Celia,' zei ze met bezorgde stem, 'we weten wat er aan de hand is.'

'Waarschijnlijk weet iedereen dat. En als ze het nog niet wisten, komen ze er vandaag achter.'

'Celia, helaas lopen er op deze wereld veel te veel mensen als je verloofde rond, maar iedereen vindt het jammer voor jou dat jij er ook bij betrokken bent geraakt.'

'Iedereen behalve mijn beste vrienden, die geld hebben verloren dat ze zich niet konden veroorloven om te verliezen en het mij nu kwalijk nemen dat ik hen aan Steven heb voorgesteld.'

'Jij hebt ook geld verloren,' zei Willy.

'Tweehonderdvijftigduizend dollar! Elke cent die ik had,' zei Celia. Ze merkte dat het bijna troostend werkte om haar verhaal te doen bij mensen die ze eigenlijk niet kende. Maar toen herinnerde ze zich weer dat Willy haar heel veel over hen had verteld toen hij de ring uitkoos. Hij had verteld dat Alvirah een hulpgroep had opgezet voor mensen die de loterij hadden gewonnen, zodat ze niet het slachtoffer werden van oplichters. Ze wist dat ze Willy meteen had gemogen en dat Alvirah haar sympathiek had geleken toen Willy haar had beschreven.

Het was zo fijn om haar zorgen te delen met mensen die haar vriendelijk aankeken.

Ze kon zich niet inhouden. 'Steven heeft een interview gegeven aan *People Magazine* en hij heeft gezegd dat ik deel uitmaakte van zijn fraudeplannen en dat ik hem expres aan mijn vrienden heb voorgesteld. Het zal vandaag door alle media opgepikt worden. Dankzij het artikel is het heel goed mogelijk dat de FBI me weer gaat ondervragen als ik terug in New York ben.'

'Maar je hebt wel de waarheid verteld,' zei Alvirah. Het was geen vraag.

'Natuurlijk.'

'En die Steven heeft tegen jou en iedereen gelogen?'

'Ja.'

'Waarom zou hij dan niet ook tegen *People Magazine* liegen?'

Dankzij Alvirahs geruststelling voelde Celia dat haar allesverpletterende zorgen wat verlicht werden, maar niet volledig. Ze wilde het niet hebben over het feit dat haar baan bij Carruthers gevaar liep. Ze wist dat de directeur van het bedrijf boos was dat een van de werknemers bij oplichterij betrokken was. Hoe langer ze erover nadacht, hoe zekerder ze wist dat ze, wanneer ze terug in New York kwam, onbetaald verlof zou krijgen. Ik kan de huur van mijn appartement en andere kosten zoals de verzekering en gas en elektriciteit nog maar drie maanden betalen. Daar komen nog de juridische kosten bovenop. En dan? Welke juwelier zou mij nog willen aannemen?

Dit schoot allemaal door haar hoofd, maar toen knipperde ze haar tranen weg en dwong ze zichzelf om te glimlachen. 'Het voelt alsof ik op de biechtstoel zit.'

'Houd dit maar in gedachten, Celia.' Alvirah klonk beslist. 'Jij bent niet degene die vergeven hoeft te worden. Eet nu je salade maar op. Alles komt goed, ik voel het.'

33

Brenda's suite was op het dek onder dat van Lady Em. Hij was kleiner, maar had wel een eigen bediende. Toen Lady Em besloot om haar lunch in de suite te gebruiken en een uur te rusten, ging Brenda naar het buffetrestaurant. Ook al maakte ze zichzelf bijna gek van zorgen, ze had nog steeds een gezonde eetlust. Ze liep naar het gedeelte met het Chinese eten en pakte wontonsoep, gebakken rijst met varkensvlees en een dumpling. Impulsief nam ze ook een gelukskoekje. Terwijl een bediende haar dienblad naar een tafeltje bij het raam bracht, keek ze de eetzaal rond. Ongeveer zes tafels van de hare verwijderd zag ze Celia, Alvirah en haar echtgenoot zitten. Ze leken diep in gesprek te zijn. Dat gaat vast niet over koetjes en kalfjes, dacht ze sarcastisch.

Met afkeer keek ze naar Celia. Door haar kan ik in de gevangenis belanden, dacht ze bitter.

'Alstublieft, mevrouw,' zei de bediende, een knappe Aziatische man, terwijl hij de bordjes van het dienblad op tafel zette.

Brenda bedankte hem niet. Hij vroeg of ze iets wilde drinken. 'Koffie met melk en suiker,' zei ze onverschillig.

Wat moest ze doen, vroeg ze zichzelf af. En waarom krijgt Lady Em het nu opeens in haar hoofd dat haar sieraden er niet goed uitzien? Al jaren negeert ze alles behalve de mooiste stukken in haar verzameling. En al jaren voegt ze er gestaag nieuwe dingen aan toe. Soms koopt ze zomaar een ring van tienduizend dollar of een armband van veertigduizend dollar die ze in een etalage ziet liggen, net als ze op St. Thomas deed. Ze draagt haar nieuwe sieraden een paar keer en gooit ze dan in de kluis van haar appartement.

Brenda nam een slokje van de wontonsoep en dacht aan Ralphie. Ze had hem vijf jaar geleden ontmoet en sindsdien waren ze onafscheidelijk geweest. Ze had Lady Em natuurlijk niets over hem verteld. Ralph was een zevenenzestigjarige verzekeringsagent die ze maar al te graag liet wonen in het driekamerappartement dat Lady Em voor haar had gekocht en waar Brenda haar vrije weekenden doorbracht. Niet dat het er veel zijn, dacht ze rancuneus. Maar als Lady Em in bed ligt en de huishoudster blijft slapen, is dat de plek waar ik naartoe ontsnap.

Nadat ze Ralph verteld had over Lady Ems ongelooflijke sieradenverzameling, vroeg hij hoe vaak ze ze droeg. Ze vertelde hem dat Lady Em vaak spontaan een ketting of een paar oorbellen of een ring of een armband kocht, om hem daarna maar een paar keer te dragen en vervolgens weer te vergeten of hem gewoon niet meer te dragen.

Ralphs volgende vraag was: 'Is alles verzekerd?'

Ze had geantwoord dat Lady Em alleen de sieraden verzekerde die meer dan honderdduizend dollar waard waren.

En zo begon het. Ralph had een vriend die juwelier was. Die zorgde voor namaaksieraden, zodat zij die kon omwisselen met de sieraden in Lady Ems kluis. Het was bijna te simpel. Brenda had de code van de kluis. Zij haalde er een sieraad uit en bracht het naar Ralphie. Hij nam het mee naar de juwelier, die een vergelijkbaar sieraad vervaardigde. Als het klaar was stopte ze het in de kluis. Het enige sieraad dat niet in de kluis lag en dat ze nooit had gezien was de halsketting van Cleopatra.

Ze schoof de lege kom aan de kant, begon de rijst te eten en vervloekte zichzelf dat ze zo stom was geweest om met de picknickarmband te rommelen die Sir Richard had gekocht toen hij met Lady Em over Fifth Avenue liep. Lady Em koesterde dat ding. God weet dat ik dat verhaal al vaak genoeg heb moeten aanhoren, dacht Brenda bitter. Ik had moeten weten dat ik dat sieraad met rust moest laten.

Zij en Ralphie hadden meer dan twee miljoen verdiend met het verkopen van de sieraden van Lady Em, maar dat geld zou haar niet helpen als Lady Em die armband liet controleren door Celia Kilbride, laat staan alle andere sieraden die ze verwisseld hadden. Ze zou hen laten vervolgen, dat was zeker. Dat had ze al een keer eerder gedaan, bij een chef die haar meer liet betalen voor het eten dan nodig was. 'Ik betaal je erg goed,' had ze hem verteld. 'En nu zul jij voor je hebzucht betalen.'

Brenda at alles op haar bord op en liep toen naar de toetjes. Ze pakte een groot stuk chocoladetaart en ging terug naar de tafel. Die was al opgeruimd, behalve het kopje, dat was bijgevuld.

Op deze manier reizen bevalt me wel, dacht ze. Tenminste, dat deed het voordat ik Ralphie ontmoette en verliefd werd. Maar de afgelopen twintig jaar met Lady Em zijn zeker interessant geweest. Alle plekken op de wereld die ik bezocht heb, de theaterstukken op Broadway die ik gezien heb, de mensen die ik ontmoet heb.

Wanneer ze volgende week donderdag in New York zouden

terugkeren, zou daar een einde aan komen – en heel snel al. Maar als er voor die tijd iets met Lady Em zou gebeuren, dan zou er niets aan de hand zijn. De driehonderdduizend dollar die Lady Em in haar testament aan haar naliet zou van haar zijn.

Brenda maakte haar gelukskoekje open. *Er zijn grote veranderingen op til. Wees voorbereid.* Dat kon zowel iets goeds als iets slechts betekenen, dacht ze terwijl ze het papiertje verfrommelde en liet vallen.

Ze zag dat Celia Kilbride en de Meehans van tafel gingen. Plotseling bedacht ze iets. Zou Lady Em zich genoeg zorgen maken om de armband om hem aan Celia te laten zien voordat ze in New York terug waren? Als ze dat deed, zou Celia kunnen zien dat dit exemplaar nooit in de etalage van Harry Winston had gelegen? Natuurlijk kon ze dat.

Die mogelijkheid beangstigde Brenda nog meer.

34

Toen Roger terugkwam van zijn gesprek met Lady Em was zijn grootste angst uitgekomen. Ze had het onderwerp voorzichtig aangesneden. 'Roger, je weet hoe dankbaar ik ben voor de manier waarop je door de jaren heen mijn belangen hebt behartigd, maar ik ben erg oud en ik heb hartproblemen. Zoals je weet zal bijna al mijn geld naar de liefdadigheidsinstellingen gaan die ik mijn hele leven lang gesteund heb. Als er vragen zijn over mijn bezittingen en waar ze vandaan komen, dan wil ik er nog bij zijn om ze te beantwoorden. Daarom denk ik dat, ook al vertrouw ik je en het werk dat je gedaan hebt, het een goed idee is om alles nog eens te laten nakijken door een externe firma, zodat ik zeker weet dat alles in orde is.'

Lady Em had al zijn tegenwerpingen weggewuifd door te zeggen dat ze niet te laat wilde zijn voor haar afspraak bij de kapper.

Twee uur later waren Yvonne en Roger de eerste twee die voor de middagmaaltijd aan hun tafel in de formele eetzaal zaten. Ze waren daar omdat ze hoopten met Lady Em te kunnen praten. Ze zouden haar proberen te overtuigen dat het onzinnig was om zo veel geld uit te geven voor een overbodige controle van haar financiën.

Roger had tijdens een bijna slapeloze nacht bedacht hoe hij dit ging oplossen als Lady Em het onderwerp zou aansnijden.

Als hij de kans kreeg, zou hij Lady Em erop wijzen dat al die liefdadigheidsinstellingen eigen juristen in dienst hadden die de voorwaarden van haar testament aandachtig zouden bestuderen. Waarom zou ze op haar leeftijd nog de moeite nemen? Zijn belangrijkste argument zou zijn dat er in al die jaren dat de belastingdienst haar aangifte had gecontroleerd nooit een onderzoek was ingesteld. 'En geloof mij nou maar, Lady Em,' zou hij zeggen, 'die lui pluizen uw aangifte helemaal uit.'

Het vooruitzicht dat het hem zou lukken om haar te overtuigen en ervoor te zorgen dat ze haar financiën niet liet controleren werd in zijn hoofd zo waarschijnlijk dat hij zich beter begon te voelen. Terwijl hij en Yvonne aan de tafel op Lady Em wachtten, waarschuwde hij zijn vrouw. 'En kijk niet de hele tijd zo verveeld uit je ogen. Je bent zelf ook niet bijster interessant.'

'Moet je horen wie het zegt,' beet ze terug, ook al dwong ze zichzelf daarna om vriendelijk te lachen. Na een kwartier gewacht te hebben wisten ze dat ze alleen zouden eten en bestelden ze hun lunch. Op het moment dat die werd opgediend, kwam professor Henry Longworth de eetzaal binnen en ging bij hen zitten.

'We hebben nog niet veel met elkaar gepraat,' zei hij met een glimlach. 'Dus het is fijn om jullie even samen te spreken.'

Roger was het daarmee eens, terwijl Yvonne zich vertwijfeld afvroeg of de professor weer over Shakespeare ging praten. Ze had zijn lezing gisteren getolereerd maar was niet van plan om naar zijn volgende te gaan. Ze had ook geen behoefte aan een gesprek met hem.

Ze dacht al snel weer bezorgd na over de mogelijkheid dat Roger naar de gevangenis zou gaan als Lady Em een nieuwe boekhouder in de arm nam. Ze had er absoluut geen vertrouwen in dat Roger Lady Em van gedachten kon doen veranderen.

Ze begon haar eigen opties te overwegen. Kon ze van Roger scheiden voor het schandaal bekend werd? Dat zorgde ervoor dat ze geen problemen met justitie kreeg, maar als hij een fraudeur bleek te zijn, zou al het geld van hun rekeningen gegraaid worden.

Toen bedacht ze een andere mogelijkheid. Roger heeft een levensverzekering laten afsluiten van vijf miljoen dollar, dacht ze, en ik ben de enige begunstigde. Als hem iets overkomt, krijg ik al het geld.

En hij vindt het fijn om op de reling van ons balkon te zitten, zelfs wanneer de zee onstuimig is.

35

Celia's tweede lezing werd nog beter bezocht dan haar eerste. Ze glimlachte toen ze Lady Em naast Alvirah en Willy op de eerste rij zag zitten. Alvirah was met Lady Em aan het kletsen en Celia wist zeker dat de twee vriendinnen zouden zijn tegen de tijd dat ze met haar lezing zou beginnen. Toen ze op de katheder afliep viel iedereen stil, maar voordat ze begon te spreken, keek ze naar Alvirah, die haar bemoedigend toelachte.

Mijn nieuwe hartsvriendin, dacht ze.

Nadat Celia iedereen had bedankt voor zijn komst, begon ze. 'Smaragden werden niet lang na goud als juwelen in gebruik genomen. De smaragd dankt zijn naam aan het oud-Griekse woord voor groen. De eerst bekende smaragdmijnen lagen in Egypte. Onderzoekers hebben deze mijnen gedateerd op 330 voor Christus, maar ze waren nog actief tot in de zestiende eeuw. Cleopatra schijnt meer van smaragden te hebben gehouden dan van enige andere edelsteen.'

Ze had het over de geneeskrachtige gaven van de smaragden, en hoe ze gebruikt werden door vroege artsen die geloofden dat ze ogen konden genezen door naar een smaragd te kijken. De troostende zachtgroene kleur zou volgens hen moeheid en uitputting wegnemen. De waarheid is dat ze wel op het juiste spoor zaten. Ook vandaag de dag wordt groen beschouwd als een kleur die stress verminderd en kalmerend werkt voor het oog.

Ze vertelde dat het dragen van een smaragd de waarheid, of het gebrek daaraan, in de woorden van een geliefde zou tonen. Het zou ook een eloquent spreker van je maken. Celia liet de hanger om haar nek zien, 'Ik bezit er geen, dus die theorie kan ik vandaag niet toetsen.' Het publiek lachte hartelijk.

Daarna had ze het over edelstenen die geneeskrachtige gaven zouden bezitten en andere juwelen van farao's en koningen die gebruikt werden als losgeld of om schulden af te lossen.

Toen ze klaar was met de vragen uit het publiek, zei een van de gasten: 'Mevrouw Kilbride, dankzij u willen we allemaal meer sieraden bezitten, of degene die we hebben elke dag dragen.'

'Helaas stoppen veel mensen prachtige juwelen weg in een kluis en dragen ze ze nooit,' antwoordde Celia. 'Natuurlijk moet je er voorzichtig mee zijn, maar betekent dat dat je er nooit van mag genieten?'

Dankzij de lunch met Alvirah en Willy en het overduidelijke succes van de lezing die werd opgevolgd door een daverend applaus voelde Celia zich stukken beter. Ze ging terug naar haar suite. Door de lange wandeling op het dek en het vroege opstaan was ze moe, dus ze besloot een dutje te doen voor ze zich voor het cocktailfeestje van de kapitein en het diner erna zou voorbereiden.

Dat deed haar weer aan Steven denken. De dure jurk die ze die avond zou dragen was eigenlijk bedoeld voor de huwelijksreis, die gelukkig afgelast was.

Ik kan net zo goed mijn eigen advies opvolgen en ervan genieten, dacht ze. Het zal lang duren voor ik weer zo veel geld kan uitgeven.

36

Devon Michaelson vroeg zich af of hij een vergissing begaan had door de andere gasten te vragen de ceremonie van die ochtend bij te wonen. Hij wist dat hij geschrokken had gereageerd toen de kapelaan hem had gevraagd de urn te zegenen en dat Alvirah Meehan dat had opgemerkt, en misschien anderen ook wel. Hij hoopte dat ze dachten dat hij een atheïst was.

In feite was hij opgegroeid in een streng katholiek gezin. Ook al beschouwde hij zichzelf niet meer als een gelovige, hij had zich voorgesteld hoe geschokt zijn moeder zou zijn als ze wist dat hij een priester een urn vol sigarettenas had laten zegenen.

Ik mag bij niemand opvallen, dacht hij. En ik zou inmiddels moeten weten dat ik me geen enkele fout kan permitteren.

Yvonne, Dana en Valerie zaten al aan hun tweede glas wijn. Ze hadden de late ochtend en vroege middag zonnebadend bij het zwembad doorgebracht. Valerie las het activiteitenschema door.

'Luister eens,' zei Yvonne. 'Vanmiddag is er een lezing over de Hamptons, inclusief een verhaal over een echte heks uit East Hampton.'

'Ik weet wie ze daarmee bedoelen,' zei Dana. 'Julie Winston, dat ex-model dat net getrouwd is met de voorzitter van Browning Brothers. Ik zat naast haar tijdens een liefdadigheidsgala en...'

'Als ze het over een heks hebben, moet dat Ethel Pruner zijn. We zaten met zijn zevenen met haar in een bestuur om bloemstukken te regelen en we wilden er allemaal na de eerste vergadering al mee stoppen...'

Valerie hield een hand omhoog en lachte. 'Ik denk dat ze het over een heks hebben uit de zestiende eeuw. Het begint over een kwartier. Leuk idee?'

'Laten we gaan,' zeiden Dana en Yvonne tegelijkertijd.

De spreker stelde zich voor als Charles Dillingham Chadwick. Hij was een tengere man in de veertig, kaal en van gemiddelde lengte. Chadwick praatte zonder zijn onderkaak te bewegen, een typische Hamptons-eigenschap, maar hij had pretogen en nam zichzelf niet al te serieus.

'Dank u allemaal voor uw komst. Een van mijn allereerste prettige jeugdherinneringen is dat mijn vader me uitlegt dat onze familie een stamboom heeft die herleid kan worden tot de Mayflower en dat mijn voorouders ooit een flink stuk grond bezaten in wat nu de Hamptons is. Mijn allereerste onprettige jeugdherinnering was het moment dat ik erachter kwam dat ze een eeuw geleden hun land voor een grijpstuiver verkocht hadden.'

Daar werd hartelijk om gelachen. Dana zei tegen Valerie en Yvonne: 'Dit wordt leuker dan we dachten.'

Chadwick schraapte zijn keel en ging verder. 'Ik hoop dat u het net zo boeiend vindt als ik dat een paar slaperige dorpjes van boeren en vissers op de oostelijke punt van Long Island uit zijn gegroeid tot een van 's werelds beroemdste speeltuinen voor de elite. Maar laten we beginnen met het verhaal van een burenruzie die er bijna voor zorgde dat een van de eerste pioniers in de Hamptons geroosterd werd.

In die vroege dagen zwaaiden puriteinen de scepter in de Hamptons. Vijfendertig jaar voor de beruchte heksenprocessen in Salem, Massachusetts, hadden de Hamptons al last van hekserij.

In februari 1658, vlak nadat ze een kind had gekregen, werd de zestienjarige Elizabeth Gardiner erg ziek en begon te roepen dat ze het slachtoffer was van hekserij. De jonge Gardiner zou een dag later sterven, maar niet voordat ze haar buurvrouw Goody Garlick als haar kwelgeest aanwees. De arme Goody was al van andere onverkwikkelijke zaken beschuldigd, zo zou zij ook schuld hebben aan de mysterieuze sterfte van het vee.

Als je naar de gerechtelijke dossiers uit die tijd kijkt, zie je dat mensen elkaar constant beschuldigden en aanklaagden. Ze maakten ruzie over de kleinste dingen. Dat is vandaag de dag natuurlijk niet heel anders. Hoe dan ook, die arme Goody stond een nare ervaring te wachten.

Maar het lot was Garlick goed gezind, want de magistraten van East Hampton durfden geen beslissing te vellen en verwezen de zaak door naar het hogere hof van Hartford, de kolonie waar de Hamptons toen deel van uitmaakten.

Haar zaak werd voorgelegd aan gouverneur John Winthrop junior. Winthrop was een geleerde die geloofde dat de meeste gebeurtenissen gestuurd werden door de magische krachten van de natuur, niet door de mens. Misschien was hij gewoon een snob die niet geloofde dat een boerenvrouw zonder enige opleiding magie kon bedrijven. Hoe dan ook, hij verklaarde haar onschuldig en gaf de twistzieke inwoners van de Hamptons het volgende gerechtelijk advies mee. Ik citeer: "Dit hof verwacht en verlangt dat u de vrede met meneer Garlick en zijn vrouw, uw buren, zult bewaren, en dat zij u hetzelfde zullen behandelen."

Is dit een belangrijk voorval? Ik denk van wel. Na Winthrops beslissing werd er in East Hampton niemand meer van hekserij beschuldigd, terwijl hetzelfde probleem in de jaren daarna allerlei gemeenschappen in Massachusetts zou teisteren. En of de inwoners van de Hamptons onderling de vrede wisten te bewaren? Dat is iets waar men nog steeds hard aan werkt.'

37

Het cocktailfeestje van de kapitein werd gehouden in zijn ruime, prachtig ingerichte suite. De muren en het meubilair waren uitgevoerd in tinten van zachtblauw en vaalgroen. Glimlachende kelners boden drankjes en hors-d'oeuvres aan. Celia had haar haar vastgemaakt met een gouden haarspeld en liet het langs haar schouders vallen. Haar mosgroene jurk was gemaakt van glinsterend chiffon. De enige sieraden die ze droeg waren haar moeders oorbellen.

 Ze merkte het niet, maar de ogen van de kapitein, zowel als die van bijna alle andere aanwezige mannen, bleven op haar rusten terwijl ze met de andere gasten praatte. Lady Em kwam vlak na haar binnen. Ze droeg een simpele zwarte jurk die contrasteerde met de adembenemende, smaragden halsketting die ooit aan Cleopatra, de koningin van Egypte, had toebehoord en die al honderd jaar niet in het openbaar was gedragen. Elke smetteloos heldere smaragd fonkelde met verbluffende pracht. Lady Em had haar haar ook opgestoken en door haar lichtbruine ogen en lange wimpers kon je je indenken hoe beeldschoon ze ooit was geweest. Haar rechte postuur gaven haar een vorstelijke, gezaghebbende uitstraling. Haar oorbellen waren peervormige diamanten en behalve haar diamanten trouwring droeg ze verder niets wat van de ontzagwekkende ketting zou afleiden.

Net als Celia wilde ze vanavond haar zorgen opzijzetten. Ze wilde van het moment genieten. Het deed haar denken aan die lang vervlogen tijden toen ze als prima ballerina buigingen maakte voor een applaudisserend publiek in uitverkochte theaters.

En hoewel hij altijd in haar onderbewuste aanwezig was, bracht het levendige herinneringen terug aan Richard, zoals die keer dat hij op haar wachtte bij de artiesteningang op die prachtige avond in Londen toen ze elkaar ontmoetten. Knappe, galante Richard die naar voren was gestapt uit een groepje bewonderaars. Hij had haar hand gepakt en er een kus op gedrukt.

En hij heeft mijn hand nooit meer losgelaten, dacht ze weemoedig terwijl ze een glas wijn pakte.

Alvirah droeg de beige jurk met bijpassend jasje die Willy zo mooi vond. Ze had in de namiddag haar haar laten doen bij de schoonheidssalon en was er zelfs toe overgehaald om wat make-up op haar gezicht te dragen.

Net als altijd was kapitein Fairfax een perfecte gastheer. Zijn gezicht en manier van doen verraadden niets van de zorgen die zwaar op hem drukten. Hij had drie problemen: de Man met Duizend Gezichten die nu in deze kamer aanwezig kon zijn en zich verlekkerde op Lady Haywoods smaragden, de oceaan die al ruiger werd door de zware storm waar ze op af voeren en het probleem met de motor, waardoor ze achter op schema liepen.

Ted Cavanaugh, die partner bij een advocatenbureau was, was de volgende gast die op hem afliep. Fairfax wist wie hij was. De zoon van de vroegere ambassadeur van Egypte en het Engelse hof en een advocaat die hoog in het vaandel stond omdat hij ervoor zorgde dat kunstschatten bij de rechtmatige eigenaar terugkwamen. De kapitein had een dochter van drieëntwintig. Dit is het soort jongen waar ze mee thuis mag komen, dacht hij. Knap, succesvol, van een goede afkomst. Niet zoals die langharige muzikant met zijn harmonica.

Hij stak zijn hand uit naar Ted. 'Welkom, meneer Cavanaugh. Ik hoop dat u van uw cruise aan het genieten bent.'

'Zeker,' zei Ted terwijl hij de kapitein stevig de hand schudde.

Fairfax lachte.

Zijn aandacht werd afgeleid door de binnenkomst van Devon Michaelson, de Interpolagent die voor een gepensioneerde ingenieur moest doorgaan. De kapitein doorkruiste de kamer om hem te begroeten, maar werd de pas afgesneden door Anna DeMille, die zich naar Michaelson haastte. In plaats daarvan wendde Fairfax zich naar het stel naast hem, over wie hij ook al veel gehoord had. De Meehans hadden vijf jaar geleden veertig miljoen dollar in de loterij gewonnen en mevrouw Meehan had beroemdheid vergaard als een columnist die incidenteel ook misdaden oploste.

'Meneer en mevrouw Meehan,' zei hij met een vriendelijke glimlach die niets van zijn ongerustheid liet zien.

'Noem ons maar Alvirah en Willy,' zei Alvirah onmiddellijk. 'Kapitein, wat een voorrecht om met de eerste tocht van dit schip mee te mogen varen. We zullen de herinnering hieraan altijd koesteren.'

Op dat moment werd de deur opengeduwd en rende Yvonne Pearson naar binnen. 'Mijn echtgenoot!' gilde ze. 'Hij is overboord gevallen!'

38

'Kom maar met mij mee,' zei kapitein Fairfax tegen Yvonne, die volledig overstuur was. Hij bracht haar van de drukke salon naar een privékamer. Terwijl ze liepen, blafte hij bevelen door zijn telefoon zodat John Saunders, het hoofd beveiliging, hem in de werkkamer van de steward zou ontmoeten. Pas toen de deur naar het kleine kantoor achter hen dichtviel begonnen hij en Saunders Yvonne te ondervragen.

'Mevrouw Pearson,' begon Fairfax, 'vertel me eens precies wat u gezien en gehoord hebt.'

Yvonne sprak hakkelend terwijl ze haar snikken onderdrukte. 'We, ik bedoel Roger en ik, waren in onze suite. We waren op ons balkon aan het praten en we hadden allebei al wat gedronken. Roger zat op de reling, ik vroeg hem dat niet te doen. Hij zei dat ik me met mijn eigen zaken moest bemoeien. En toen viel hij.' Yvonne begroef haar hoofd in haar handen en snikte.

'Mevrouw Pearson,' begon de kapitein, 'ik begrijp dat dit voor u moeilijk is, en het spijt me dat ik u deze vragen moet stellen. Ik garandeer u dat we uw echtgenoot net zo graag willen vinden als u. Maar voordat ik het schip laat omdraaien om hem te vinden, moet ik precies weten wat u zag.'

Yvonne veegde haar tranen weg en pakte het zakdoekje

aan dat Saunders haar aanbood. Tijdens haar gesnik bedacht ze dat ze onmiddellijk naar het feestje van de kapitein was gerend om te roepen dat Roger overboord gevallen was. Opeens maakte ze zich zorgen dat ze langer had moeten wachten. Ze wist niet hoelang het zou duren om het schip om te draaien. Of zouden ze hem met een kleiner bootje gaan zoeken? Maar de kapitein lijkt niet bijzonder veel zin te hebben om een zoektocht te beginnen, dacht ze.

'Het spijt me, ik ben zo van slag. Ik geef toe dat ik kwaad was toen Roger zei dat ik me met mijn eigen zaken moest bemoeien. Ik ging terug de suite in en sloot boos de balkondeur. Een minuut later ging ik naar buiten om hem te vertellen dat het tijd was om naar het feestje te gaan, en toen was hij weg.' Ze begon weer te huilen en overwoog of ze moest flauwvallen, maar ze wist niet zeker of dat overtuigend over zou komen.

Saunders stelde de volgende vraag terwijl hij haar een nieuw zakdoekje aanbood. 'Mevrouw Pearson, u zei dat u "een minuut later" weer het balkon op ging en dat uw echtgenoot toen weg was. De reden dat we u zo uitvoerig ondervragen is omdat meldingen van mensen die overboord vallen vaak vals alarm blijken. De vermiste persoon is bijna altijd ergens op het schip te vinden, soms helaas op een plek waar hij niet mag komen. Wat deed u precies in de tijd dat u uw echtgenoot op de reling zag zitten en u weer terugging om hem op te halen?'

Yvonne verborg bewust de intense opluchting die haar overspoelde. 'Ik ging even naar de badkamer.'

'Deed u de deur dicht toen u in de badkamer was?' vroeg Saunders.

'Natuurlijk.'

'Dus u zat in elk geval een minuut in de badkamer, met de deur gesloten,' zei de kapitein. 'En is het mogelijk dat uw echtgenoot de suite verlaten heeft terwijl u...' Hij aarzelde. '... de deur dicht had?'

'Ik denk wel dat ik de balkondeur en de deur van de suite had gehoord,' zei ze, 'maar het geluid van het doortrekken is natuurlijk niet bijzonder zacht.'

'Dat klopt, en dat spijt me,' zei de kapitein. 'Maar als ik het schip laat afremmen of het omdraai, dan bereiken we Southampton nooit meer op tijd. Dat zou de planning van veel van onze gasten ontregelen, omdat de meesten direct naar het vliegveld moeten om hun vliegtuig te halen. Ik stel voor dat we het schip doorzoeken om uw echtgenoot te vinden. Mochten we daarin niet slagen, dan bepalen we daarna wat we verder gaan doen.'

Saunders gaf Yvonne een vel papier en een pen. 'Mevrouw Pearson, in dit soort ongelukkige gevallen moeten we ons protocol volgen. Ik wil u vragen om dit formulier in te vullen, met daarbij een verslag van wat er in uw suite gebeurde toen u uw echtgenoot voor het laatst zag. Wanneer u klaar bent en het nagekeken heeft, zullen we het allebei ondertekenen.'

Yvonne voelde zich meteen een stuk opgewekter. 'Ik waardeer het zeer dat u alles doet om mijn arme, lieve Roger te vinden.'

39

Yvonne had kapitein Farirfax' aanbod om zich door iemand naar haar suite terug te laten brengen afgeslagen. 'Het komt wel goed met me,' zei ze. 'Ik heb wat tijd voor mezelf nodig, zodat ik voor Roger kan bidden.'

Nadat ze weg was, vroeg de kapitein aan Saunders: 'Wat denk je?'

'Ze gaf toe dat ze hem niet overboord heeft zien vallen. Ze heeft ook toegegeven dat ze gedronken hadden. En dit was vlak voordat ze naar het feestje zouden komen. Ik geloof niet dat hij overboord is geslagen.'

'Ik ook niet,' zei Fairfax. 'De laatste keer dat we een dergelijk incident hadden op een van mijn schepen, hield de echtgenote vol dat haar man van het dek geslagen was door een enorme golf. Als die man echt overboord was gevallen, had hij enorm veel geluk. Hij kwam ongedeerd in het bed terecht van een of andere lellebel op het schip.'

'Dus wat gaan we nu doen?' vroeg Saunders.

Voordat de kapitein antwoord kon geven, ging zijn telefoon. Hij nam op. Zelfs zonder de telefoon op de luidspreker te zetten, kon Saunders elk woord verstaan dat werd gezegd door Gregory Morrison, de luidruchtige eigenaar van de Queen Charlotte.

'Wat is er in godsnaam aan de hand?' vroeg de stem.

'Een vrouwelijke passagier heeft aangegeven dat haar echtgenoot eventueel...'

'Ja, dat weet ik,' brulde Morrison. 'Ik wil weten wat je er verdomme aan gaat doen.'

'Meneer Saunders en ik hebben de we...' De kapitein wilde weduwe zeggen, maar veranderde net op tijd van gedachte. '... de vrouw van de man die overboord geslagen zou zijn ondervraagd. Ze hadden alle twee veel gedronken, en ze heeft toegegeven dat ze hem niet overboord heeft zien vallen. Ik raad aan om...'

'Weet je wat we zeker weten niet gaan doen, Fairfax? Onder geen enkel beding gooi je het roer om. Ik wil niks over omkeren horen.'

De kaptein wreef over zijn slaap terwijl hij de telefoon vasthield. Het was zeker mogelijk om het roer om te gooien en het schip op hoge snelheid te laten omdraaien. Net als elke kapitein was hij bevoegd om dit te doen. Als hij ervan overtuigd was dat Pearson echt overboord was geslagen, zou hij het schip laten omkeren en zijn bemanning bevelen om met felle zoeklichten in het water te schijnen. De speciale hulpverleningsboten met buitenboordmotoren zouden te water gelaten worden. Hij zou zelfs reddingsboten bij de zoektocht kunnen laten helpen. Zijn veiligheidshandboek bevatte alle procedures.

Maar hij zou daar alleen naar hoeven handelen als een ooggetuige, eigenlijk het liefst twee, de passagier overboord hadden zien vallen. In dit geval had hij een beschonken getuige die had toegegeven dat ze het niet daadwerkelijk gezien had. Bovendien liep Morrison in zijn nek te hijgen en zou hij hem bij elke stap tegenwerken als hij een volledige zoektocht naar Pearson op touw probeerde te zetten.

'Ik zal het schip helemaal laten doorzoeken. We hebben de paspoortfoto's van alle passagiers. Er zullen kopieën van Pearsons foto gemaakt worden en daarmee zal de bemanning gaan zoeken.'

'Goed,' zei Morrison, die iets milder gestemd klonk. 'Maar ik wil niet dat we de passagiers bevelen om terug naar hun kamers te gaan. Laat de bemanningsleden maar op de deuren kloppen en om Pearson vragen. Als hij in een van de kamers is, zal hij wel antwoord geven.'

Het gesprek werd beëindigd voor Fairfax antwoord kon geven.

Saunders sprak als eerste. 'Wat gaan we doen?'

'Je hebt hem gehoord,' zei de kapitein. 'We gaan het schip doorzoeken.'

40

Lady Em, Brenda en Celia zaten samen in stilte te bidden dat Roger gered zou worden, ook al wisten ze dat er bijna geen hoop was dat hij zou kunnen blijven drijven in de verraderlijke zee als hij overboord geslagen was.

Fairfax' stem was te horen via het omroepsysteem van het schip. 'Dit is uw kapitein. We zijn op zoek naar meneer Roger Pearson. Meneer Pearson, als u deze boodschap hoort, kom dan naar de brug. Als u meneer Pearson de afgelopen twintig minuten nog heeft gezien, neem dan contact op met de brug. Dat was het, dank u.'

Celia sprak als eerste. 'Ik vraag me af of dat standaardprocedure is, om eerst het schip te doorzoeken als ze denken dat iemand overboord is geslagen.'

Lady Em wendde zich tot Brenda. 'Ga naar Yvonne,' zei ze. 'Het is beter als er een bekende bij haar is.'

'Ik ben bang dat ik weinig hulp kan bieden,' zei ze tegen Celia toen Brenda weg was. Lady Em werd verscheurd door spijt en woede. Ze wist dat haar aankondiging om een andere boekhouder haar financiën te laten nakijken ervoor gezorgd zou kunnen hebben dat Roger expres over die reling gesprongen was. Ze had hem bij de lunch niet gezien, maar was hem tegen het lijf gelopen toen ze rond vijf uur een korte wandeling maakte. Nerveus had hij haar uitgelegd waarom ze geen geld zou moeten uitgeven aan zoiets belachelijks. Ze had hem uiteindelijk de mond gesnoerd door te zeggen: 'Ik wil er niet over discussiëren. Ik hoop dat mijn beslissing duidelijk is. Eerlijk gezegd baart het me zorgen dat je er zo op tegen bent.'

Dat waren de laatste woorden die ze tegen Roger had gezegd. Is hij gevallen, vroeg ze zich af, of heb ik hem tot zelfmoord gedreven?

Twintig minuten later, toen een bemanningslid van de ene naar de andere groep passagiers liep om te zeggen dat ze toch iets moesten eten, pakte ze met tegenzin het menu op.

'Ik denk dat we allemaal een borrel kunnen gebruiken,' zei professor Longworth.

'Dat is een erg goed idee,' zei Celia. Ze had gemerkt hoe zwak en oud Lady Em er opeens uitzag. Ze is zo'n krachtige, voorname verschijning dat we vergeten hoe oud ze eigenlijk is. En Roger was naast haar werknemer natuurlijk ook een goede vriend van haar.

Ze aten in stilte, allemaal in beslag genomen door hun eigen gedachten.

41

Aan Alvirah en Willy's tafel had men dezelfde reactie als bij de buren. Willy had er zelfs op gestaan dat Alvirah met hem een wodkamartini zou drinken. Devon Michaelson, Ted Cavanaugh en Anna DeMille deden hetzelfde. Anna was degene die hun gevoelens onder woorden wist te brengen: 'Het is raar om te bedenken dat die arme man gisteravond maar een paar meter verderop zat.'

Nadat ze de aankondiging van de kapitein hadden gehoord, wisten ze niet wat ze moesten denken. Ted zei: 'Om de een of andere reden twijfelen ze aan het verhaal van zijn vrouw.'

Alvirah dacht terug aan de ruzie die zij en Willy gisteravond hadden opgevangen toen ze buiten de suite van Roger en Yvonne stonden. Ze vroeg zich af of dat een eenmalig incident was geweest. Was Rogers bekentenis tegen Yvonne dat hij twintig jaar de cel in zou draaien hetgene wat hem ertoe had gedreven te springen? Ze wist zeker dat Willy over hetzelfde nadacht, maar hij zou het er in gezelschap niet over hebben.

Anna DeMille vond het jammer dat Roger niet wat later overboord had kunnen vallen. Ze had van het feestje van de kapitein genoten. Er waren zo veel beroemdheden geweest. Ze was bij Devon weggelopen om met de rapper Bee Buzz en zijn vrouw Tiffany te praten. Ze waren allebei erg vriendelijk geweest en hadden gelachen toen ze hen haar verhaal vertelde over Cecil B. DeMille. Heel anders dan die keer toen ze had geprobeerd een gesprek met hen aan te knopen op het dek, toen hadden ze haar straal genegeerd. Daarna, toen ze allemaal gingen zitten om het laatste nieuws over Roger Pearson af te wachten, was ze gestruikeld en had Devon Michaelson een arm om haar heen geslagen. Dat was zo fijn geweest, ze hoopte dat hij haar nooit meer los zou laten. Later deed ze nog een keer of ze struikelde, maar toen leek hij het niet te merken. Ze keek om zich heen.

'En daar zitten we dan, allemaal nog in onze feestkleding,' zei ze. 'Het zet je aan het denken, of niet?'

'Het kan verkeren,' was Alvirah het met haar eens.

Noch Devon noch Ted Cavanaugh gaf antwoord, allebei waren ze diep in gedachten verzonken.

42

Mijlenver van het inmiddels verdwenen schip vandaan probeerde een wanhopige Roger Pearson zich boven water te houden door gestaag te watertrappen. Blijf rustig, dacht hij. Ik ben een goede zwemmer. Zolang ik maar blijf bewegen, heb ik een kans.

Hij hapte naar adem terwijl hij bleef zwemmen. Dit is een drukke vaarroute, sprak hij zichzelf moed in. Er zal nog een schip voorbijkomen. Ik moet het halen. Zelfs als ik in de gevangenis eindig, dat maakt me niet uit. Ze heeft me geduwd. *Ze heeft me geduwd.* Zij draait ook de bak in. En als ze me niet geloven, heb ik nog een optie. Ik kan die levensverzekering van vijf miljoen opzeggen. Daarom heeft ze waarschijnlijk geprobeerd me te doden. Ik zal met al mijn kracht blijven doorzetten. Ik moet blijven leven, al was het alleen maar om die verzekering door haar neus te boren.

Roger dacht terug aan de survivalcursus die hij had gevolgd toen hij zestien was en bij de padvinders zat. In het zwembad had het toen gewerkt. Zou het nu ook werken, nu zijn leven ervan afhing?

Hij hield zijn adem in en dook onder water om daar zijn broek af te stropen. Terwijl hij met zijn benen trapte om te blijven drijven, wist hij een dubbele knoop in zijn broekspijpen te leggen. Daarna trok hij de broek over zijn hoofd, zodat de knoop op zijn hals zat. De volgende moeilijke stap was om de bovenkant van de broek vast te grijpen en er lucht mee te vangen zonder dat er water in kwam.

Hij durfde weer hoop te hebben toen de lucht in de broek een kussen vormde dat in het water bleef dobberen. Om zijn provisorische reddingsboei te testen, stopte hij met zwemmen. Zonder enige moeite bleef hij dankzij zijn geïmproviseerde reddingsvest drijven.

Alhoewel hij wist dat de lucht langzaam uit zijn broek zou ontsnappen en hij het proces zou moeten herhalen, wist hij zeker dat het veel langer zou duren voor hij uitgeput zou raken. Maar zou het lang genoeg zijn?

Een golf sloeg over hem heen en er kwam zout water in zijn ogen, maar hij kneep ze dicht en bleef vastberaden volhouden.

43

Ze had willen voorkomen dat Roger gearresteerd werd. Na een late middagwandeling op het dek was hij bleek en bezweet bij de suite teruggekomen. 'Het heeft geen zin,' had hij gezegd. 'Ik heb geprobeerd om het plan uit haar hoofd te praten, maar het heeft haar alleen maar wantrouwiger gemaakt.'

Nu het gebeurd was, was Yvonne vervuld van angst. Roger had maar even op de reling gezeten toen hij zei: 'De zee is me iets te ruig voor deze zitplek.' Net toen hij eraf had willen stappen, had hij bijna zijn evenwicht verloren. Toen was ze naar voren geschoten en had ze hem zo hard als ze kon geduwd.

Voor hij viel had hij haar geschokt aangekeken. Pas toen zijn lichaam begon te vallen, was hij gaan schreeuwen: 'Nee, nee, nee...' Het laatste wat ze van hem gezien had waren zijn voeten en benen die over de reling verdwenen.

Ze wist dat ze langer had moeten wachten voordat ze iemand had verteld dat hij overboord was gevallen. Het leek of er maar een paar minuten voorbij waren gegaan toen de kapitein en de bemanning het schip begonnen te doorzoeken.

Pas toen herinnerde ze zich dat Roger een goede zwemmer was en dat hij als student lid geweest was van een zwemteam. Wat als ze hem levend terugvonden? Hij zou nooit geloven dat ze hem per ongeluk geduwd had terwijl ze hem van de reling af had willen helpen.

Als Roger gered zou worden, zou dat verregaande gevolgen hebben voor haar. Ze trilde toen de dokter haar een kalmeringsmiddel gaf. Brenda bood aan om een deken om haar heen te slaan terwijl ze op de bank in het zitgedeelte van de suite zaten.

Het is tijd voor Brenda om op te hoepelen, dacht Yvonne. Lady Ems assistent gedroeg zich ongewoon aardig en had aangeboden om op de bank te slapen.

Terwijl Brenda de deken over haar uitspreidde, konden ze luid geklop op een deur in de gang horen. Een jong bemanningslid riep: 'Pardon, we zijn op zoek naar meneer Roger Pearson. Is hij in deze kamer?'

Vaag konden ze het antwoord dat werd gegeven horen. 'Nee.' 'Dank u wel,' zei het bemanningslid terwijl hij doorliep naar de volgende deur.

'Helpt het als ik hier ben, of ben je liever alleen?' vroeg Brenda aan Yvonne

'O, dank je, ik denk dat ik het alleen wel red. Dat is iets waar ik misschien toch aan moet wennen. Maar wederom bedankt. Het komt wel goed met me.'

Toen Brenda eindelijk weg was, schonk Yvonne een groot glas whisky met ijs voor zichzelf in. In stilte proostte ze op Roger. Je had toch wel zelfmoord gepleegd als je twintig jaar in de gevangenis moest zitten, dacht ze. Ze vroeg zich af hoe snel ze de vijf miljoen van de levensverzekering uitgekeerd zou krijgen. Waarschijnlijk al een week nadat ze in New York was. Als Roger zo veel geld van Lady Em had afgetroggeld, waar was het nu dan? Had hij een paar geheime bankrekeningen? Een ding was zeker, als ze ooit door de FBI ondervraagd zou worden, wist ze zeker dat ze hen ervan zou kunnen overtuigen dat ze niets van Rogers financiën wist.

Met die troostende gedachte besloot de kersverse weduwe om zichzelf op een tweede glas Chivas Regal te trakteren.

44

'Kom binnen,' zei Fairfax toen Saunders op zijn deur klopte. 'Heb je iets gevonden?'

'Niets, kapitein. Niemand heeft hem de afgelopen twee uur gezien. Ik ben er zeker van dat hij niet meer op het schip aanwezig is.'

'Wat waarschijnlijk betekent dat zijn vrouw gelijk had en dat hij overboord is geslagen.'

'Ik ben bang van wel, meneer.'

Fairfax aarzelde. 'De suite van de Pearsons zit op het ultradek, toch?'

'Ja.'

'Dat betekent dat hij minstens twintig meter gevallen is. Hoe hoog schat jij zijn overlevingskansen in?'

'Zeer laag, meneer. Hij is achterovergevallen en had gedronken. Als hij de val al overleefd heeft, was hij waarschijnlijk meteen bewusteloos. Als dat het geval is, dan zou hij snel gezonken zijn, zeker als je bedenkt hoe zwaar zijn natte kleding geweest moet zijn. Zelfs als we meteen waren teruggegaan, kapitein, denk ik niet dat de uitkomst anders was geweest.'

'Daar ben ik het mee eens,' verzuchtte de kapitein. 'Ik zal Morrison bellen en hem op de hoogte stellen. Ik wil dat jij kapelaan Baker belt en hem vraagt hierheen te komen.'

'Natuurlijk, meneer,' zei Saunders terwijl hij naar de deur liep.

Morrison nam de telefoon bijna onmiddellijk op. Nadat hij had uitgelegd hoe hij tot de conclusie was gekomen dat Pearson dood was, vertelde de kapitein de eigenaar dat hij en de kapelaan met Pearsons vrouw gingen praten.

De eigenaar zei op luide toon: 'Ik weet dat jullie de aangewezen mannen zijn om haar het slechte nieuws te brengen. Zeg wat je moet zeggen om haar te kalmeren, maar houd voet bij stuk. We gaan onder geen beding terug om hem te zoeken.'

45

Het leek alsof niemand zin had om naar bed te gaan. Het optreden van die avond, een duo dat liederen uit beroemde opera's ten gehore zou brengen, was afgelast, maar alle tafeltjes en krukken in de bars waren gevuld. In het casino was het nog drukker dan normaal.

Lady Em, die aan haar eigen gedachten wilde ontsnappen, had aan haar tafelgenoten gevraagd om met haar een nachtmutsje te drinken. Dat is waar Brenda hen aantrof nadat Yvonne haar had verzocht om weg te gaan. Iedereen vroeg hoe het met Yvonne ging.

Terwijl Brenda antwoord gaf, ging het gerucht rond dat de zoektocht naar Roger geen vruchten had afgeworpen. De kapitein en kapelaan Baker waren naar Yvonnes kamer gegaan om haar te vertellen dat Roger waarschijnlijk dood was en dat het schip niet zou proberen hem te redden.

Ted Cavanaugh liep voor hun groep uit en had een tafel voor vier gekozen. Alvirah en Willy waren bij hem en het ontging Alvirah niet dat Ted een tafel had gekozen vlak naast die van Lady Em. Ook zag ze dat Lady Em hem opmerkte en zich vervolgens abrupt van hem afwendde. Devon Michaelson wilde niet bij hen zitten. Anna DeMille was aan de bar te vinden, naast een man van haar leeftijd die alleen leek te zijn.

Toen stond Lady Em opeens op. 'Brenda zal de rekening afhandelen,' zei ze. Ze probeerde haar stem onder controle te houden. 'Ik ben erg moe. Ik wens jullie allemaal een goede avond.'

Brenda stond ook op. 'Ik zal u vergezellen.'

Dat mocht je willen, jij dief, dacht Lady Em, maar haar antwoord was simpel en beslist. 'Nee, dat is niet nodig.'

Ze voelde een zeurende pijn in haar linkerschouder en -arm. In haar kamer moest ze maar een nitraatpil nemen.

Terwijl ze wegging, liep ze langs Ted Cavanaughs stoel. Even aarzelde ze, maar toen liep ze verder.

Alvirah zag de grimmige uitdrukking op Lady Ems gezicht. Ze lijkt wel kwaad op hem. Ik vraag me af waarom.

Een paar minuten later, toen iedereen begon op te staan, lukte het haar om Celia aan te spreken. 'Ik heb tijdens het feest van de kapitein niet de kans gekregen om te zeggen dat je er prachtig uitziet. Hoe gaat het met je?'

'Ongeveer hetzelfde,' gaf Celia toe. 'Blijf alsjeblieft hopen dat alles goed met me komt.'

Ted Cavanaugh, die dit hoorde, was even verwonderd over dit korte gesprek, tot hij besefte waar hij haar van kende. Celia Kilbride was de vriendin van Steven Thorne, de fraudeur met dat beleggingsfonds. Veel mensen denken dat zij ervan wist, dacht hij, maar ik vraag me af of dat klopt. God weet dat ze het gezicht van een engel heeft.

46

De Man met Duizend Gezichten rouwde niet om het verlies van Roger Pearson. Sterker nog, hij verwelkomde de afleiding. Mensen praatten erover, dachten erover na, betreurden het voorval. Ze waren het erover eens dat het niet alleen een persoonlijk verlies was voor Rogers familie en vrienden, maar het was ook een betreurenswaardig voorval voor Castle Line. Deze tragedie zou een smet zijn op de eerste tocht van de luxueuze Queen Charlotte.

Helaas, dacht hij, terwijl hij de adrenaline door zijn lichaam voelde razen, net als altijd wanneer hij op het punt stond om toe te slaan. Meestal kon hij pakken wat hij wilde zonder dat hij daarbij iemand van het leven hoefde te beroven. Hij dacht dat dat vanavond misschien niet het geval zou zijn. Het was onwaarschijnlijk dat Lady Em het niet zou merken als hij haar slaapkamer betrad. Hij had haar horen klagen over het feit dat ze licht sliep en elk geluid haar wakker maakte.

Maar hij kon niet langer wachten. Bij het cocktailfeestje had hij gehoord dat de kapitein bij Lady Em had aangedrongen om de halsketting bij hem in bewaring te geven. Als ze dat deed, dan kreeg hij wellicht nooit meer de kans om het te stelen.

Bij het feestje had hij zijn ogen er bijna niet van af kunnen

houden. De ketting was meer dan schitterend, hij was volmaakt.
En over een paar uur zou hij het hoe dan ook in zijn handen hebben.

47

Alvirah en Willy waren pas net in hun suite toen ze hem op bezorgde toon vroeg: 'Willy, zag je dat Lady Em Ted Cavanaugh wilde aanspreken en toen opeens van gedachten veranderde?'

'Ik dacht dat ze hem gewoon goedenacht wilde wensen,' zei Willy. 'Wat is daar mis mee?'

'Er iets mis met de manier waarop hij haar achtervolgt,' zei Alvirah stellig.

'Wat bedoel je daarmee, schat?'

'Geloof me, dat doet hij. Vanavond, tijdens het feestje, stapte hij direct op haar af en had hij alleen maar oog voor haar ketting. Ik hoorde hem zeggen: "Dat is het mooiste Egyptische sieraad dat ik ooit heb gezien".'

'Dat klinkt als een compliment.' Willy gaapte en hij hoopte dat Alvirah zou merken dat hij klaar was om naar bed te gaan. Maar, als ze het signaal al begreep, veranderde het niets aan haar behoefte om de gebeurtenissen van die avond te bespreken.

'Willy, ik heb een wandeling gemaakt op het promenadedek toen jij bezig was met je puzzel. Lady Em liep ongeveer zes meter voor me toen er iemand langs me rende. Het was Ted Cavanaugh. Hij liep recht op Lady Em af en begon met haar te praten. Zoals je weet zijn de meeste mensen die op het dek lopen niet op zoek naar een onbekende om een gesprek mee aan te knopen, en zeker niet met iemand als Lady Em.'

'Lady Em is inderdaad niet het soort persoon waar je zomaar mee begint te kletsen,' zei Willy.

'Ik weet bijna zeker dat hij ruzie met haar aan het maken was, want bij een van de deuren draaide ze zich om en probeerde ze van hem weg te vluchten.'

'Nou, ik wed dat ze hem op zijn nummer heeft gezet voordat ze dat deed,' zei Willy terwijl hij het jasje van zijn smoking uittrok. 'Schat, het is een lange dag geweest. Waarom gaan we niet...'

'Er is nog een ding dat mij opviel,' onderbrak Alvirah hem terwijl ze een kreukel uit haar avondjurk streek. 'We zaten gisteravond op de juiste plek om te zien wat er aan Lady Ems tafel gebeurde, en ik geef toe dat ik vaak naar haar keek omdat ze me fascineert. Maar ik lette ook op Roger en Yvonne. Willy, hoe die twee naar elkaar keken... Vooral Yvonne. Ze keek zo vals naar hem. Ik vraag me af hoe ze zich nu voelt, na dit verschrikkelijke ongeluk. Ik bedoel, hoe zou jij je voelen als wij ruzie hadden en jij overboord viel?'

'Liefje, wij hebben nooit ruzie, dus daar zou ik me niet al te veel zorgen over maken.'

'Goed, dat misschien niet, maar Yvonne zal enorm veel spijt hebben als zij en Roger onenigheid hadden vlak voor het ongeluk.'

Ze was nog niet moe en wilde het gesprek voortzetten, maar toen Willy opnieuw gaapte besloot ze om het tot morgenochtend te laten rusten. Eenmaal in bed kon ze de slaap niet vatten. Er waren problemen op til, ze voelde het aan haar water.

Grote problemen.

48

Brenda wist dat Lady Ems afwijzing van haar aanbod om met haar mee naar haar kamer te gaan nog een aanwijzing was dat haar werkgeefster wist van haar juwelenroof. Ze wist zeker wat er zou gebeuren als Lady Ems vermoedens bevestigd zouden worden.

In haar suite herinnerde Brenda zich precies hoe Gerard, die al achttien jaar als chef-kok bij Lady Em in dienst was geweest, haar gesmeekt had om hem niet te vervolgen toen zijn diefstal ontdekt werd. Lady Em had hem verteld dat de gevangenis hem goed zou doen. Ze had gezegd: 'Dankzij mij hebben alle drie jouw kinderen kunnen studeren. Ik vergat nooit hun verjaardagen. Ik vertrouwde je. Verdwijn nu uit mijn ogen, ik zie je weer in de rechtszaal.'

Dat is precies wat ze tegen mij zal zeggen, dacht Brenda wanhopig. Ik kan dat niet laten gebeuren. Ze werd niet meer zo vaak geplaagd door claustrofobische aanvallen als vroeger, maar nu had ze het gevoel dat er een gevangenisdeur werd dichtgegooid terwijl ze de cel in werd geduwd.

Er was maar een uitweg. Lady Em had aan tafel gezegd dat ze zich niet lekker voelde. Als ze zou sterven, zou haar dokter zeker bevestigen dat ze al een slecht hart had. Ze slikt veel medicijnen. Ik heb een sleutel van haar kamer, dacht Brenda. Als ze gaat wandelen, zou ik naar binnen kunnen glippen en haar pillen kunnen omwisselen. Haar pillen zijn erg sterk en als ik ze in andere potjes stop, veroorzaak ik misschien wel een hartaanval. Het is de enige mogelijkheid die me uit de gevangenis kan houden, dacht ze. Tenzij ik een beter idee krijg.

En misschien krijg ik die nog wel.

49

Nadat ze Brenda had afgewimpeld, genoot Yvonne van haar twee glazen whisky. Daarna bestelde ze roomservice. Als haar butler verbaasd was dat de rouwende weduwe een maaltijd met drie gangen en een fles Pinot Noir bestelde, dan liet hij het niet blijken. Hij serveerde het eten met een gepaste ingetogenheid en liet haar weten dat als ze iets nodig had, hij de hele nacht tot haar beschikking zou staan.

Gelukkig waren de butler en zijn maaltijdkar al een paar minuten verdwenen toen de kapitein en kapelaan Baker op haar deur klopten. Terwijl ze naar de kapitein luisterde die uitlegde waarom ze niet naar Roger zouden gaan zoeken, maakte ze zich zorgen dat de drank haar ogen rood had gemaakt. Maar toen ontspande ze. Ik ben in de rouw, mijn ogen horen rood te zijn. En als een paar glazen whisky mij door deze tragedie helpen, durft heus niemand daar iets over te zeggen.

Terwijl ze weggingen en zij een laatste slokje nam, begon Yvonne over de toekomst na te denken. Ja, ze zou vijf miljoen dollar krijgen, maar hoelang zou ze daar mee uit de voeten kunnen? De hypotheken op hun appartement aan Park Avenue en hun huis in East Hampton waren afbetaald, maar die zouden in beslag genomen worden wanneer Rogers diefstal ontdekt werd. En gezien haar riante levensstijl zou vijf miljoen dollar zo op zijn.

Ze nam een slokje van de zachte wijn terwijl ze haar opties overwoog. Het was duidelijk dat Lady Em een boekhouder in de arm zou nemen zodra ze thuis was. Was er een manier om haar tegen te houden? Ze had tenslotte de vervloekte halsketting van Cleopatra meegenomen. *Eenieder die met deze ketting te water gaat, zal nooit meer het vasteland bereiken.* Ze grijnsde terwijl ze zich afvroeg of Lady Em net zo graag op de reling zat als haar overleden echtgenoot.

Lang dacht ze over de verschillende oplossingen voor haar problemen na. Van Roger afkomen was bijzonder simpel geweest.

Zou het net zo simpel zijn om van Lady Em af te komen?

50

Met een zucht van opluchting sloot Celia de deur van haar suite en liet haar avondtas op de koffietafel vallen. Het leek alweer lang geleden dat ze met Alvirah en Willy geluncht had en dat ze werd opgevrolijkt door Alvirahs grenzeloze optimisme. Ze wist dat sommige van haar medepassagiers haar hadden herkend als de ex-verloofde en misschien zelfs samenzweerder van Steven Thorne. Een paar keer had ze om zich heen gekeken en de betrapte uitdrukking gezien van iemand die haar aanstaarde.

De minuten tikten weg terwijl ze op het bed zat en zichzelf streng toesprak om niet op te geven. Ze vroeg zich af of het een vergissing was om vanavond deze jurk te dragen. Ze had er veel complimenten op gekregen, maar misschien vroeg iedereen zich ondertussen af of Steven hem voor haar had gekocht met het geld van andere mensen. Het was zelfs mogelijk dat een paar van zijn slachtoffers op het schip rondliepen. Veel verschillende soorten mensen waren voor zijn aanlokkelijke beloftes van enorme winsten gevallen.

Op deze manier denken doet me geen goed, dacht ze terwijl ze haar oorbellen uitdeed. Op dat moment ging de telefoon.

Degene die haar belde liet er geen gras over groeien. 'Celia, dit is Lady Em. Dit is een abnormaal verzoek, maar zou je misschien naar mijn suite kunnen komen? Het is erg belangrijk. En ik weet dat dit belachelijk klinkt, maar zou je je loep mee willen nemen?'

Celia kon haar verbazing niet verbergen toen ze zei: 'Maar natuurlijk.' Ze wilde bijna vragen of Lady Em zich wel goed voelde, maar in plaats daarvan zei ze: 'Ik kom eraan.'

De deur van Lady Ems suite stond op een kier. Celia klopte voorzichtig aan en liep toen naar binnen. Lady Em zat in een grote fauteuil die bekleed was met rode zijde. Celia moest denken aan een koningin die op haar troon zat. Lady Em heeft iets majestueus, dacht ze. Maar de oude vrouw klonk vermoeid toen ze zei: 'Dank je, Celia. Normaal gesproken had ik je nooit gevraagd om op dit uur naar me toe te komen.'

Celia glimlachte en liep met snelle passen de kamer door om in de stoel naast Lady Em te gaan zitten. Omdat ze zag hoe vermoeid ze was, verspilde Celia geen tijd. 'Lady Em, wat kan ik voor u doen?'

'Celia, voor ik je vertel waarom ik je gevraagd heb om te komen, wil ik dat je twee dingen weet. Ik weet van de smadelijke situatie omtrent je verloofde. Ik wil je verzekeren dat ik honderd procent zeker weet dat je er niets mee te maken had.'

'Dank u, Lady Em. Ik vind het fijn om u dat te horen zeggen.'

'Celia, het is zo fijn dat ik met iemand kan praten die ik nog vertrouw, god weet dat er tegenwoordig maar weinig mensen zijn waar ik op kan bouwen. En daarom voel ik me ook zo schuldig. Ik weet zeer zeker dat Rogers dood geen ongeluk was, maar zelfmoord. En het is mijn schuld.'

'Uw schuld?' riep Celia. 'Maar hoe kunt u dat in vredesnaam denken?'

Lady Em stak haar hand op. 'Celia, luister naar me. Ik kan het heel simpel uitleggen. Ik was de avond voordat we vertrokken op een feestje. Richard en ik maken al gebruik van hetzelfde boekhoudbedrijf sinds Rogers grootvader aan het roer stond, en we zijn bij hen gebleven toen Rogers vader het overnam. Toen hij zeven jaar geleden verongelukte, nam Roger het van hem over. Bij het feestje zag ik een oude vriend die me waarschuwde dat ik voorzichtig moest zijn. Hij vertelde me dat Roger niet de integere man was die zijn vader en grootvader waren geweest. Het gerucht ging dat ex-cliënten geloofden dat Roger geld van hen had achtergehouden. Mijn vriend stelde voor dat ik mijn financiën liet natrekken door een extern bedrijf om me ervan te verzekeren dat alles in orde was.

Ik was zo geschrokken door de waarschuwing dat ik Roger over mijn beslissing om een onderzoek uit te voeren vertelde.' Haar stem klonk plotseling droevig toen ze zei: 'Ik ken Roger al sinds hij een kind was. Ik heb zijn moeder en vader vaak meegevraagd om mee op vakantie te gaan op mijn jacht. Zij namen Roger dan mee en ik grapte vaak dat hij mijn aangenomen zoon was. Hij blijkt een zoon waar ik me flink op verkeken heb.'

'Wat zou u gedaan hebben als dat onderzoek zou bewijzen dat u gelijk had?'

'Ik zou hem vervolgd hebben,' zei Lady Em stellig. 'En dat wist hij. Een paar jaar geleden begon een chef-kok die al bijna twintig jaar voor me werkte en wiens kinderen dankzij mij naar de universiteit konden gaan met zijn rekeningen te sjoemelen. Ik heb vaak gasten over de vloer en het duurde maanden voor ik erachter kwam. Hij kreeg twee jaar gevangenisstraf.'

'Dat was zijn verdiende loon,' zei Celia. 'Iedereen die andere mensen bedriegt, zeker mensen die het beste met hen voorhebben, verdient het om naar de gevangenis te gaan.'

Lady Em aarzelde en zei toen: 'Celia, heb je je microscoop meegenomen?'

'Jazeker. Eigenlijk heet het een loep.'

Pas toen besefte Celia dat Lady Em een armband in haar hand hield.

'Kijk hier eens naar en vertel me wat je ervan vindt,' zei ze terwijl ze hem aan Celia gaf.

Celia pakte de loep uit haar tas. Ze hield hem bij haar oog, draaide de armband er langzaam voor rond en zei toen: 'Ik vind hier niet heel veel van. De diamanten zijn van inferieure kwaliteit, het soort dat goedkope juweliers gebruiken.'

'Dat is precies wat ik verwachtte dat je zou gaan zeggen.'

Celia zag dat Lady Ems onderlip trilde. Het duurde even, maar toen zei Lady Em: 'En dat betekent, helaas, dat Brenda, de werkneemster die ik met mijn leven vertrouwde en die al twintig jaar aan mijn zijde staat, ook van mij gestolen heeft.' Ze pakte de armband weer aan. 'Ik zal deze weer in de kluis stoppen en doen of er niets aan de hand is. Ik ben bang dat ik Brenda al heb laten merken dat ik vermoed dat er iets niet klopt.'

Haar handen maakten de sluiting van de halsketting van Cleopatra los. 'Celia, ik vrees dat ik een domme, oude vrouw ben geweest door deze schat mee te nemen op deze reis. Ik ben van gedachten veranderd over het Smithsonian. Wanneer ik terugkom in New York, zal ik de ketting aan mijn advocaten geven, zodat zij samen met de firma van meneer

Cavanaugh ervoor kunnen zorgen dat hij aan Egypte teruggegeven wordt.'

Celia vermoedde al wat het antwoord zou zijn, maar vroeg toch: 'Waarom bent u van mening veranderd?'

'Meneer Cavanaugh is een aardige jongeman en door hem besef ik dat, ook al heeft Richards vader veel voor de ketting betaald, hij ooit uit een graf geroofd is. Het is beter om hem aan Egypte terug te geven.'

'U heeft niet om mijn mening gevraagd, maar ik geloof dat u juist handelt.'

'Dank je, Celia.' Lady Em liet haar vingers over de halsketting glijden. 'Vanavond, tijdens het feestje, heeft kapitein Fairfax me gesmeekt om de ketting aan hem te geven. Hij zou hem in zijn persoonlijke kluis bewaren, met een bewaker voor zijn kajuit om hem helemaal veilig te stellen. Hij zei dat Interpol hem verteld heeft dat ze geloven dat de Man met Duizend Gezichten, een internationale juwelendief, aan boord is. De kapitein stond erop dat ik hem na het eten de ketting zou geven. Ik vertelde hem dat ik van plan was om het morgenavond te dragen, maar dat was misschien een vergissing.'

De ketting gleed van haar hals en ze gaf hem aan Celia. 'Neem hem alsjeblieft mee. Stop hem in de kluis in jouw kamer en geef hem morgenochtend aan de kapitein. Ik ben morgen niet van plan om mijn suite te verlaten. Ik zal mijn eten hier nuttigen en Brenda in haar sop laten gaarkoken. Eerlijk gezegd wil ik in alle rust kunnen nadenken over wat ik met Brenda en Roger aan moet.'

'Ik zal alles doen wat u van me vraagt,' zei Celia terwijl ze opstond. Ze pakte de ketting aan, sloeg toen impulsief haar armen om Lady Em heen en drukte een kus op haar voor-

hoofd. 'We verdienen geen van beiden wat ons overkomen is, maar ons krijgen ze niet klein.'
'Inderdaad.'
Celia liep naar de deur en verdween de gang in.

51

Arme Celia, dacht Lady Em terwijl ze zich klaarmaakte om naar bed te gaan. Het slachtoffer van een man die haar niet alleen bedroog, maar haar ook medeplichtig wilde maken aan zijn misdaad.

Plotseling werd ze overmand door een golf van vermoeidheid. Ik denk dat ik vanavond wel lekker zal slapen, dacht ze terwijl ze wegdoezelde. Ongeveer drie uur later schrok ze wakker met het idee dat ze niet meer alleen was in haar kamer. In het schijnsel van de maan en het nachtlampje zag ze dat er iemand op haar afkwam.

'Wie is daar? Ga weg!' riep ze. Iets zachts daalde op haar neer en bedekte haar gezicht.

'Ik krijg geen lucht...' probeerde ze te zeggen. Ze probeerde wanhopig het voorwerp dat haar stikte weg te duwen, maar ze was niet sterk genoeg.

Terwijl ze het bewustzijn verloor, was haar laatste gedachte dat de vloek van Cleopatra uitgekomen was.

Dag vier

52

Lady Em had gevraagd of haar ontbijt om acht uur opgediend kon worden. Raymond klopte op de deur, deed hem open en reed het maaltijdkarretje naar binnen. De deur naar de slaapkamer stond halfopen en hij zag dat Lady Em in haar bed lag te slapen. Hij wist niet zeker wat hij nu moest doen, dus besloot hij om terug te gaan naar zijn kantoor en haar te bellen dat het ontbijt klaarstond.

Toen de telefoon zeven keer over was gegaan en ze niet had opgenomen, kreeg hij een voorgevoel. Lady Em was oud. Hij had de hoeveelheid medicijnen in haar badkamerkastje gezien wanneer hij de suite opruimde. Het gebeurde vaak dat mensen op leeftijd tijdens een cruise stierven.

Voordat hij de dokter haalde, ging hij terug naar de suite. Hij klopte op de halfopen deur en riep haar naam. Toen hij geen antwoord kreeg, aarzelde hij even voor hij de slaapkamer in liep. Hij raakte haar hand aan. Zoals hij al verwacht had was die koud. Lady Emily Haywood was dood. Nerveus pakte hij de telefoon op het nachtkastje.

Hij zag dat de kluis openstond en dat er sieraden verspreid over de grond lagen. Laat die maar liggen, dacht hij, ik wil niet van diefstal beschuldigd worden. Na die beslissing gemaakt te hebben, belde hij de scheepsdokter.

Dokter Edwin Blake, een man van achtenzestig met staalgrijs haar, was een succesvol vaatchirurg die drie jaar eerder met pensioen was gegaan. Hij was een weduwnaar wiens kinderen al volwassen waren, en een vriend bij Castle Line had hem voorgesteld dat hij het misschien wel leuk zou vinden om als hoofd van de ziekenboeg met een cruiseschip mee te varen. Daar had hij wel oren naar en hij was erg in zijn nopjes geweest toen hem het aanbod werd gedaan om mee te varen met de Queen Charlotte.

Nadat hij het telefoontje van Raymond had gehad, haastte hij zich naar Lady Ems suite. Hij kon in een oogopslag zien dat ze dood was. Maar het baarde hem zorgen dat een van haar armen langs het bed bungelde en de ander uitgestrekt boven haar hoofd lag. Hij boog zich over haar heen, onderzocht haar gezicht en zag dat er opgedroogd bloed in haar mondhoek zat.

Hij keek wantrouwig om zich heen en merkte dat het andere kussen lukraak op de deken lag. Hij pakte hem op, draaide hem om en zag een veelbetekenende veeg bloed. Hij wilde niet dat Raymond zijn gedachten raadde, dus hij dacht even na en zei toen: 'Ik denk dat deze arme vrouw aan een zeer pijnlijke hartaanval is gestorven.'

Hij pakte Raymond bij de arm en leidde hem de slaapkamer uit, om daarna de deur dicht te doen. 'Ik zal kapitein Fairfax over het overlijden van Lady Haywood vertellen,' zei hij. 'Spreek hier met niemand over.'

Zijn autoritaire stem maakte een einde aan Raymonds voornemen om via de telefoon al zijn vrienden onder het personeel over het voorval te vertellen. 'Natuurlijk, meneer,' zei hij. 'Maar wat een tragisch voorval. Lady Haywood was zo'n elegante dame. En om dan te bedenken dat het pas een dag geleden is dat meneer Pearson verongelukte.'

Dit was geen ongeluk, dacht dokter Blake grimmig terwijl hij de suite verliet. Toen stopte hij en draaide zich om. 'Raymond, ik wil dat je op wacht gaat staan buiten deze deur. Niemand mag deze suite betreden tot ik terug ben. Is dat duidelijk?'

'Ja, meneer. De assistente van Lady Haywood heeft de sleutel. Stel je voor dat ze toevallig binnen wilde komen zonder te weten wat er gebeurd is, dat zou pas erg zijn.'

Of stel je voor dat ze het bewijsmateriaal probeert te vernietigen van de moord die ze gepleegd heeft, dacht Edwin Blake.

53

Dokter Blake, kapitein Fairfax en John Saunders, het hoofd van de beveiliging, kwamen tegelijkertijd bij de suite aan. Voordat het lichaam in het mortuarium van het schip geborgen zou worden, werden eerst uitgebreid foto's genomen van Lady Ems gezicht, de houding van haar rechterarm en de veeg bloed op het kussen.

Hun eerste vermoeden was dat het hier om een overval ging. De anderen keken toe terwijl Saunders de open kluis doorzocht. Er lagen her en der ringen en armbanden verspreid. Ook lagen er buideltjes op de vloer, deels verborgen achter lange avondjurken.

'En de smaragden ketting?' vroeg de kapitein.

Saunders had het pronkstuk tijdens het avondeten in de eetzaal om Lady Ems nek gezien. 'Nee, meneer, die ligt er niet. Ik ben nu nog zekerder van mijn zaak: dit is een overval die tot een moord heeft geleid.'

54

Gregory Morrison was een flamboyante miljardair die altijd de droom had gekoesterd om zijn eigen cruiseschepen te bezitten.

Hij was slim genoeg geweest om het advies van zijn vader, de sleepbootkapitein, in de wind te slaan. In plaats van na de middelbare school meteen te beginnen met een loopbaan als sleper waarbij hij oceaanstomers naar zee zou trekken, ging hij naar de universiteit. Daar studeerde hij cum laude af, om daarna te promoveren. Vervolgens werkte hij in Silicon Valley als analist, waar hij goed wist te voorspellen welke start-upbedrijven veelbelovende technologieën zouden ontwikkelen. Vijftien jaar nadat hij zijn eigen beleggingsfonds had opgezet verkocht hij zijn bedrijf en werd hij miljardair.

Morrison ging onmiddellijk aan de slag om zijn droom om passagiersschepen te bezitten te laten uitkomen. Hij kocht zijn eerste schip bij een veiling en liet het uitrusten voor een cruise. Samen met een hoogwaardig pr-bureau wist hij beroemdheden uit allerlei verschillende vakgebieden te overtuigen om mee te varen tijdens de eerste tocht. In ruil voor de gratis cruise liet hij hen beloven dat ze de reis met hun hordes fans op Facebook en Twitter zouden delen. Het werkte. Zijn nieuwe rederij begon een naam voor zichzelf te maken.

Voor de jaarwisseling was zijn schip al voor de daaropvolgende twee jaar volgeboekt. Daarna kocht hij al snel zijn tweede, derde en vierde schip, totdat Gregory Morrison River Cruises bekendstond als de beste keuze voor dit soort reizen.

Inmiddels was Morrison drieënzestig jaar. Hij had de reputatie een perfectionist te zijn die meedogenloos alles en iedereen die in zijn weg stond van de baan veegde. Alles wat hij tot nu toe had bereikt was een aanloop tot zijn grootste droom geweest: een oceaanstomer bezitten die het hoogtepunt was op het gebied van luxe en elegantie, een schip dat nooit geëvenaard zou worden.

Hij wilde beter zijn dan de Queen Mary, de Queen Elizabeth en de Rotterdam en hij wilde zijn doel bereiken zonder de hulp van partners of aandeelhouders. Het schip zou zijn meesterwerk worden, en terwijl hij andere schepen bestudeerde, daagde bij hem het besef dat de Titanic het meest luxueuze schip was dat ooit was gebouwd. Hij gaf zijn ontwerper de opdracht om het grote trappenhuis en de eersteklaseetzaal van de Titanic exact na te bouwen. Ook zou het schip ouderwetse faciliteiten hebben, zoals een rookruimte voor heren, squashbanen en een zwembad van olympisch formaat.

Zowel de suites als de kajuiten zouden veel groter zijn dan die op de schepen van zijn rivalen. De eetzalen zouden nog grootster uitgerust worden dan op de Titanic. Iedereen zou met zilveren bestek eten, en voor het bestek van de eersteklaspassagiers zou alleen eerste klasse sterlingzilver gebruikt worden. Alle tafels zouden gedekt worden met het beste porselein.

Net als bij de Queen Elizabeth en de Queen Mary zouden er schilderijen van Britse vorsten en leden van andere Europese koningshuizen aan de muren hangen. Gregory Morrison zorgde ervoor dat alles tot in de kleinste details klopte. En hij noemde het schip de Queen Charlotte, ter ere van prinses Charlotte, de achterkleindochter van koningin Elizabeth II.

Wat Gregory niet had gerealiseerd was hoe veel geld een dergelijke onderneming kostte. Het was van levensbelang dat de eerste reis een groot succes zou worden.

Nadat hij het pr-bureau toestemming had gegeven om de naam 'Titanic' in het persbericht te zetten, kon hij zijn eigen tong wel afbijten. De media negeerde het feit dat het een verwijzing was naar de pracht van dat roemruchte schip, niet naar haar rampzalige einde.

Tijdens de eerste drie dagen van de reis zorgde Gregory Morrison ervoor dat geen enkel foutje, hoe klein ook, aan zijn aandacht ontsnapte.

Morrison was een formidabele verschijning, een forse man van een meter tachtig met doordringende ogen en een volle zilveren haardos. Iedereen vreesde hem: de chef-kok en diens souschefs, de baliemedewerkers, de obers in het restaurant en de butlers. Daarom was het eerste wat Morrison vroeg toen kapitein Fairfax hem belde om te zeggen dat hij hem wilde spreken: 'Wat is er mis?'

'Ik denk dat we dit gesprek beter in uw suite kunnen houden, meneer.'

'Ik hoop niet dat er nog een passagier overboord is gevallen,' bulderde Morrison. 'Kom maar meteen.'

De deur was al open toen kapitein Fairfax, John Saunders en dokter Blake samen bij Morrisons suite aankwamen.

Toen hij dokter Blake zag, riep hij: 'Vertel me niet dat er nog iemand dood is!'

'Nog erger, meneer Morrison,' zei de kapitein. 'Het is niet zomaar iemand. Lady Haywood is vanochtend dood in haar suite aangetroffen.'

'Lady Emily Haywood!' riep Morrison uit. 'Wat is er met haar gebeurd?'

Dokter Blake antwoordde: 'Lady Haywood is geen natuurlijke dood gestorven. Ze is met een kussen gestikt. Er bestaat bij mij geen twijfel over dat het hier om moord gaat.'

Morrisons gezicht was altijd rood, alsof hij net van buiten kwam. Nu, onder de ogen van de andere drie mannen, werd hij asgrauw.

Hij balde zijn vuisten en vroeg: 'Gisteravond droeg ze de halsketting van Cleopatra. Hebben jullie die gevonden?'

'De kluis stond open en er waren allerlei sieraden uitgehaald. Die ketting ontbrak,' zei Saunders.

Een lange tijd zei Morrison niets. Hij bedacht eerst hoe hij het nieuws over de moord stil kon houden, en aan alle afschuwelijke publiciteit die zou volgen als iemand er toch achter zou komen. 'Wie weet hier verder nog meer van?' vroeg hij.

'Buiten ons vier alleen Raymond Broad, de butler van Lady Ems suite. Hij heeft het lichaam gevonden. Ik heb hem verteld dat ik dacht dat ze een natuurlijke dood gestorven is.'

'Het feit dat ze vermoord is mag deze kamer niet verlaten. Kapitein Fairfax, u zult een bericht opstellen waarin u aankondigt dat ze vredig in haar slaap is gestorven. Geen woord over de vermiste ketting.'

'Als ik iets mag zeggen, meneer Morrison?' vroeg Saunders. 'Het eerste wat de autoriteiten zullen vragen wanneer ze aan boord komen in Southampton, is wat we gedaan hebben om de plaats delict veilig te stellen en of we in de gaten hebben gehouden wie haar suite heeft betreden, om zo potentieel bewijsmateriaal te bewaren. Maar we zullen de suite wel moeten verstoren om het lichaam naar het mortuarium te brengen,' zei Saunders.

'Kunnen we tot vannacht wachten om het lichaam te verplaatsen?'

'Meneer, dat lijkt me niet slim, dat zal alleen maar verdachter lijken,' zei dokter Blake. 'Aangezien we de dood aan zullen kondigen, is het ook niet vreemd dat we het bedekte lichaam naar het mortuarium brengen.'

'Breng haar ernaartoe wanneer de meeste passagiers aan het lunchen zijn,' beval Morrison. 'Wat weten we van die butler, Raymond Broad?'

Saunders gaf antwoord. 'Zoals ik al zei, hij heeft het lichaam ontdekt. Gisteravond heeft ze ontbijt besteld en hij was degene die het bracht. Toen hij haar vond, was ze al vijf tot zes uur dood. Degene die de misdaad heeft begaan deed dit rond drie uur 's nachts. Meneer Broad werkt al vijftien jaar voor u en is ook werkzaam geweest bij Morrison River Cruises. Hij heeft een vlekkeloze staat van dienst.'

'Heeft de dader ingebroken?'

'Het slot van haar deur is niet beschadigd.'

'Wie heeft er verder een sleutel tot haar kamer?'

'We weten dat haar assistent, Brenda Martin, een sleutel heeft,' zei Saunders. 'En het gerucht gaat dat de beruchte dief, de zogenaamde Man met Duizend Gezichten, ook aan boord is. Als we het internet mogen geloven, heeft hij zelfs aangekondigd dat hij mee zou varen. Iemand met zijn vernuft zou weten hoe hij zonder sporen haar deur kon openen en haar kluis kon kraken.'

'Waarom is mij niet verteld dat er een juwelendief aan boord is?' brulde Morrison.

Dit keer gaf Fairfax antwoord. 'Ik heb u een briefje gestuurd, meneer, waarop stond dat een Interpolagent met ons meereist als extra veiligheid.'

'Die idioot verstaat zijn vak duidelijk erg goed!'

'Meneer,' vroeg Saunders, 'moeten we onze juridische afdeling om hulp vragen?'

'Ik hoef hun hulp niet,' riep Morrison. 'Ik wil op tijd en zonder verdere incidenten in Southampton aankomen en ik wil dat lichaam van mijn schip af hebben.'

'Nog iets, meneer. Waarschijnlijk zijn de sieraden op de vloer erg kostbaar. Als we ze laten liggen, lopen we het risico dat ze...' Saunders aarzelde, '...verdwijnen, maar als we ze weghalen...'

'Ik weet het,' onderbrak Morrison hem. 'Dan verstoren we een plaats delict terwijl het misschien niet noodzakelijk is.'

'Ik heb wel de vrijheid genomen om iemand op wacht te zetten voor haar suite,' zei Saunders.

Morrison negeerde hem. 'Je weet zeker dat de butler het niet gedaan kan hebben? Als hij het heeft gedaan, wil ik het niet weten. Je weet, of zou moeten weten, dat als een werknemer zich schuldig maakt aan een vergrijp, ik als eigenaar aansprakelijk gesteld kan worden bij een rechtszaak.' Morrison begon door de kamer te ijsberen. 'We weten van Brenda Martin, haar assistent,' zei hij. 'Wie reisde er nog meer met Lady Haywood mee?'

'Roger Pearson, de man die overboord is gevallen. Hij was haar financieel adviseur en haar executeur-testamentair. Hij, zijn vrouw Yvonne en Brenda Martin waren Lady Haywoods gasten.'

'Er zaten nog meer mensen aan haar tafel,' zei Morrison. 'Wie was die knappe jonge vrouw? Ik heb haar tijdens het cocktailfeestje ontmoet, maar ik weet haar naam niet meer.'

'Celia Kilbride. Ze is een van onze gastsprekers, net als professor Longworth,' zei Saunders.

'Ze spreekt over de geschiedenis van beroemde edelstenen,' zei kaptein Fairfax.

'Meneer Morrison,' zei Saunders, 'ik denk dat het handig zou zijn als ik met de passagiers ga praten die in de suites vlak bij die van Lady Haywood verblijven. Misschien hebben ze verdachte geluiden gehoord of iets in de gang gezien.'

'Helemaal niet. Dan begrijpt iedereen dat er iets mis is. We proberen geen misdaad op te lossen. Het maakt mij niet uit wie het gedaan heeft, zolang het maar geen werknemer was.' Morrison was even in gedachten verzonken. 'Vertel me nog een keer wat de butler zei.'

Saunders zei: 'Hij heet Raymond Broad. Hij vertelt een redelijk duidelijk verhaal. Zoals u weet, als een passagier een maaltijd voor een specifiek tijdstip besteld, is het onze butlers toegestaan om, na aan te kloppen, de suite te betreden en de maaltijd achter te laten. Dit is een extra dienst voor onze oudere gasten, die veelal hardhorend zijn. Aangezien Lady Ems slaapkamerdeur openstond, keek hij even naar binnen, zag dat ze nog in bed lag en dus riep hij dat haar ontbijt opgediend was. Toen ze niet reageerde, ging hij terug naar zijn kantoor, belde haar kamer en kreeg geen antwoord. Hij dacht dat er iets mis was, liep terug naar de suite en stapte de slaapkamer binnen. Hij kon zien dat de kluis openstond en dat er sieraden op de vloer lagen. Hij liep naar het bed en zag dat ze niet leek te ademen. Hij raakte haar hand aan en voelde dat haar huid koud was. Toen gebruikte hij de telefoon van de suite om dokter Blake te bellen.'

'Vertel hem dat, als hij zijn baan wil houden, hij zijn mond houdt over wat hij gezien heeft. Maak hem duidelijk dat ze in haar slaap gestorven is. Begrepen?'

55

Professor Longworth zat alleen aan de ontbijttafel toen Brenda Martin bij hem kwam zitten. Een bijzonder saaie vrouw, dacht hij, terwijl hij opstond en haar met een glimlach begroette.
'En hoe gaat het met Lady Em vanochtend?' vroeg hij. 'Ik maakte me gisteravond zorgen om haar. Ze zag erg bleek.'
'Ik had om negen uur nog niets van haar gehoord en dat betekent meestal dat ze in haar suite ontbijt,' zei Brenda. De ober stond naast haar en ze bestelde haar gebruikelijke zware ontbijt: sinaasappelsap, meloen, gepocheerde eieren met hollandaisesaus, worstjes en koffie.
Op dat moment ging Yvonne Pearson bij hen aan tafel zitten. 'Ik wilde niet langer alleen zijn,' zei ze met een hese stem. Ze droeg bijna geen make-up, omdat ze zo bedroefd mogelijk wilde lijken. Omdat ze geen zwarte kleren bij zich had, droeg ze wat daar het dichtst bij in de buurt kwam: haar grijze sportkleding. Het enige sieraad dat ze droeg was haar trouwring. Ze had heerlijk geslapen en wist dat ze er niet zo vermoeid uitzag als ze eruit zou moeten zien. Maar terwijl de ober haar stoel aanschoof, zuchtte ze. 'Ik heb de hele nacht gehuild. Ik kon alleen maar aan Roger denken en hoe hij overboord sloeg. Als hij nou maar naar me geluisterd had. Ik

smeekte hem om niet op de reling te gaan zitten.' Ze veegde een denkbeeldige traan weg terwijl ze het menu oppakte.

Brenda knikte meelevend, maar professor Longworth, iemand die mensen altijd goed in de gaten hield, doorzag haar toneelspel. Ze is een goede actrice, dacht hij, maar ik geloof niet dat die twee heel erg gelukkig waren met elkaar. Het was duidelijk dat het moeilijk ging tussen hen. Roger kuste de grond waar Lady Em op liep en Yvonne deed niet de moeite om te verbergen dat die vrouw haar de keel uithing.

Op dat moment weerklonk door het schip de sombere aankondiging dat Lady Em die nacht in haar slaap was heengegaan.

Brenda snakte naar adem. 'O nee!' Ze stond op en rende de eetzaal uit. 'Waarom hebben ze me dat niet verteld? Waarom?'

Henry Longworth en Yvonne Pearson keken elkaar geschokt aan en staarden daarna naar hun bord.

Aan hun tafel reageerden Alvirah, Willy, Anna DeMille en Devon Michaelson met ongeloof op het nieuws. Anna was de eerste die sprak. 'Twee mensen dood in twee dagen,' zei ze. 'Mijn moeder zei altijd dat de dood in drieën komt.'

Alvirah antwoordde: 'Dat heb ik ook weleens gehoord, maar volgens mij is dat gewoon bijgeloof.'

Dat hoop ik tenminste, dacht ze.

56

Celia had de slaap bijna niet kunnen vatten. De halsketting bewaren, zelfs al was het maar voor een paar uur, was een overweldigende verantwoordelijkheid. Dat Brenda Martin en Roger Pearson Lady Em waarschijnlijk opgelicht hadden was misselijkmakend. Wat afschuwelijk, dacht Celia, om er op je zesentachtigste achter te komen dat de mensen die je als goede vrienden ziet je dat aan kunnen doen. Het is zo jammer dat Lady Em geen nabije familie heeft.

En ik ook niet. Sinds ze in deze afschuwelijke situatie verzeild was geraakt, was ze haar vader steeds meer gaan missen. Ergens nam ze het hem kwalijk dat hij nooit hertrouwd was, want dan had ze misschien meer broers en zussen gehad. Goed, halfbroers en -zussen, corrigeerde ze zichzelf, maar daar zou ik genoegen mee nemen. Ze wist dat maar een paar van haar vrienden die in Stevens fonds hadden geïnvesteerd geloofden dat zij ook een van zijn slachtoffers was. En toch gedroegen ze zich anders tegen haar. Het geld dat ze had gespaard om een nieuw huis te kopen en een gezin te beginnen was ook verdwenen. Indirecte schuld, dacht ze bitter toen ze haar ogen sloot.

Toen ze eindelijk insliep, lukte het haar om vijf uur lang door te slapen. Om half tien werd ze eindelijk wakker door de stem van kapitein Fairfax. 'Tot onze grote spijt moeten we u mededelen dat Lady Emily Haywood in haar slaap is heengegaan...'

Lady Em is dood! Dat is onmogelijk, dacht Celia. Ze stond op terwijl haar gedachten over elkaar heen buitelden. Weten ze dat de ketting van Cleopatra weg is? Zouden ze onmiddellijk in haar kluis gekeken hebben? Wat zullen ze denken als ik nu naar de kapitein toe ga, hem de ketting geef en uitleg waarom Lady Em hem aan mij gegeven heeft?

Terwijl ze over het probleem nadacht, begon ze te kalmeren. Door de ketting aan de kapitein te geven, zou ze laten zien dat ze geen dief was. Wie zou nou iets stelen en het een paar uur later alweer teruggeven?

Wees niet zo paranoïde, alles komt goed, dacht ze.

Haar gedachten werden onderbroken door het geluid van de telefoon. Het was haar advocaat, Randolph Knowles. 'Celia, het spijt me dat ik je dit moet vertellen. Ik heb net met de FBI gepraat, ze willen je inderdaad ondervragen wanneer je weer in New York bent.'

Ze had net opgehangen toen de telefoon opnieuw ging. Het was Alvirah. 'Celia, ik wilde niet dat je hiermee werd overvallen. Ik heb net het nieuws gekeken en het artikel in *People Magazine* wordt nu al besproken.' Ze aarzelde. 'En je hebt vast gehoord dat Lady Em is overleden.'

'Ja, ik heb het gehoord.'

'De kapitein wilde het niet toegeven, maar in het nieuws wordt al gezegd dat ze vermoord is en dat de onbetaalbare ketting van Cleopatra ontbreekt.'

Na dat gesprek liep Celia naar de bank en ging verbijsterd zitten. Lady Em vermoord, dacht ze. En de ketting ontbreekt? Ze probeerde kalm te blijven terwijl ze besefte wat voor verstrekkende gevolgen dat voor haar zou hebben.

Ik heb de ketting, dacht ze zenuwachtig. Ik was in haar kamer een paar uur voordat ze stierf, voordat ze vermoord werd. Zal iemand geloven dat Lady Em hem aan mij heeft gegeven? Zeker nu er in dat artikel in *People Magazine* staat dat Steven volhoudt dat ik bij de fraude betrokken was. Wie gaat nu nog geloven dat ik niet zou stelen als de kans zich voordeed? Elke corrupte antiekhandelaar zou een fortuin betalen voor die ketting, om hem vervolgens door te verkopen aan iemand die hem aan zijn of haar privéverzameling wilde toevoegen. Of die prachtige smaragden zouden een voor een aan juweliers verkocht kunnen worden. En wie zou de middelen hebben om zoiets eenvoudig te verkopen? Een gemmologe die de wereld afreist voor haar werk. Ik.

Ze ging naar haar kluis, haalde de ketting eruit en keek naar de volmaakte smaragden. Het was moeilijk te geloven dat ze serieus overwoog om naar het balkon te lopen en de ketting in de oceaan te gooien.

57

Toen Brenda bij de suite van Lady Em kwam, stond er een bewaker voor de deur. 'Het spijt me, mevrouw, maar op bevel van de kapitein mag niemand deze kamer betreden tot we in Southampton aanmeren.'

Gefrustreerd zei Brenda: 'Ik ben al twintig jaar Lady Ems persoonlijk assistent. Ik mag toch zeker wel...'

De bewaker onderbrak haar. 'Het spijt me, maar bevel is bevel.'

Brenda draaide zich met een verontwaardigde ruk om en liep met afgemeten passen weer weg. Zo zou ik me gedragen als ik iets om haar gaf, dacht ze. Nu hoef ik niet meer achter haar aan te drentelen en in al haar behoeften en opwellingen te voorzien.

Ralphie! Nu kon ze al haar tijd met hem doorbrengen. Ze hoefde hem niet meer geheim te houden omdat Lady Em hem nooit goed zou keuren. Het huis waar zij en Ralphie woonden was van Lady Em. Had ze dat nou niet aan mij kunnen nalaten? Ik vraag me af hoelang ik er mag blijven. In de tussentijd hoef ik geen huur te betalen. Ik zal er gewoon blijven wonen tot iemand me vertelt om te vertrekken.

Ze dacht weer aan Lady Em. Ze zal me driehonderdduizend dollar nalaten, dacht Brenda. En we hebben twee miljoen verdiend met het verwisselen en verkopen van haar sieraden. Vrij! Ik ben vrij van alle hielenlikkerij...

En tijdens de taxatie van haar sieraden hoef ik me geen zorgen te maken dat iemand vraagt waarom zo veel van haar stukken zo goedkoop zijn. Ze heeft in haar leven zo veel sieraden gekocht, misschien denken ze dat ze er door de jaren heen is ingeluisd door een foute juwelier die haar die troep heeft verkocht. Lady Em heeft alleen de sieraden verzekerd die meer dan honderdduizend dollar waard waren. Daar zullen ze zich op concentreren. Ralphie en ik zijn gelukkig van de verzekerde stukken afgebleven.

Brenda stelde zichzelf gerust met die gedachte, tot het bij haar opkwam dat Lady Em misschien al aan Celia Kilbride gevraagd had om naar de picknickarmband te kijken. Ik moet meer te weten komen over deze gemmologe, dacht Brenda terwijl ze haar laptop openklapte. Ze googelde Celia Kilbride. Het bovenste artikel ging over Celia's mogelijke betrokkenheid bij de fraude van het beleggingsfonds van haar ex-verloofde. Maar Brenda's ogen sperden zich open toen ze de volgende kop las: 'Filantrope Lady Emily Haywood vermoord tijdens luxueuze cruise.'

Nadat ze het verhaal snel had doorgelezen, sloot ze haar computer. Ze hoorde hoe gejaagd haar ademhaling was. Het zou allemaal goed gekomen zijn, dacht ze, als Lady Em in haar slaap gestorven was. Dat doen oude mensen. Maar als ze echt vermoord is, gaat men dan ook met andere ogen naar mij kijken?

Misschien kunnen Ralphie en ik haar dood gebruiken om ons in te dekken. Volgens het artikel ontbrak de ketting van Cleopatra. Dat betekent dat de moordenaar Lady Ems kluis heeft opengemaakt. Totdat hij opgepakt wordt, zal niemand weten hoeveel sieraden er gestolen zijn. Als het mij gevraagd wordt, kan ik zeggen dat Lady Em vaak kopieën maakte van haar stukken. Ze had voor deze reis zowel enkele echte sieraden als een paar imitaties meegenomen. De dief heeft waarschijnlijk enkele echte dingen meegenomen en de namaak laten liggen.

Brenda voelde zich meteen een stuk beter. Dat verklaart ook waarom er een bewaker voor de deur staat en waarom ze mij niet binnen laten, dacht ze. Ze proberen de moord en de diefstal geheim te houden door te zeggen dat ze een natuurlijke dood gestorven is.

Lady Em is weg en ik heb een alibi voor de sieraden, maar ik ontspring de dans nog niet helemaal.

Als Lady Em Celia verteld heeft dat ik de armband omgewisseld heb, gaat Celia dat dan aan de politie vertellen wanneer het schip aanmeert? Of heeft ze dat de kapitein al verteld en zal de politie me aan de kade opwachten? Als Lady Em vermoord is, zou Celia dan nog meer de drang hebben om alles aan de kapitein te vertellen? En zou Celia enige geloofwaardigheid hebben door die fraudezaak?

Als ze hen iets vertelt, dan zal het haar woord tegen het mijne zijn, dacht Brenda nerveus terwijl ze de eetzaal weer in liep en de ober vroeg om haar een kop koffie en een bosbessenmuffin te brengen. Vijf minuten later, nadat ze een grote hap uit haar muffin had genomen, verstijfde ze. Ik ben de enige die een sleutel van Lady Ems suite heeft. Zullen ze denken dat ik haar vermoord heb?

58

Ted Cavanaugh was bijna klaar met zijn ontbijt en hing aan de lijn met een collega-advocaat toen de dood van Lady Haywood werd aangekondigd. Hij liet het kopje koffie dat hij vasthield bijna vallen.

Het speet hem van Lady Em, maar hij hoopte wel dat de ketting van Cleopatra veilig was. Ik vraag me af of de pers al van haar dood weet, dacht hij terwijl hij zijn iPhone pakte. Dat was inderdaad zo.

'Lady Haywood vermoord en beroemde ketting misschien vermist,' was de kop van Yahoo News. Dat kan niet waar zijn, dacht hij, terwijl hij wist dat iemand dat nagetrokken zou hebben. De kaptein had niets gezegd over moord. Online werd er altijd wild gespeculeerd, maar dit verhaal was te bizar om niet waar te zijn. Het artikel vertelde dat Lady Haywood vroeg in de ochtend met een kussen gestikt was terwijl ze in bed lag. Haar kluis had opengestaan en haar sieraden hadden verspreid over de vloer gelegen.

De ketting van Cleopatra. Het zou een tragedie zijn als die verdwenen was. Het was het laatste sieraad dat Cleopatra had gedragen voor ze zelfmoord pleegde, omdat ze niet gevangengenomen wilde worden door Augustus.

Hij dacht aan de antieke stukken die hij en zijn collega's weer bij de rechtmatige eigenaars hadden bezorgd. Kunstwerken van de families van Auschwitz-slachtoffers. Beelden en schilderijen die uit het Louvre gestolen waren toen Frankrijk in de Tweede Wereldoorlog bezet was. En ze hadden succes gehad met het voor het gerecht dagen van antiek- en kunsthandelaren die kopieën van waardevolle kunstwerken bij nietsvermoedende kopers sleten alsof het de originele stukken waren.

Hij dacht verwoed na over de mensen op het schip die tot Lady Ems vertrouwelingen behoorden.

Brenda Martin, natuurlijk.

Roger Pearson, maar hij was dood. Stonden Lady Em en Pearsons weduwe op vriendschappelijke voet met elkaar?

En Celia Kilbride? Lady Em had haar lezingen bijgewoond en daarna met haar gekletst, en de gemmologe zat bij haar aan tafel.

Hij googelde Celia Kilbride. Het eerste artikel dat verscheen was een interview in *People Magazine* met haar ex-verloofde die bezwoer dat zij medeplichtig was aan zijn beleggingsfraude.

Als advocaat wist hij dat de FBI na dat interview genoodzaakt zou zijn om haar betrokkenheid bij de diefstal te onderzoeken. Haar juridische kosten waren vast exorbitant hoog.

Zou ze de ketting gestolen kunnen hebben? Hoe zou ze dan Lady Ems kamer binnengekomen zijn?

Hij probeerde te bedenken wat er in Lady Ems suite gebeurd zou kunnen zijn. Werd Lady Em wakker toen Celia de kluis probeerde te openen?

En als dat gebeurd zou zijn, zou Celia Kilbride in paniek geraakt zijn en Lady Em met een kussen gestikt hebben?

Maar zelfs toen hij dit zich allemaal afvroeg, kon Ted zich nog precies voor de geest halen hoe Celia Kilbride de avond ervoor bij het cocktailfeestje binnengekomen was en hoe prachtig ze eruit had gezien terwijl ze de andere mensen in de zaal hartelijk had begroet.

59

Roger Pearson had met groeiende wanhoop de zon zien opgaan. Zijn armen waren zo zwaar als lood. Hij klappertandde. Een koude regen had hem wat broodnodig drinkwater gegeven, maar nu rilde hij over zijn hele lichaam.

Het werd steeds moeilijker om zijn armen en benen te bewegen. Hij wist dat hij of al onderkoeld was, of dat bijna zou zijn. Hij wist niet of hij de kracht had om zijn broek die als een geïmproviseerde reddingsboei diende opnieuw met lucht te vullen. Ik houd dit niet lang meer vol, dacht hij.

En toen dacht hij iets te zien. Een schip. Hij was al lang geleden gestopt met in een hogere macht te geloven, maar nu merkte hij dat hij aan het bidden was. God, zorg ervoor dat iemand hierheen kijkt. Zorg ervoor dat iemand me ziet.

Zijn laatste bewuste gedachte was dat er in de loopgraven geen atheïsten meer bestonden, terwijl hij zichzelf dwong om niet te zwaaien tot het schip dichtbij genoeg was zodat iemand hem kon zien. Hij worstelde om te blijven drijven in de golven die over hem heen sloegen en hem van het naderende schip wegduwden.

60

Alvirah en Willy waren diep in gesprek terwijl ze hun dagelijkse wandeling van twee kilometer over het promenadedek maakten. 'Willy, het risico dat iemand de ketting van Cleopatra zou meenemen bestond altijd wel, maar dat iemand die arme vrouw ervoor vermoord heeft is afschuwelijk.'

'Hebzucht is een afschuwelijke drijfveer,' zei Willy terneergeslagen. Toen viel het hem op dat Alvirah de saffieren ring droeg die hij haar voor hun vijfenveertigste huwelijksdag had gegeven. 'Schat, normaal gesproken draag je je sieraden nooit overdag, behalve je trouwring,' zei hij. 'Waarom heb je die nu om?'

'Omdat ik niet wil dat iemand onze suite binnensluipt en hem steelt,' zei Alvirah. 'En ik wil wedden dat de meeste mensen op het schip hetzelfde doen. En als ze hun sieraden niet dragen, hebben ze ze bij zich in hun handtassen. O, Willy, de eerste dagen van de cruise waren zo perfect, maar toen viel die arme Roger Pearson overboord en nu is Lady Em vermoord. Wie had dat ooit kunnen denken?'

Willy gaf geen antwoord. Hij keek naar de donkere wolken die zich boven hen samenpakten en voelde dat het schip heviger heen en weer schommelde. Het zou me niet verbazen als er zwaar weer aankomt, dacht hij. Als dat gebeurt, hoop ik dat we niet zo eindigen als de Titanic, een tocht van buitensporige luxe die in rampspoed eindigde.

Wat een rare gedachte. Hij sprak zichzelf streng toe, pakte Alvirahs hand en kneep er zachtjes in.

61

De Man met Duizend Gezichten luisterde verbeten terwijl de kapitein de dood van Lady Em aankondigde via het omroepsysteem.

Het is spijtig dat ik haar moest vermoorden, dacht hij. Maar het was voor niets. De ketting was weg, hij lag niet in de kluis. Ik heb alle lades in de slaapkamer doorzocht. Ik had niet de tijd om in de woonkamer te kijken, maar ik weet zeker dat ze hem daar niet zou hebben laten liggen.

Waar is hij? Wie heeft hem? Iedereen op dit schip zou haar gevolgd kunnen hebben om erachter te komen welke suite van haar was. Wie zou nog meer de sleutel van haar kamer hebben?

Terwijl hij over het promenadedek liep, werd hij rustiger en begon hij op een plan te broeden. De mensen op dit schip zijn niet echt het soort mensen die de ketting zouden stelen, besloot hij.

Ze voelde zich niet goed tijdens het eten. Iedereen die haar net zo in de gaten hield als ik had dat kunnen zien. Zou haar assistent, Brenda, na het eten naar haar suite gegaan zijn? Het was mogelijk, zelfs zeer waarschijnlijk.

Er bestond spanning tussen haar en Lady Em. Was Brenda degene die nu de ketting had?

Voor hem op het dek zag hij de Meehans lopen. Instinctief wist hij dat hij voor Alvirah moest oppassen. Hij had haar gegoogeld. Laat haar deze misdaad maar niet proberen op te lossen, dacht hij.

Hij begon langzamer te lopen zodat hij hen niet inhaalde. Hij had tijd nodig om na te denken, om te plannen. Er waren nog maar drie dagen totdat ze Southampton zouden bereiken, en hij zou dit schip niet verlaten zonder die vervloekte ketting.

En Brenda was de enige die zeker weten een sleutel had van Lady Ems suite. Hij wist wat hem te doen stond.

62

Na een uur gesport te hebben, ging Celia douchen. Daarna kleedde ze zich om en bestelde ze koffie en een muffin. Ze bleef maar denken: wat moet ik nu doen? Als ik naar de kapitein ga en hem de ketting geef, zal hij me dan geloven? En zo niet, zal hij me dan in de cel opsluiten? Kan ik mijn vingerafdrukken ervan afvegen en de ketting ergens achterlaten zodat iemand anders hem vindt? Dat is een optie. Maar wat als iemand me ziet, of het wordt gefilmd? Wat dan? Zouden ze de kajuiten hebben doorzocht? Nee, dan hadden ze de ketting al in mijn kluis gevonden.

Die gedachte bracht haar in paniek en ze keek angstig haar kamer rond. Ze ging naar haar kluis, maakte hem open en haalde de Cleopatra-ketting eruit. Ze had zich aangekleed voor haar lezing en droeg een jasje en een pantalon. Het elegante jasje was best lang en had een grote knoop bij haar hals. De pantalon had diepe zakken. Zou ze de ketting bij zich kunnen dragen? Haar handen trilden terwijl ze het zware sieraad in haar linkerzak stak. Ze liep naar de spiegel.

Geen verdachte bobbel.

Meer kan ik niet doen, dacht ze wanhopig.

63

Kim Volpone vond niets fijner dan een wandeling maken voor het ontbijt. Ze voer mee op de Paradise, een schip dat op weg was naar haar eerste tussenstop, Southampton. De hevige regen van vannacht was net weggetrokken en de zon liet zich weer zien. Er waren bijna geen passagiers op het dek.

Terwijl ze liep, haalde ze diep adem. Ze hield van de geur van de verse zeewind. Ze was veertig jaar oud en net van haar man Walter gescheiden, dus ze maakte deze reis met haar hartsvriendin, Laura Bruno. Ze was enorm opgelucht dat het verdelen van de bezittingen achter de rug was. Haar echtgenoot bleek erg veel gemeen te hebben met zijn naamgenoot Walter Mitty, hij was een dromer en geen realist.

Halverwege haar wandeling stond ze stil en keek in de verte. Ze kneep haar ogen tot spleetjes en knipperde. Wat zag ze daar nu? Drijvend afval dat helaas in het water terecht was gekomen? Misschien, maar er dreef daar echt iets.

Ongeveer zes meter verderop stond een oudere man met zijn arm om een vrouw van ongeveer zijn leeftijd. Om zijn nek hing een verrekijker.

'Pardon, meneer, ik geloof dat we elkaar nog niet kennen. Ik ben Kim Volpone.'

'Ik ben Ralph Mittle en dit is mijn vrouw Mildred.'

'Zou ik uw verrekijker mogen lenen, meneer Mittle?'

Met tegenzin stemde hij toe. 'Wees alstublieft voorzichtig,' maande hij haar. 'Hij is erg duur.'

'Dat beloof ik,' zei ze afwezig terwijl ze de kijker van hem aanpakte. Ze deed het riempje om haar nek en stelde hem bij. Toen ze haar blik op het bewegende voorwerp richtte, verstijfde ze. Het leek op een arm die heen en weer zwaaide. Ze snakte naar adem, deed het riempje weer over haar hoofd en gaf de verrekijker terug aan de eigenaar.

'Kijk daar,' zei ze terwijl ze wees. 'Wat ziet u?'

De ontsteltenis in haar stem verbaasde hem. Hij pakte de kijker aan, stelde hem weer bij en speurde de horizon af. 'Daar zwemt iemand,' riep hij uit. 'Ik zal blijven kijken, zorgt u ervoor dat een bemanningslid de kapitein haalt. Er ligt iemand in het water die naar het schip probeert te seinen.'

Tien minuten later werd er een boot met vier bemanningsleden te water gelaten, die onmiddellijk op de persoon die in het water lag af voer.

64

Kapitein Fairfax en John Saunders hadden gehoor gegeven aan Morrisons nadrukkelijke bevel om onmiddellijk naar zijn suite te komen. 'Hoe is dit verhaal uitgelekt?' riep een woeste Morrison. 'Wie heeft hen dat verteld?'

'Ik kan alleen maar aannemen dat de Man met Duizend Gezichten de bron was,' antwoordde Saunders.

'En dokter Blake? Of de butler?'

Kapitein Fairfax verstarde, maar probeerde zijn woede te beteugelen. 'Ik zou op mijn leven durven zweren dat dokter Blake die informatie nooit bekend zou maken. En wat Raymond Broad betreft, ik weet niet eens zeker of hij wel weet dat Lady Haywood het slachtoffer was van kwade opzet. Ik ben het eens met meneer Saunders. Dit is waarschijnlijk weer de Man met Duizend Gezichten die opschept tegen de media.'

'Wacht even, die man, die inspecteur van Interpol? Hoe heet hij?' vroeg Morrison, terwijl de zorgrimpels in zijn voorhoofd dieper werden.

'Devon Michaelson, meneer,' zei kapitein Fairfax.

'Vertel hem dat ik hem wil zien. En dan bedoel ik nu meteen,' bulderde Morrison.

Zonder antwoord te geven, pakte Fairfax zijn telefoon. 'Verbind me door met Devon Michaelson,' zei hij. Nadat de telefoon drie keer overging nam Devon op. 'Meneer Michaelson, dit is kapitein Fairfax. Ik sta in de suite van meneer Morrison. Hij wil dat u onmiddellijk hiernaartoe komt.'

'Natuurlijk. Ik weet waar het is. Ik kom er nu aan.'

Drie minuten lang heerste er een ongemakkelijke stilte. Die werd verbroken toen Devon Michaelson op de deur klopte en hem opendeed.

Morrison verspilde geen tijd aan beleefdheden. 'Ik hoor dat je voor Interpol werkt,' zei hij plompverloren. 'Er is een moord gepleegd en een onschatbaar sieraad gestolen. Moest jij dat niet voorkomen?'

Michaelson deed geen moeite om zijn woede te verhullen. 'Meneer Morrison,' zei hij op ijzige toon, 'ik neem aan dat u me dan de beelden van de beveiligingscamera's in de eetzaal en in de gang bij Lady Haywoods suite kan geven.'

Kapitein Fairfax antwoordde: 'Meneer Michaelson, u bent waarschijnlijk niet op de hoogte van de situatie op de meeste cruiseschepen. Omdat we de privacy van onze gasten belangrijk vinden, plaatsen we geen camera's in de gangen.'

'Dat betekent dat u nu de privacy van een dief en een moordenaar beschermt. Gezien alle waardevolle bezittingen die de gasten in hun dure suites bewaren, vond u het geen goed idee om beveiliging te hebben rondlopen?'

'Vertel mij niet hoe ik mijn schip moet runnen,' zei Morrison boos. 'Overal bewakers? Dit is een cruiseschip, geen gevangenis. Goed, ik weet zeker dat u een goede inspecteur bent die deze zaak inmiddels al opgelost heeft. Waarom ver-telt u ons niet wat er gebeurd is?'

Michaelsons toon bleef afstandelijk. 'Ik kan u vertellen dat ik enkele mensen scherp in de gaten houd.'

'Ik wil weten wie dat zijn,' eiste Morrison.

'De ervaring heeft mij geleerd om me eerst te richten op het individu dat het lichaam heeft gevonden. Meestal vertelt die persoon niet alles wat hij weet. Ik wil de achtergrond van uw butler, Raymond Broad, natrekken.'

'Ik verzeker u dat elke werknemer op dit schip goed is nagetrokken voordat hij aangenomen werd,' zei Saunders.

'Dat geloof ik graag,' zei Michaelson. 'Maar ik verzeker u dat de onderzoeksmiddelen die Interpol tot zijn beschikking heeft die van u aanzienlijk overtreffen.'

'Wie nog meer?' vroeg Morrison.

'Er zijn nog verschillende passagiers die me interesseren, een van die namen kan ik wel met u delen. Meneer Edward Cavanaugh.'

'De zoon van de ambassadeur?' vroeg Fairfax ontsteld.

'Ted Cavanaugh, zoals hij zichzelf noemt, reist veel door Europa en het Midden-Oosten. Ik heb zijn vluchtgegevens, paspoort en hotelboekingen bekeken. Misschien is het toeval, maar hij heeft zich altijd in de nabijheid bevonden van de plekken waar de Man met Duizend Gezichten in de afgelopen zeven jaar heeft toegeslagen. En hij heeft openlijk interesse getoond in de zogenaamde ketting van Cleopatra. En nu ik al uw vragen beantwoord heb, ga ik weer verder met mijn werk.'

Toen de deur achter Michaelson dichtviel, zei kapitein Fairfax: 'Meneer Morrison, even iets anders. Ik word bestookt met telefoontjes en e-mailtjes van de pers die willen weten hoe Lady Em stierf en of de ketting gestolen is. Hoe wilt u dat ik die beantwoord?'

'We blijven erbij dat Lady Em een natuurlijke dood is gestorven,' zei Morrison.

Fairfax vroeg: 'We weten dat de ketting van Cleopatra ontbreekt. Moeten we de andere passagiers niet vertellen om voorzichtig te zijn met hun kostbaarheden?'

'Geen woord over het gestolen sieraad,' zei Morrison. 'Dat was het.'

De twee mannen namen aan dat ze mochten gaan en verlieten de suite.

Ook al was het pas tien uur 's ochtends, Gregory Morrison liep naar de bar van zijn suite en schonk voor zichzelf een groot glas wodka in. Hij was nooit snel geneigd om te bidden, maar nu dacht hij: Lieve God, laat haar alstublieft niet vermoord zijn door een werknemer.

Tien minuten later kreeg Morrison een telefoontje van zijn pr-afdeling, die hem vertelde dat er niet alleen geruchten rondgingen over de moord op Lady Em en de gestolen ketting, maar dat er ook nieuwsartikelen waren die zeiden dat vanwege het verhaal in *People Magazine*, Celia Kilbride opnieuw door de FBI ondervraagd zou worden voor haar vermeende betrokkenheid bij het beleggingsschandaal. Aangezien ze een gastspreker was op de Queen Charlotte moesten hij en de kapitein er klaar voor zijn om vragen over haar te beantwoorden.

'Dat is iets wat ik zeker hoor te weten,' blafte Morrison. Hij hing op en beval zijn hoofd van beveiliging om weer terug naar zijn suite te komen.

Toen Saunders binnenkwam, vroeg Morrison in een dodelijk kalme toon: 'Wist u dat een van onze sprekers, Celia Kilbride, wordt verdacht van fraude?'

'Nee, dat wist ik niet. De sprekers worden geboekt door meneer Breidenbach, de entertainmentmanager. Ik richt me op de passagiers en de werknemers van Castle Line.'

'Wanneer geeft ze weer een lezing?'

Saunders pakte zijn iPhone, tikte iets in en zei toen: 'Vanmiddag, in het theater. Maar het is geen lezing, het is een vraag-en-antwoordgesprek met meneer Breidenbach. Ze zal ook vragen van het publiek beantwoorden.'

'Dat kan ze op haar buik schrijven. Men zou nog eens kunnen denken dat ik een dief heb aangenomen als spreker!'

Saunders zei voorzichtig: 'Meneer Morrison, ik geloof dat het beter is als we de rest van de reis zo normaal mogelijk laten verlopen. U begrijpt dat, als we mevrouw Kilbrides optreden afgelasten, we niet alleen de passagiers teleurstellen die van plan zijn om te komen, maar ook laten weten dat we haar verdenken van de diefstal en moord op Lady Haywood? Weet u zeker dat u dat wilt?'

'Ze is een gemmologe, toch?'

'Ja, dat klopt.'

'Dat betekent dat ze over sieraden gaat praten, toch? Beseft u dat de meeste aanwezigen zullen weten dat Kilbride wordt verdacht van fraude?'

'Ik neem aan van wel. Maar, aangezien de Interpolagent haar naam niet heeft genoemd, zou het lijken alsof u zegt dat ze betrokken is bij de moord op Lady Haywood. Dat kan nare gevolgen hebben. Als ze onschuldig blijkt, kan ze u vervolgen voor smaad. Ik raad u ten zeerste aan om haar optreden door te laten gaan.'

Morrison dacht na. 'Goed. Als ze een presentatie geeft, weet ik in elk geval dat ze niet in de suite van een of ander oud vrouwtje rondsluipt om haar te vermoorden en haar kettingen te stelen. Ik zal ervoor zorgen dat ik dat optreden kan bijwonen.'

65

Om tien voor half vier stond Celia in de coulissen van het auditorium. Ze gluurde langs het gordijn en zag dat bijna elke stoel bezet was. Alvirah en Willy Meehan, Ted Cavanaugh, Devon Michaelson en Anna DeMille zaten op de eerste rij. Daar zat ook een man die ze herkende als Gregory Morrison, de eigenaar van de Queen Charlotte. Waarom is hij hier, vroeg ze zich af. Haar mond was plotseling kurkdroog.

Het flitste door haar hoofd dat Lady Em een dag geleden nog op de eerste rij had gezeten. Onwillekeurig betastte ze de zak waarin ze de zware ketting verstopt had.

Haar naam werd aangekondigd door Anthony Breidenbach, de entertainmentmanager. Ze probeerde te glimlachen terwijl ze het podium op liep en hem de hand schudde. 'Celia Kilbride is een beroemde gemmologe die voor Carruthers in New York werkt. Haar expertise bij het op waarde schatten van waardevolle edelstenen en haar kennis van de geschiedenis van juwelen heeft ons allemaal tijdens haar vorige lezingen geboeid. Vandaag pakken we het anders aan. Eerst zal ze mijn vragen beantwoorden, en daarna die van het publiek.'

Celia en Breidenbach liepen naar twee stoelen die tegenover elkaar stonden en gingen zitten. 'Celia, mijn eerste vraag gaat over geboortestenen en wat ze betekenen. Laten we met barnsteen beginnen.'

'Binnen de astrologie is barnsteen verbonden aan het sterrenbeeld Stier. Vroege geneeskundigen gebruikten het omdat het hoofdpijn, hartkwalen en vele andere ziektes zou genezen. De oude Egyptenaren gaven de doden een stukje barnsteen mee om ervoor te zorgen dat het lichaam in het hiernamaals een geheel bleef,' zei Celia, meer op haar gemak nu ze op bekend terrein was.

'En aquamarijn?'

'Is de geboortesteen die hoort bij de maand maart en het sterrenbeeld Vissen. Het zorgt voor geluk en blijdschap, en voor harmonie binnen het huwelijk. De oude Grieken zagen het als de heilige steen van Poseidon. Het is de uitgelezen steen om mee te nemen op vakanties en cruises.'

'Laten we het over de echt dure stenen hebben,' zei Breidenbach. 'Hoe zit het met diamanten?'

'Diamanten horen bij april en het sterrenbeeld Ram.' Celia glimlachte. 'Een diamant zorgt voor reinheid, harmonie, liefde en overvloed. Zij die destijds fortuinlijk genoeg waren om er een te hebben geloofden dat het hen beschermde tegen de pest.'

'En de smaragd?'

'De smaragd hoort ook bij de Stier en is de geboortesteen van mei. Het versterkt liefde en trekt rijkdom aan. Tijdens de renaissance wisselden de aristocraten smaragden uit als teken van vriendschap. Het is de heilige steen van de godin Venus.'

'Nog eentje. Goud.'

'Goud heeft geen eigen plekje op de astrologiekalender. Het is nauw verbonden met het heilige en de zonnegoden en zou aan een goede gezondheid bijdragen. Zo droegen mensen gouden ringetjes in hun oren om hun zicht scherper te maken, en zeemannen en vissers droegen ze om niet te verdrinken.'

Na die zin dacht Celia aan Roger Pearson. Als de entertainmentmanager aan hetzelfde dacht, dan hield hij dat goed verborgen.

'Dan is het nu de beurt van het publiek,' zei Breidenbach. 'Steek je hand op als je een vraag hebt en mijn assistent zal de microfoon naar u toe brengen.'

Celia was bang geweest dat de eerste vraag over de ketting van Cleopatra zou gaan. In plaats daarvan stelde een vrouw een vraag over de ketting van smaragden en diamanten die Sir Alexander Korda in 1939 had gekocht voor de actrice Merle Oberon.

'Dat was een prachtige ketting,' vertelde Celia. 'Negentwintig smaragden. Ze zouden dezelfde vorm en maat hebben als de stenen die de vorstelijke maharadja's uit India in de vijftiende eeuw droegen, en misschien waren het zelfs dezelfde stenen.'

Zodra Celia haar zin afmaakte, werden er minstens een dozijn handen in de lucht gestoken. De vragen volgden elkaar snel op: 'Wat is het verhaal achter de Hopediamant?' 'Hoe zit het met de Engelse kroonjuwelen?' 'Is het waar dat de traditie van diamanten verlovingsringen is begonnen met een De Beers-reclamecampagne in de jaren dertig?' De zaal moest lachen om de vraag: 'Was de ring die van Kim Kardashian gestolen is echt vier miljoen dollar waard?'

Aan het einde van de sessie werd een vraag gesteld over de ketting van Cleopatra. 'Is hij echt gestolen en is Lady Haywood vermoord?'

'Ik weet niet of de ketting gestolen is,' zei Celia. 'En ik heb geen reden om de geruchten te geloven dat Lady Haywood geen natuurlijke dood gestorven is.'

Eén punt voor jou, dacht Morrison. Hij was opgelucht dat hij Kilbrides optreden door had laten gaan. Tenminste, tot de laatste vraag gesteld werd.

'Mevrouw Kilbride, veel van ons, uzelf incluis, waren aanwezig bij het cocktailfeestje van de kapitein en het diner dat daarop volgde. We zagen dat Lady Emily de Cleopatraketting droeg. Ook al gaat hardnekkig het gerucht rond dat deze gestolen is, de bemanning zegt van niet. Kunt u dit bevestigen?'

'Niemand van de bemanning heeft mij naar de ketting gevraagd,' zei Celia nerveus.

'En was de ketting niet vervloekt? Degene die hem mee de zee op nam zou toch nooit meer de kust bereiken?'

Celia dacht terug aan Lady Em en de grappen die ze over de vloek had gemaakt. 'Ja,' zei ze. 'Volgens de legende wordt de ketting inderdaad geassocieerd met een vloek.'

'Dank je, Celia Kilbride, en u ook bedankt,' zei Breidenbach terwijl hij opstond en het publiek begon te klappen.

66

Yvonne, Valerie Conrad en Dana Terrace hadden samen Celia's lezing bijgewoond. Daarna gingen ze naar de Edwardian Bar voor een cocktail. Yvonne had haar vriendinnen uitgelegd dat ze het niet aankon om alleen in haar suite te zijn. 'Als ik daar ben,' zei ze met trillende, treurige stem, 'dan zie ik Roger. En dan herleef ik dat afschuwelijke moment waarop hij achteroverleunde en deed alsof hij viel. Ik stond bij de balkondeur en waarschuwde hem: "Roger, ga alsjeblieft niet op de reling zitten. Je slaat nog overboord." Hij lachte en zei: "Maak je geen zorgen, ik kan goed zwemmen."' Ze wist een traan uit haar oog te persen.

Valerie en Dana susten medelevend. 'Wat afschuwelijk voor je,' zei Valerie. 'Ik kan me niets ergers voorstellen,' zei Dana.

'Ik zal elke dag van mijn leven met die herinnering moeten leven,' jammerde Yvonne.

'Heb je al nagedacht over een begrafenis of een herdenkingsdienst?' vroeg Dana.

'Mijn hoofd loopt over,' zei Yvonne. 'Maar er zal natuurlijk een dienst komen. Over twee weken, dat lijkt me gezien de omstandigheden wel passend.' En dan zou ik het geld van de verzekering al moeten hebben, dacht Yvonne.

'Ik heb gehoord dat een man op het schip de as van zijn vrouw heeft uitgestrooid,' zei Dana.

'Hij had tenminste as om uit te strooien,' zei Yvonne.

'Yvonne, we hopen dat alles goed komt met je,' zei Valerie terwijl ze op Yvonnes hand klopte. 'Had Roger een levensverzekering?'

'Ja, dat wel, goddank. Hij had een polis van vijf miljoen. En we hebben ook nog onze bezittingen, aandelen en obligaties.'

'Dat is maar goed ook, want ik denk dat de verzekering niet snel zal uitkeren als het lichaam niet geborgen is.'

Daar had Yvonne niet over nagedacht. In stilte was ze dankbaar dat Lady Em vermoord was voordat ze haar financiën had laten controleren.

'Yvonne, het is eigenlijk te vroeg om dit nu al te zeggen, maar wees vooral niet bang om vooruit te kijken,' zei Valerie. 'Je bent knap, je bent jong en je hebt geen kinderen of andere bagage. Je zult een rijke weduwe zijn. Het spijt me van die arme Roger, maar er zitten ook voordelen aan. Als je van hem gescheiden was, dan had je alles met Roger moeten delen. Nu krijg jij alles.'

'Zo had ik er nooit over nagedacht,' mompelde Yvonne terwijl ze met haar hoofd schudde.

'Wij zullen uitkijken naar een andere man voor je,' beloofde Dana.

Nu ze Yvonnes toekomst al helemaal geregeld hadden voordat ze aan hun derde cocktail toe waren, gingen ze verder over Celia Kilbride.

'Haar lezing was eigenlijk best interessant,' zei Yvonne.

'Ze ziet er niet uit als iemand die een oud vrouwtje zou vermoorden,' zei Valerie. 'Jij hebt tijd met haar doorgebracht, Yvonne. Wat was jouw indruk van haar?'

'Ze zegt niet veel, maar ze heeft ook veel aan haar hoofd. Ik zou ook niet door de FBI ondervraagd willen worden.' En als Lady Em nog zou leven, zou dat wel gebeurd zijn, dacht ze. Misschien heeft Roger mijn naam wel gebruikt om zijn diefstal te verbergen. Als Celia degene is die Lady Em heeft vermoord, moet ik haar eigenlijk bedanken.

'Als Celia die ketting heeft, wat gaat ze er dan mee doen?' vroeg Dana. 'Hij is van onschatbare waarde. Tenzij ze hem aan een of andere prins uit Saoedi-Arabië verkoopt, weet ik niet wie hem zou kopen.'

'Ik denk dat ze de smaragden apart verkoopt,' zei Valerie. 'Daar zou ze al een fortuin mee verdienen. Vergeet niet dat het haar werk is. Ze kent vast heel veel kopers die niet aan de bron zouden twijfelen.'

Daarna bespraken de drie Ted Cavanaugh. 'Verpletterend knap,' waren ze het met elkaar eens.

'Is het jullie opgevallen dat hij steeds bij Lady Em in de buurt bleef? Die eerste avond, toen Lady Em een tafel had uitgekozen, ging hij onmiddellijk aan de tafel naast die van haar zitten,' zei Yvonne. 'Ik zat naast Lady Em en kon zien dat hij mensen bijna omverduwde om die tafel te krijgen. Hij zat met Devon Michaelson, die weduwnaar die vast al een minnares had voordat zijn vrouw stierf, die mensen die de loterij hebben gewonnen, en die provinciale vrouw van de kerk...' Haar stem stierf weg.

'En wat vinden we van die Shakespeare-knakker?' vroeg Dana.

'Die met die wenkbrauwen,' zei Valerie terwijl ze haar eigen wenkbrauwen op en neer liet gaan.

'Precies,' zei Dana. 'Hij ziet er ook niet uit als een moordenaar.'

'Nee, maar hij praat wel graag over moord,' zei Yvonne. Haar stem werd lager. '"*Verdomde vlek, weg zeg ik. Zal al het water van de zee niet dit bloed van mijn handen wassen?*" Zoiets.'

Dana en Valerie barstten in lachen uit. 'Je zou een goede Lady MacBeth zijn,' zei Dana. 'Goed, is er iets op tegen om nog een Manhattan te nemen?'

'Helemaal niets,' zei Valerie terwijl ze ober wenkte.

67

Ted Cavanaugh woonde het vragenuurtje bij en was diep onder de indruk van Celia die als spreker moeiteloos antwoord wist te geven op alle vragen die op haar werden afgevuurd. Wederom merkte hij op hoe mooi ze was en hij bewonderde de beheerste manier waarop ze de vraag over Lady Ems dood beantwoordde.

Iedereen in het publiek weet van het artikel in *People Magazine* en de bewering dat ze met haar ex-verloofde heeft samengewerkt, dacht Ted.

Toen het voorbij was, bleven een paar mensen rondhangen om met haar te praten. Nadat de laatste was vertrokken, stond Ted op en sprak haar bij de deur aan. Tot dusver hadden ze alleen beleefdheden uitgewisseld bij het cocktailfeestje.

'Celia, ik hoop dat je nog weet wie ik ben. Ted Cavanaugh,' zei hij en hij stak zijn hand uit. 'Na al dat gepraat zal je wel een droge keel hebben. Zullen we een glas wijn of een cocktail drinken?'

Celia's eerste instinct was om hem af te wijzen, maar ze aarzelde. Ze wilde niet alleen zijn met haar gedachten die als een loden last op haar rustten. Net als de ketting, dacht ze. 'Dat zou leuk zijn.'

'De Regency Bar is het dichtste bij. Zullen we daarheen gaan?'

'Dat is prima.'

Een paar minuten later zette de ober hun drankjes voor hen op tafel, chardonnay voor Celia, wodka met ijs voor Ted.

Ted bleef bij zijn plan om het niet over Lady Ems dood of de ketting van Cleopatra te hebben. In plaats daarvan vroeg hij: 'Celia, je hebt vast veel gestudeerd om zo'n vermaarde gemmologe te worden. Heb je daar een bepaalde opleiding voor gevolgd?'

Het was een simpele vraag en een licht onderwerp. 'Na mijn studie ben ik naar Engeland gegaan en ben ik beëdigd door het Gemmologisch Instituut van Groot-Brittannië. Maar, zoals een van mijn professoren placht te zeggen: "Het duurt een mensenleven om een meester-gemmoloog te worden."'

'Waarom heb je dat als carrière gekozen?'

Het ontging Ted niet dat ze bezorgd keek. Celia herinnerde zich dat ze pas een paar dagen eerder een soortgelijk gesprek met professor Longworth had gehad. Was dat echt maar een paar dagen geleden geweest? Ze wist nog hoe ongemakkelijk ze zich toen had gevoeld, maar ze voelde zich bij Ted Cavanaugh wel op haar gemak.

'Mijn vader was een gemmoloog. Toen ik klein was gaf ik mijn poppen al sieraden. Namaak, natuurlijk. Hij leerde me het verschil tussen goedkope stenen en de echt goede stukken, en hoe ik een loep moest gebruiken. Hij is twee jaar geleden overleden. Hij heeft me tweehonderdvijftigduizend dollar nagelaten, wat ik vervolgens aan een zwendelaar gegeven heb.'

Ze keek hem recht aan. 'Ik heb gelezen over wat er met jou is gebeurd,' gaf Ted toe.

'Dan weet je ook dat veel mensen denken dat ik van de fraude afwist en dat ik ook een oplichter ben.'

'Ik las het verhaal van je ex-verloofde in *People*...'

'Dat is een grove leugen!' riep Celia verhit.

Ted was even stil voordat hij reageerde. 'Het is misschien een schrale troost, maar ik kan me niet voorstellen dat je een dief bent. Of een moordenaar.' Waarom zeg ik dit, dacht hij. Omdat het waar is.

'Waarom zou hij me dit aandoen?'

'De eerste reden die ik kan bedenken is wraak omdat je niet bij hem bent gebleven. De tweede reden is dat hij strafvermindering wil krijgen van het Openbaar Ministerie. Hij heeft in het artikel eigenlijk een bekentenis afgelegd, maar hij weet dat ze al genoeg bewijs hebben om hem te veroordelen. Door te zeggen dat jij er ook bij betrokken was, kan hij met hen samenwerken tegen jou. Ik denk dat dat is wat er aan de hand is.'

'Maar ik was ook een slachtoffer,' protesteerde ze.

'Dat weet ik, Celia.' Hij sneed een veiliger onderwerp aan. 'Je zei dat je vader een gemmoloog was en dat hij pas is overleden. En je moeder?'

'Ze stierf toen ik een baby was.'

'Broers? Zussen?'

'Geen. Mijn vader is nooit hertrouwd. En ik neem hem dat toch een beetje kwalijk, kun je dat geloven? Ik had graag broers of zussen gehad.'

Ted dacht aan zijn eigen situatie. Zijn moeder en vader verkeerden in goede gezondheid en hij zag hen en zijn twee broers vaak. 'Je hebt vast veel vrienden?'

Celia schudde haar hoofd. 'Vroeger wel. Ik ben een paar goede vrienden verloren, degenen die in Stevens fonds geïnvesteerd hebben.'

'Ze geven jou toch niet de schuld?'

'Ik heb ze aan Steven voorgesteld en ze zijn voor zijn gladde tong gevallen. Daarom ben ik niet hun meest favoriete persoon op dit moment. Mijn vrienden waren niet rijk, dus dat geld kwijtraken heeft hen veel gekost.'

Ik wed dat het jou ook veel gekost heeft, dacht Ted, maar hij zei het niet. Hij leunde achterover, nam een slokje van zijn drankje en keek Celia aan. Hij durfde te zweren dat ze de moord op Lady Em niet gepleegd had en dat ze geen dief was. Ze kijkt zo bedroefd, dacht hij. Ze heeft al zo veel moeten doorstaan.

68

Ook Brenda woonde Celia's optreden bij en kon zo zelf horen dat Celia veel wist van edelstenen. Zij en Lady Em waren al bijna vriendinnen, dacht Brenda. Het zou me niets verbazen als Lady Em haar gevraagd heeft om naar de picknickarmband te kijken. Maar zelfs dan is het Celia's woord tegen het mijne, stelde ze zichzelf gerust. En nu haar verloofde haar zwart heeft gemaakt, zal niemand haar geloven.

Ralphie had haar gemaild om te zeggen hoe erg het hem speet van Lady Em. Hij was slim genoeg geweest om niets over haar sieraden te zeggen.

Brenda ging naar boven en glimlachte tegen de mensen die ze herkende. Een paar van hen condoleerden haar, omdat ze wisten dat ze heel lang Lady Ems assistent was geweest. Toen ze haar kamer bereikte, belde ze Ralph onmiddellijk.

Toen hij antwoordde, begon ze: 'Zeg niet te veel. Je weet nooit of dit gesprek opgenomen wordt.'

'Ik snap het,' antwoordde hij. 'Hoe gaat het, schat?'

Brenda bloosde. Het was fijn dat iemand haar na al die jaren schat noemde. Zelfs haar moeder was nooit scheutig geweest met koosnaampjes.

'Het gaat goed, liefje,' zei ze, 'alhoewel ik me natuurlijk afschuwelijk voel over de dood van Lady Em. Maar het betekent wel dat ik verlost ben van mijn verantwoordelijkheden. Als je nog steeds wil dat ik met je trouw, ik zal zondag thuis zijn.'

'Natuurlijk wacht ik op je,' zei Ralph. 'Ik wil al sinds de dag dat we elkaar ontmoetten met je trouwen. Ik beloof je dat, nu Lady Em weg is, alles anders zal zijn.'

'Dat geloof ik ook,' zei Brenda. 'Je duifje gaat nu dag zeggen, Ralphie. Kus.'

Met een glimlach hing ze op. Ik vraag me af hoelang het duurt voordat ik mijn erfenis van driehonderdduizend dollar krijg. Niet dat Lady Em een half miljoen, of zelfs een miljoen, gemist zou hebben. Eigenlijk zou zo'n bedrag veel passender geweest zijn.

Tevreden met de manier waarop ze haar gedrag gerechtvaardigd had, zocht Brenda het boek waar ze in wilde beginnen. Toen ze de balkondeur opendeed, merkte ze dat het te hard waaide om buiten te zitten. Ze wilde het liefst dat deze reis achter de rug was, zodat ze terug kon gaan naar New York.

Brenda kon Ralphies armen om zich heen voelen terwijl ze las hoe Jane Eyre van de ene tragedie in de andere verwikkeld raakte, tot ze weer herenigd werd met Mr. Rochester. *Hij doet me aan Ralphie denken*, dacht ze, terwijl ze zich een beeld vormde van de rijzige figuur die Jane Eyres held was. Ze maakte het zich gemakkelijk in haar clubfauteuil en las verder.

69

Ook Devon Michaelson woonde de sessie met Celia en de entertainmentmanager bij, maar luisterde maar half naar de vragen en de antwoorden. Hij was nog steeds woest vanwege zijn gesprek met Gregory Morrison en het ergerlijke telefoontje dat hij een paar minuten later van hem kreeg.

'U bent toch van Interpol?' had Morrison gevraagd.

'Ja, dat klopt.'

'En u bent op dit schip om de ketting van Cleopatra te beschermen?'

'Dat is waar.'

'Dan heeft u er mooi een potje van gemaakt. Onze beroemdste passagier is vermoord en de ketting is gestolen. En u heeft duidelijk geen voortgang geboekt met het vangen van de Man met Duizend Gezichten. U was te druk met as over de zijkant van mijn schip gooien. Als u mijn werknemer was, zou ik u ontslaan.'

'Gelukkig ben ik niet uw werknemer, meneer Morrison. Ik werk voor het beste internationale detectivebureau ter wereld. En daar wil ik graag aan toevoegen dat ik nooit zou overwegen om voor u te werken.'

Toen de presentatie afgelopen was, bleef Devon lang genoeg hangen om te zien hoe Celia met Ted Cavanaugh vertrok. Een opbloeiende romance, vroeg hij zich af. Maar dat maakt voor mij niet uit. Er zijn iets meer dan twee dagen over van de cruise. Voor we Southampton bereiken, moet ik die ketting vinden. En ik zou hem het liefst door Morrisons strot duwen.

70

Professor Henry Longworth was niet van plan geweest om naar Celia's derde optreden te gaan, maar nadat zijn lezing afgelopen was en hij snel had geluncht, besloot hij toch om de presentatie bij te wonen. Hij liep een paar minuten voordat Celia werd aangekondigd het auditorium binnen en bleef achterin staan tot het programma begon.

Toen hij Brenda binnen zag komen, maakte hij zich kleiner. Het laatste wat hij wilde was om naar haar vervelende opmerkingen te luisteren tijdens de discussie. Hij wachtte tot ze was gaan zitten voordat hij achter de rijen langsliep en een stoel koos die zo ver als maar mogelijk was bij haar uit de buurt stond.

Toen hij zat, keek hij goed om zich heen. Tot zijn ergernis was Celia's publiek ongeveer twee keer groter dan het zijne. Ze heeft het over sieraden, simpele hebbedingetjes, dacht hij. Ik praat over de Bard, de beste schrijver die ooit heeft bestaan!

Jaloers? Ja, dat geef ik toe, dacht hij. Hoe dan ook, ze is een aardige meid. Is ze net als die arme Cordelia, onbegrepen en vals beschuldigd, of is ze Lady MacBeth, een koelbloedige moordenares die zich verschuilt achter haar vrouwelijkheid?

Hij merkte dat hij bezig was met zijn favoriete tijdverdrijf, want hij probeerde te bedenken wie Lady Em had vermoord.

Aan het eind van Celia's lezing wist hij zeker dat niemand haar zou verdenken. Maar wie dan wel?

Hij keek om zich heen. Wellicht Brenda Martin? Ze zat links voor hem, met vijf rijen tussen hen in. Hij dacht terug aan hoe ze van de tafel was weggerend nadat de kapitein had aangekondigd dat Lady Haywood in haar slaap was heengegaan. Een paar minuten later was ze teruggekomen. Het was duidelijk dat ze slecht nieuws had gehoord, maar het had haar eetlust niet aangetast. Tot zijn teleurstelling besprak ze niet wat er gebeurd was toen ze bij de suite was aangekomen. Natuurlijk werd er toen al op veel websites gespeculeerd dat Lady Em vermoord was en dat haar ketting gestolen was.

Hij keek onwillekeurig naar Brenda en ving haar blik. Ik zou maar wat graag je gedachten lezen, dacht hij, ik vraag me af wat ik dan vind. *Vals spel verhult waar het hart vals zal zijn.*

Toen het uur voorbij was, stond hij op met de rest, wachtte tot Brenda weg was en liep toen met de laatste gasten het auditorium uit. Hij had geen behoefte aan gezelschap en ging naar zijn suite. Daar opende hij de bar en maakte een martini voor zichzelf. Met een tevreden zucht ging hij in zijn fauteuil zitten. Hij legde zijn voeten op de poef en nam een slokje.

Deze cruise verloopt dan misschien wel heel merkwaardig, dacht hij, maar hij is wel van alle gemakken voorzien. En een moord tijdens de reis is altijd een heel interessante plotwending. Hij begon te lachen.

71

Nadat ze van Ted Cavanaugh afscheid had genomen, ging Celia rechtstreeks naar haar kamer. Ze gaf toe dat ze het fijn had gevonden om een cocktail met hem te drinken, maar dacht er niet te lang over na. Ze wilde liever weten hoe de rest van de wereld over haar dacht.

Ze had Yvonne en haar twee vriendinnen in het publiek gezien. Ze kon zich bijna niet voorstellen wat Yvonne doormaakte. Ik hoop dat mijn praatje haar even heeft afgeleid, dacht Celia. Ze was pas net weer terug in haar suite toen de telefoon ging. Ze hoopte dat het Alvirah was, en was blij om haar stem te horen.

'Celia, je optreden was geweldig,' zei Alvirah. 'Ik vond je gisteren al goed, maar vandaag heb je jezelf overtroffen.'

Een hart onder de riem, dacht Celia. Ze moest toegeven dat ze zich beter voelde na Alvirahs compliment.

'Ik heb lang over je situatie nagedacht,' zei Alvirah. 'Zal ik even langskomen?'

'Ik kan zeker een vriendin gebruiken. Graag.'

Ze was er zo aan gewend om Alvirah en Willy als een koppel te zien dat het een verrassing was om Alvirah alleen bij haar deur aan te treffen. Terwijl ze haar binnenliet, vroeg Alvirah meteen: 'Weet je zeker dat ik me niet opdring? Ik weet dat je misschien wel moe bent.'

'Eerlijk gezegd ben ik blij met je gezelschap, Alvirah. Als ik alleen ben, denk ik te veel na.'

'Gelukkig. Daardoor voel ik me beter,' zei Alvirah terwijl ze op de bank ging zitten. 'Celia, Willy en ik weten allebei dat het onmogelijk is dat jij Lady Emily kwaad gedaan zou hebben, of haar ketting zou stelen.'

'Dank je,' mompelde Celia. Zou ze het vertellen? Ze besloot dat het antwoord ja was.

Ze pakte uit haar zak de ketting van Cleopatra. Toen ze Alvirahs geschokte gezicht zag, zei ze: 'Ik heb hem niet gestolen. Lady Em heeft hem aan me gegeven. Laat het me uitleggen. Vlak nadat ik gisteravond in mijn kamer kwam, belde Lady Em me en vroeg me naar haar suite te komen. Ze droeg me op om mijn loep mee te nemen, het gereedschap dat ik gebruik om sieraden te onderzoeken. Toen ik bij haar aankwam, gaf ze me een armband en vroeg ze me hoe waardevol ik dacht dat hij was. Het was makkelijk te zien dat hij van inferieure diamanten gemaakt was en bijna niets waard was. Toen ik dat aan Lady Em vertelde, keek ze ongelooflijk bedroefd. Ze vertelde me dat ze vermoedde dat Brenda haar dure sieraden had verwisseld met goedkope imitaties.

"Maar Brenda werkt al twintig jaar voor u," zei ik. Lady Em vertelde me dat ze erg zeker was van haar zaak en dat Brenda erg ontsteld had gekeken toen Lady Em merkte dat haar sieraad er anders uitzag dan vroeger.

'Toen zei ze dat ze zich zo teleurgesteld voelde, omdat ze altijd zo aardig was geweest tegen Brenda, en zeer gul.'

'Wat sneu,' zuchtte Alvirah.

'Dat is niet alles,' zei Celia. 'Lady Em zei ook dat ze ervan overtuigd was dat Roger Pearson haar oplichtte. Blijkbaar had ze hem gisteren verteld dat ze van plan was om een externe boekhouder naar haar financiën te laten kijken, waarna hij enorm van streek raakte.'

'Dat begrijp ik wel,' zei Alvirah. 'Willy en ik hebben hem en Yvonne naar elkaar horen schreeuwen toen we langs hun suite liepen. Hij riep dat hij voor twintig jaar de gevangenis in zou kunnen draaien.'

'Alvirah, wat moet ik met de ketting doen? Lady Em zei dat ze had besloten om Ted Cavanaughs verzoek in te willigen. Wanneer ze terug in New York was, zou ze de ketting aan haar advocaten geven, en die zouden hem aan Ted doorspelen. Blijkbaar heeft de kaptein tijdens het cocktailfeestje aan Lady Em voorgesteld om de ketting in zijn privékluis weg te bergen. Lady Em heeft hem gisteravond aan mij gegeven, zodat ik hem vanochtend aan de kapitein kon geven.' Celia schudde haar hoofd. 'Ik durf niet te vertellen dat ik hem heb. Ik weet dat er al heel veel mensen zijn die me een dief vinden vanwege het schandaal, voor hun zal het niet moeilijk zijn om te geloven dat ik Lady Em heb vermoord en de ketting heb gestolen.'

'Je hebt gelijk,' zei Alvirah. 'Maar je kunt er niet mee blijven rondlopen. En het zou er heel erg verdacht uitzien als iemand hem in je suite aantreft.'

'Precies,' zuchtte Celia. 'Ik zit in de problemen als ik toegeef dat ik hem heb en ik zit in de problemen als ik hem bij me houd.'

'Celia, zal ik hem voor je bewaren? Ik zal hem aan Willy geven, bij hem zal hij veilig zijn. Dat garandeer ik je.'

'Maar wat als we Southampton bereiken?' vroeg Celia. 'Wat gaan jij en Willy dan doen?'

'Ik heb nog even om dat te bedenken,' zei Alvirah peinzend. 'Ik ben een best goede detective. Ik zal eens kijken of ik dit kan oplossen voor we onze bestemming bereiken.'

Met het gevoel alsof er een last van haar schouders viel, gaf Celia Alvirah de ketting.

'Hij is prachtig,' zei Alvirah terwijl ze hem in haar handtas wegborg.

'Inderdaad,' zei Celia. 'Het mooiste sieraad dat ik ooit heb gezien.'

Alvirah aarzelde en glimlachte toen naar Celia. 'Moet ik me zorgen maken om de vloek?'

'Nee,' zei Celia lachend. 'De vloek treft alleen degene die hem mee naar zee heeft genomen. Als de vloek echt bestaat, dan was die arme Lady Em het slachtoffer.'

Terwijl ze sprak, dacht Celia weer terug aan Lady Ems bezorgde, treurige gezicht toen ze haar vertelde dat haar twee vertrouwelingen, Brenda en Roger, haar al die jaren hadden opgelicht.

72

Raymond Broad, Lady Ems butler, was er zeker van geweest dat iemand erachter zou komen dat hij degene was die de informatie over Lady Ems moord en de gestolen ketting aan roddelwebsite PMT had doorgespeeld. Tot zijn verbazing werd hij na zijn eerste verklaring niet meer ondervraagd. Het hoofd beveiliging had hem alleen nog gebeld om hem te waarschuwen dat hij niet met de gasten of met iemand anders mocht praten over wat hij in Lady Ems kamer had gezien. Ze leken het feit dat het was uitgelekt te wijten aan een of andere dief die op het schip aanwezig zou zijn.

Hij dacht weer aan het moment waarop hij in de suite besefte dat Lady Em dood was. De kluis had opengestaan en een paar meter van haar bed lagen allerlei sieraden over de vloer uitgespreid. Hij had er spijt van dat hij zijn eerste ingeving niet had opgevolgd. Hij had een paar sieraden moeten pakken, misschien zelfs allemaal. Het zou toch aangenomen worden dat de moordenaar alles had meegenomen. Hij had zelfs overwogen om de buit in zijn ontbijtkar te verstoppen nadat dokter Blake hem had weggestuurd.

Maar wat als ze hem als verdachte hadden beschouwd? Zouden ze zijn kar hebben doorzocht? Hij vervloekte zichzelf toen hij besefte dat als hij de kluisdeur had dichtgedaan, niemand aan een diefstal gedacht zou hebben. Hij had alles mee kunnen nemen zonder dat iemand het door had gehad.

Ook baalde hij omdat Lady Em bekendstond als iemand die grote fooien gaf. Ik ben weer de pineut, besloot hij.

Nadat Lady Ems suite was afgesloten, had hij nieuwe taken gekregen en nu droeg hij zorg voor de suites van professor Longworth en Brenda Martin. Hij mocht ze allebei niet. De professor negeerde zijn aanwezigheid bijna volledig en Brenda Martin bleef maar om van alles vragen.

Broad had een telefoontje gekregen van zijn contact bij PMT die bevestigde dat hij betaald zou worden voor zijn tip over Lady Em. Ook vroegen ze hem om hen onmiddellijk op de hoogte te stellen van alle ontwikkelingen rondom de moord en de diefstal. Raymond had meteen toegestemd, ook al wist hij dat het onwaarschijnlijk was dat hij op nieuwe informatie zou stuiten voor de Queen Charlotte in Southampton aankwam.

De telefoon in zijn keukentje ging. Het was Brenda Martin. Ze wilde een vieruurtje in haar suite. Ze hoefde er niet aan toe te voegen dat ze alle petitfourtjes en gebakjes wilde waar de middagthee altijd mee geserveerd werd. Er zal geen kruimel van over zijn als ze klaar is, dacht Raymond.

73

De Man met Duizend Gezichten had bijna iedere verdachte die de ketting had kunnen stelen van zijn lijst afgestreept, op eentje na: Brenda Martin. Hij wist dat ze een sleutel had van Lady Ems suite. Hoe eenvoudig was het voor haar geweest om de suite binnen te lopen onder het voorwendsel dat ze even wilde kijken of alles goed ging? Het was duidelijk dat Lady Em zich niet lekker had gevoeld toen ze de eetzaal had verlaten.

Terwijl hij zijn stropdas rechtdeed en naar beneden ging voor het diner, vroeg hij zich af wat hij tegen Brenda zou zeggen als hij haar zag. Het was verleidelijk om haar toe te fluisteren: 'Geniet maar van je eten, Brenda. Dit zou zomaar je laatste avondmaal kunnen zijn.'

74

Roger besefte niet dat hij niet langer met zijn armen spartelde. Hij hoorde niet de stem die schreeuwde: 'Grijp hem, hij zinkt!' Hij voelde niet dat hij bij zijn schouders gepakt werd en merkte niet dat hij ergens in getild werd.

Hij voelde niet dat er een deken om hem heen werd geslagen. Hij hoorde het geluid van de motor niet en merkte niet dat hij aan boord werd gehaald. In zijn hoofd was hij nog steeds aan het zinken en kon hij niet ademen door de golven die over hem heen sloegen.

Hij kon de woorden van de scheepsdokter bijna niet horen, die zei: 'Neem hem mee naar de ziekenboeg. Hij moet opgewarmd worden.'

Met die troostende woorden viel Roger in slaap.

75

Alvirah hield haar handtas stevig vast terwijl ze terug naar haar suite liep. Willy keek haar verwachtingsvol aan toen ze binnenkwam. Het verbaasde hem dat Alvirah, voor ze hem groette, de deur van de suite op slot deed.

'Waarom doe je dat?' vroeg Willy.

'Dat zal ik je laten zien,' fluisterde ze. 'En niet zo hard praten.'

Ze deed haar tas open en haalde de ketting van Cleopatra eruit.

'Is dit wat ik denk dat het is?' vroeg hij terwijl hij de ketting aanpakte.

'Jazeker,' antwoordde Alvirah.

'Waar heb je hem gevonden?'

'Celia heeft hem aan mij gegeven.'

'Hoe is zij eraan gekomen? Zeg me alsjeblieft niet dat zij degene is die die arme vrouw heeft vermoord.'

'Willy, je weet net zo goed als ik dat Celia Kilbride geen moordenaar of dief is. Nee, het is heel anders gegaan.'

Op fluistertoon vertelde ze alles wat Celia haar verteld had. Ze rondde haar verhaal af door te zeggen: 'Je snapt wel hoe bang ze is. Ze wist zeker dat als iemand erachter kwam dat zij de ketting heeft, niemand zou geloven dat Lady Em hem aan haar heeft gegeven.'

'Dat begrijp ik wel,' zei Willy. 'En nu? Ik wil niet dat iemand erachter komt dat jij hem nu hebt en jou vermoort.'

'Dat weet ik, Willy. Daarom wil ik graag dat jij hem bij je houdt. Bij jou is hij het veiligst.'

'Maar wat gaan we ermee doen als we van boord gaan?' vroeg Willy.

'Celia vertelde me dat Lady Em hem aan Ted Cavanaugh wilde geven, omdat ze vond dat hij aan de bevolking van Egypte toebehoort.'

'Ik hoop maar dat ze me niet fouilleren,' zei Willy. Hij stond op en stopte de ketting in zijn broekzak. Het was duidelijk dat hij iets in zijn zak droeg en Alvirah zag hoe ontsteld hij keek.

'Als je je jasje aandoet, zal niemand het zien,' zei ze.

'Dat hoop ik maar,' zei Willy. 'En nu?'

'Willy, je weet dat ik een goede speurneus ben.'

Hij keek ongerust. 'Vertel me niet dat jij dit mysterie wilt gaan oplossen. We hebben hier te maken met een moordenaar die zijn buit nog niet te pakken heeft.'

'Dat weet ik, maar denk eens na: Lady Em vertelde Celia dat ze zeker wist dat zowel Roger Pearson als Brenda haar bestalen. Hoe verschrikkelijk is dat?'

'We hebben gehoord dat Roger en Yvonne elkaar aanvlogen. Het is wel heel toevallig dat Roger minder dan vierentwintig uur later dood was.'

'Dat vind ik ook. En een paar uur nadat ze Celia vertelt dat Brenda haar sieraden heeft verwisseld is Lady Em dood. Ik vraag me af of Roger Pearson echt overboord is gevallen, of dat Yvonne hem heeft geholpen.'

'Je denkt toch niet dat ze hem geduwd heeft, of wel?' vroeg Willy ongelovig.

'Ik zou haar niet durven beschuldigen, maar ik vraag het me wel af. Ik bedoel, die twee mochten elkaar niet. Ze was vandaag bij Celia's vragenuurtje met een paar vriendinnen, en ze zag er niet bepaald uit als een rouwende weduwe. En nu zowel Lady Em als Roger dood zijn zullen de twijfels omtrent haar financiën gewoon verdwijnen. Dat is erg goed nieuws voor Yvonne.'

Ze keken elkaar aan. Willy sprak als eerste: 'Denk je dat Yvonne Lady Em ook vermoord heeft?'

'Het zou me niets verbazen.'

'En de geruchten over die dief, de Man met Duizend Gezichten?'

'Ik weet het niet, Willy. Ik weet het gewoon niet,' zei Alvirah, diep in gedachten verzonken.

76

Een voor een verzamelde men zich voor het formele diner. Professor Longworth, Yvonne, Celia en Brenda zaten aan hun tafel, en aan de tafel naast hen zaten Alvirah en Willy, Devon Michaelson, Ted Cavanaugh en Anna DeMille. Aan beide tafels verliepen de gesprekken stroef.

'Acupunctuur is geweldig,' vertelde Alvirah aan Ted Cavanaugh. 'Ik weet niet wat ik zonder zou moeten. Soms wanneer ik slaap, droom ik zelfs dat ik die naaldjes in mijn lichaam heb zitten. Wanneer ik dan wakker word, voel ik me altijd beter.'

'Dat begrijp ik wel,' zei Ted. 'Mijn moeder gebruikt acupunctuur voor haar jichtige heup en zij zegt dat het een wereld van verschil maakt.'

'O, je moeder heeft reumatiek?' zei Alvirah. 'Is ze Iers?'

'Haar meisjesnaam was Maureen Byrnes. En mijn vader is half-Iers.'

'De reden dat ik dat vraag,' zei Alvirah, 'is dat reumatiek gezien wordt als een Ierse ziekte. Mijn theorie is dat onze Ierse voorouders in de kou en de regen het turf voor hun vuren verzamelden en dat al dat vocht daardoor in hun DNA is getrokken.'

Ted lachte. Hij besefte dat hij Alvirah een interessante, verfrissende vrouw vond.

Anna DeMille vond het niet fijn om van het gesprek buitengesloten te worden. 'Ik zag je eerder iets drinken met Celia Kilbride,' zei ze tegen Ted, 'en je zat bij haar praatje. Ik vind haar een begenadigd spreker, jij ook?'

'Jazeker,' zei Ted zachtjes.

Willy luisterde naar het gesprek terwijl zijn hand rusteloos over de zak streek waar de ketting in zat. Hij was blij dat hij niet betrokken werd bij het gesprek over acupunctuur. Alvirah drong altijd aan dat hij het ook moest proberen voor zijn rugpijn, en het was raar om te horen dat een duidelijk intelligente man als Ted Cavanaugh een familielid had die het ook deed.

Devon Michaelson was niet heel aandachtig aan het luisteren, maar hij zag Gregory Morrison bij elke tafel stilstaan om de mensen daar even toe te spreken. Waarschijnlijk vertelt hij iedereen dat ze zich geen zorgen hoeven te maken, dacht hij.

Hij richtte zich weer op de andere tafel, waar nu maar vier mensen zaten. Hij kon zien dat het gesprek vaak stilviel en dat ze allemaal niet blij leken om er te zitten. Hij zag dat Morrison op Longworths tafel afliep. Bij het zien van Morrisons gezicht gingen zijn haren overeind staan, ook al wist hij van zichzelf dat hij niet goed tegen kritiek kon.

Devon probeerde aandachtig te luisteren naar het gesprek, maar hij kon er niets van verstaan. Hij werd ook afgeleid door het feit dat Anna DeMille haar hand op de zijne had gelegd en hem teder toefluisterde: 'Voel je je vandaag beter, lieve Devon?'

Gregory Morrison was het niet ontgaan dat de stoelen verder uit elkaar stonden om te verbloemen dat er twee mensen aan de tafel ontbraken. Lady Haywood en Roger Pearson, die idioot die overboord was gevallen. Allebei geen groot verlies voor de mensheid, dacht hij. Maar het leek gepast om zijn condoleances aan Pearsons weduwe aan te bieden, ook al leek ze niet erg aangedaan door haar verlies. Hij doorzag haar krokodillentranen. Hij putte troost uit het feit dat het schip niet aansprakelijk gesteld kon worden voor het verlies van iemand die dom genoeg was om op de reling te gaan zitten. Na een paar woorden met Yvonne gewisseld te hebben, legde hij zijn hand op Brenda's schouder. 'Ik begrijp dat u al twintig jaar Lady Haywoods trouwe metgezel was,' zei hij. En ik vraag me af of jij haar vermoord hebt, dacht hij.

Brenda's ogen werden vochtig. 'Het waren de twintig mooiste jaren van mijn leven,' zei ze. 'Ik zal haar altijd blijven missen.'

Lady Haywood heeft haar vast geld nagelaten, dacht Morrison. Ik vraag me af hoeveel.

'Meneer Morrison,' zei Brenda, 'naast de vermiste Cleopatra-ketting had Lady Em erg veel dure sieraden meegenomen op deze cruise. Ik begrijp dat er heel veel over de grond verspreid lagen toen ze gevonden werd. Zorgt u ervoor dat daar niets mee gebeurt?'

'Ik weet zeker dat de kapitein en ons beveiligingsteam alle protocollen volgen.'

Morrison wilde naar de volgende tafel gaan, maar zag toen dat Devon Michaelson, de Dick Tracy van Interpol, daar zat. Hij besloot die te omzeilen. Hij maakte aan alle andere tafels een praatje en ging daarna weer naast de kapitein zitten.

'Ze lijken allemaal over de onfortuinlijke gebeurtenissen heen te zijn,' vertelde hij Fairfax, voor hij zijn aandacht weer richtte op het bord met gerookte zalm voor hem.

77

Hoewel professor Longworth Brenda oninteressant vond, zou hij niet blij zijn om te weten dat zij hetzelfde over hem dacht. Ze vond hem doodsaai. Als die wenkbrauwen nog een keer omhooggaan, gooi ik mijn toetje naar zijn hoofd, dacht ze. Zonder dat af te wachten, at ze zo snel mogelijk haar warme appeltaart met vanille-ijs op. Ze goot haar koffie naar binnen en stond toen op. Het enige wat ze wilde was met Ralphie praten. Ze keek op haar horloge en dacht: het is nu half negen, dat betekent dat het half vijf of half zes is in New York. Een prima tijd om te bellen.

Brenda werd door een vreemd gevoel bekropen toen ze haar suite binnenliep. Ze keek even om zich heen, maar hij was duidelijk verlaten. Ik zal Raymond bellen en hem vertellen dat ik nog een stuk taart wil, dacht ze, en nog een kop koffie. Ze belde hem en zei: 'Over ongeveer tien minuten kun je het brengen.' Ze hing op en belde Ralphie.

Brenda kon niet weten dat Ralphie al zijn spullen gepakt had en klaar stond om te vertrekken. Ook wist ze niet dat hij al hun zuurverdiende gestolen geld van hun gezamenlijke rekening had afgehaald.

De telefoon ging drie keer over voor hij opnam. Hij gromde: 'Hallo', en het klonk niet bijzonder sympathiek.

'Ralphie, ik ben het, je duifje,' kirde ze.

'O, ik hoopte al dat jij het was,' zei hij, nu wel op een warme, liefhebbende toon.

'Ik mis je zo,' zuchtte Brenda. 'Maar ik ben over drie dagen thuis. En ik heb een verrassing voor je. Ik heb het bij de juwelier op het schip gekocht.'

'Ik kan bijna niet wachten,' zei Ralphie opgetogen. 'Dan kan ik maar beter ook een verrassing voor jou hebben.'

'O wat lief!' dweepte Brenda. 'Ik tel de uren af tot ik je weer zie. Dag, lieve Ralphie. Kusjes.'

'Dag, mijn duifje,' zei Ralphie, en hij hing op.

Tot zover het duifje, dacht hij terwijl hij zijn derde koffer dichtdeed.

Hij keek op zijn horloge. Hij had met zijn nieuwe vriendin afgesproken. Goed, ze was niet echt nieuw, maar ze hoefden niet langer stiekem te doen. Ze zouden de nachttrein van tien uur naar Chicago nemen. Voor hij vertrok, keek hij nog eenmaal de woning rond. Een fijne plek, dacht hij, jammer dat ik moet vertrekken.

Hij lachte hardop.

Lieve, arme Brenda. Als ze mij erbij lapt, zal ze zelf ook de gevangenis in draaien.

Lulu's appartement zat op de begane grond van hetzelfde gebouw. Het was niet van haar, sinds een paar maanden had ze het in onderhuur. Ze hadden afgesproken om elkaar op het station te zien in plaats van samen het gebouw te verlaten. Hij wist niet zeker hoelang hij bij Lulu zou blijven, maar op dit moment was ze een verademing na vijf jaar met zijn klunzige 'duifje'.

78

Toen Raymond Broad langs de kamer liep, kon hij Brenda's stem horen. Ze hing aan de telefoon en hij legde zijn oor tegen de deur. Hij hoorde haar zeggen: 'Dag, lieve Ralphie. Kusjes.' Daarna hoorde hij haar smakkende geluiden maken.

Ze heeft een vriendje, dacht hij. Dat had ik niet gedacht.

Voordat hij op de deur klopte, tilde hij de cloche op om te kijken of de keuken de juiste smaak had geserveerd. Brenda was al eerder tegen hem uitgevaren omdat hij haar notentaart had gebracht. Schijnbaar was ze allergisch voor noten. 'Verdomme,' zei hij toen hij zag dat de keuken dezelfde fout nog een keer gemaakt had. Hij ging snel terug om de taart om te wisselen.

In haar kamer had Brenda het idee dat er iets niet in de haak was. En toen voelde ze hoe er een soort doek over haar hoofd werd getrokken en er iets om haar keel werd vastgesnoerd. Een tel later werd ze de kast in geduwd.

Raak niet in paniek, dacht ze. Laat hem niet merken dat je nog steeds lucht kan krijgen. Uit alle macht hield ze haar adem in totdat ze de kastdeur hoorde dichtgaan, toen begon ze zo stil als ze kon in en uit te ademen. Langzaamaan werd haar ademhaling weer regelmatig. Alhoewel er iets heel strak om haar nek was getrokken, had ze er een vinger tussen weten te krijgen, net genoeg om niet te stikken.

De Man met Duizend Gezichten wist zeker dat niemand hem door de gang naar deze kamer had zien lopen. Hij werkte snel en gooide de inhoud van Brenda's handtas op de vloer voordat hij naar de kluis liep. Ook daar lag de ketting niet. Daarna doorzocht hij haar koffer en het nachtkastje. 'Ik was er zeker van dat zij hem had,' gromde hij terwijl hij de deur van de suite op een kier zette om te kijken of de kust veilig was. Hij liep zo nonchalant mogelijk terwijl hij de afstand naar zijn eigen kamer overbrugde.

Minder dan twee minuten later kwam Raymond terug bij Brenda's kamer en klopte hij op de deur. Toen hij niets hoorde, maakte hij de deur open en liep naar binnen. Het verbaasde hem dat er niemand was. Hij zette de koffie en het toetje op de bijzettafel, maar toen hoorde hij iemand in de kast rommelen en kreunen. Hij wist niet wat hij moest verwachten, dus hij deed langzaam de deur open. Daar zag hij Brenda op de vloer liggen. Een van haar handen klauwde naar de kussensloop die om haar hoofd zat en de ander zat bij haar keel.

Raymond rende naar het nachtkastje en pakte een schaar. Hij knielde naast haar en zei: 'Ik ben er, laat het touw los.' Zijn vinger glipte op de plek waar die van Brenda had gezeten en heel voorzichtig schoof hij het blad van de schaar tussen haar nek en het touw. Daarna zette hij druk en het koord knapte. Hij knipte het kussensloop open en trok het van haar gezicht.

Ze ademde diep in. Hij wachtte tot ze met haar handen haar nek begon te bevoelen voordat hij haar hielp opstaan.

'Waarom duurde het zo lang?' hijgde ze. 'Ik had wel gestikt kunnen zijn!'

'Mevrouw Brenda,' zei hij, 'ga toch even zitten. Een kop koffie zal u kalmeren.'

Met zijn hulp bereikte Brenda de stoel, waar ze het kopje pakte.

Raymond pakte de telefoon om het hoofd van de beveiliging te vertellen dat er een incident had plaatsgevonden in Brenda's kamer. Saunders beloofde dat hij zo snel mogelijk zou komen en dat hij dokter Blake zou waarschuwen.

Raymond wendde zich weer tot Brenda en zei: 'Kan ik nog iets voor u...'

Ze onderbrak hem. 'Ik wil een handdoek met wat ijs voor om mijn nek.'

'Mevrouw, het lijkt mij een goed idee dat ik bij u blijf tot...'

'HAAL EEN HANDDOEK VOOR ME!'

'Meteen, mevrouw,' zei Raymond, blij dat hij een excuus had om de kamer te verlaten.

Voordat Raymond weg was, riep Brenda: 'Vertel de kapitein dat iemand geprobeerd heeft me te wurgen en dat ik betere bescherming eis tot we in Southampton aankomen.'

Jammer voor haar dat haar Ralphie er niet is, dacht Raymond terwijl hij de kamer uit vluchtte. Hij liep direct naar een voorraadkast en deed de deur achter zich dicht. Zodra hij verbinding had, fluisterde hij: 'Nog een poging tot moord. Dit keer was het beoogde slachtoffer Lady Haywoods assistent Brenda Martin. Hij heeft geprobeerd haar te wurgen, maar ze wist een vinger onder het touw te haken en te blijven ademen. Ze heeft niet gezegd dat er iets uit haar kamer ontbreekt, dus het motief is onduidelijk.'

Raymond deed de telefoon in zijn zak en liep de kast weer uit.

Een minuut later liet zijn telefoon weten dat hij een berichtje ontvangen had. Het was John Saunders. Hij moest terugkomen naar Brenda's suite, waar de kapitein en de eigenaar van het schip op hem wachtten. Met een handdoek en een emmer met ijs in zijn handen haastte Raymond zich terug naar de suite.

Brenda zat nog steeds in dezelfde stoel. Raymond zag meteen dat ze in de paar minuten dat ze alleen was geweest het vanille-ijs, de appeltaart en de koffie had verorberd. De lelijke rode striem om haar nek was onmiskenbaar. Ze had kunnen stikken, dacht hij, maar het eerste wat hij haar tegen dokter Blake hoorde zeggen was dat ze niet meer zou leven als Raymond haar niet gered had. Ze zei ook dat ze de rederij zou aanklagen omdat ze wisten dat er een moordenaar aan boord was en ze toch niets hadden gedaan om hun passagiers te beschermen.

Kapitein Fairfax begon uitvoerig excuses te maken, maar hij werd onderbroken door Gregory Morrison. De eigenaar verzekerde haar dat hij goed voor haar zou zorgen, mits ze niets tegen de andere passagiers zou zeggen over wat haar was overkomen.

'Of ik iets of niets ga zeggen hangt ervan af wat je me gaat betalen,' zei Brenda terwijl ze met haar vingers langs haar nek streek. 'Ik had wel dood kunnen zijn, en dat allemaal omdat u ons niet goed kunt beschermen. Straks mogen we allemaal op het dek gaan staan om "Nader mijn God, bij U" te gaan zingen.'

79

Vijfhonderd zeemijlen daarvandaan onderzocht de scheepsdokter van de Paradise zijn nieuwe patiënt. Hij wist niet eens zijn naam. Hij had geen identificatiebewijs bij zich gehad toen ze hem uit het water hadden getrokken.

De man was onderkoeld en had een longontsteking. De paar woorden die hij had gezegd waren bijna onbegrijpelijk, maar hij had ze een paar keer herhaald: 'Ze heeft me geduwd, grijp haar.' Maar aangezien hij veertig graden koorts had, nam de dokter aan dat hij aan het ijlen was.

Hij keek op toen de deur openging en de kapitein de kamer binnenkwam, die geen tijd aan beleefdheden verspilde. 'Hoe is het met hem?' vroeg hij bruusk terwijl hij de passagier bestudeerde die tien uur eerder onverwacht aan boord was gehaald.

'Ik weet het niet, meneer,' antwoordde de dokter op respectvolle toon. 'Hij is stabiel, maar hij ademt moeizaam. Het gevaar is nog niet geweken, maar ik denk dat hij het wel zal halen.'

'Gezien de temperatuur van dit water, verbaast het me dat hij nog leeft. Maar we weten niet hoelang hij in het water gelegen heeft,' zei de kapitein.

'Inderdaad, meneer. Maar hij had twee voordelen. In de

medische gemeenschap maken we vaak de grap dat je in de kou het beste dik en gezond kunt zijn. Zijn vet heeft zijn lichaam geïsoleerd, waardoor hij minder gevoelig was voor onderkoeling. Maar hij heeft de gespierde schouders en benen van een zwemmer. Tijdens het watertrappelen hebben die spieren warmte gegeneerd, zodat hij nog beter beschermd was tegen de kou.'

De kapitein was even stil en zei toen: 'Goed, doe je best en houd me op de hoogte. Weten we zijn naam al?'

'Nee, meneer, nog niet.' De dokter zei niets over het feit dat de patiënt iets mompelde over geduwd worden. Hij wist dat de kapitein van feiten hield, niet van speculatie. Hij wist zeker dat die uitspraken het resultaat waren van koortsdromen.

'Denk je dat hij het gaat halen?' vroeg de kaptein.

'Ja, meneer. Ik zal niet van zijn zijde wijken tot hij buiten levensgevaar is.'

'Hoelang denk je dat dat zal duren?'

'Over zeven uur weten we meer, meneer.'

'Vertel het me onmiddellijk als hij weer bijkomt.' De kapitein verliet de kamer. De scheepsdokter pakte een ligstoel, zette die naast het bed, ging erin zitten en sloeg een deken om zichzelf heen.

Slaap zacht, mysterieuze gast, dacht hij terwijl hij zijn ogen dichtdeed en indutte.

Dag vijf

80

Alvirah en Willy, Devon Michaelson, Anna DeMille en Ted Cavanaugh waren samengekomen om in alle rust te ontbijten, maar hun maaltijd zou verre van rustig verlopen.

Een paar minuten nadat ze zaten, arriveerde Brenda bij haar tafel. Yvonne en professor Longworth waren er al. Brenda, met een vuurrode striem om haar nek, was eigenlijk van plan geweest om in haar suite te ontbijten. Nadat hij had vastgesteld dat ze geen serieuze verwondingen had, had dokter Blake er bij haar op aangedrongen om de avond in de ziekenboeg door te brengen. Ze had geweigerd, omdat ze de voorkeur gaf aan de privacy van haar kajuit.

Ze besloot dat het veel interessanter zou zijn om haar bijnadoodervaring met haar medepassagiers in de Queens Lounge te delen. Ze streek met haar hand over haar nek toen ze ging zitten en kreunde hoorbaar terwijl ze haar verse sinaasappelsap doorslikte. Nadat ze haar vroegen wat er met haar gebeurd was, vertelde ze maar al te graag het verhaal. Ze liet geen detail achterwege.

'Weet je zeker dat je niet hebt gezien wie je heeft aangevallen?' vroeg Yvonne nerveus.

'Waarschijnlijk verborg hij zich in de kast. Zodra ik me had omgedraaid, viel hij me vanachter aan,' zei Brenda, terwijl de herinnering haar naar haar borst deed grijpen.

'Heb je iets gezien waardoor ze erachter kunnen komen wie je aangevallen heeft?' vroeg Yvonne toen.

Brenda schudde haar hoofd. 'Niet echt. Wie het ook was, hij was erg sterk.'

Ze heeft echt geen idee, dacht Longworth. Erg interessant.

Brenda ging verder: 'Wat hij ook om mijn nek deed, hij gebruikte het om me te wurgen. Ik begon het bewustzijn te verliezen. Ik weet nog dat ik in de kast geduwd werd, maar ik kon gelukkig een vinger tussen de lus krijgen voor hij eraan begon te trekken. Eerst spartelde ik tegen, maar toen bedacht ik me dat het slimmer was om te doen of ik het bewustzijn verloor. Ik was al bijna bewusteloos toen ik zijn grip losser voelde worden.'

'O mijn god,' zei Yvonne.

'Inderdaad,' zei Brenda. 'Mijn leven flitste voor mijn...'

Nu onderbrak Longworth haar: 'O mijn god, wanneer zal dit stoppen? Lopen we allemaal gevaar?'

Brenda ging verder. 'Maar ik bleef stilliggen en haalde bijna geen adem. Hij rommelde een tijdje in mijn kamer en deed god weet wat. Ik luisterde tot ik de deur van de kajuit hoorde dichtvallen en de dader was vertrokken.'

Yvonne leek net zo ademloos als Brenda. 'Wat een afschuwelijke ervaring,' riep ze uit. 'Als ik jou hoor vertellen hoe je vocht om adem te halen, besef ik weer hoe afschuwelijk het geweest moet zijn voor mijn liefste Roger.'

Longworth dacht te zien dat Brenda geïrriteerd was dat de aandacht voor haar kortstondige moment van faam even werd gekaapt door de ellende van iemand anders.

Brenda ging verder: 'Om een lang verhaal kort te maken...'

Daar is het al te laat voor, verzuchtte Longworth in stilte.

'Ik wist te overleven en kan het navertellen. En pas deze ochtend kwam ik erachter dat mijn zeer waardevolle ketting ook nog eens ontbreekt.'

Ze voelde dat ze de aandacht van haar publiek kwijt was, dus Brenda at snel haar ontbijt op, liep naar de volgende tafel en begon de rode plek op haar nek te masseren.

Ze leek dolblij dat Alvirah, Willy en Ted Cavanaugh erg met haar leken mee te leven terwijl ze haar aangrijpende avontuur vertelde. Anna DeMille zuchtte daarentegen: 'Ergens ben ik jaloers op je. Ik kan me precies voorstellen hoe het is.' Ze legde een hand op Devons arm. 'Ik hoop dat jij me dan zou redden.'

Ted bleef nog maar een paar minuten zitten voor hij zichzelf verontschuldigde. Hij fluisterde tegen Alvirah: 'Ik moet een cliënt in Frankrijk bellen, maar daarna wil ik weten hoe het met Celia is.'

'Goed idee,' zei Alvirah.

Een paar minuten later keek Brenda rond en zag Yvonnes vriendinnen uit de Hamptons zitten. Ze masseerde haar nek en huiverde toen ze rechtstreeks op hun tafel afliep.

Alvirah slikte haar laatste slok koffie door en zei: 'Willy, laten we een wandeling over het dek maken.'

Willy keek uit het raam. 'Het regent pijpenstelen, liefje.'

Alvirah volgde zijn blik. 'O, je hebt helemaal gelijk. Laten we dan naar boven gaan. Ik wil Celia even bellen.'

81

Omdat ze Alvirah in vertrouwen had genomen en de ketting van Cleopatra niet langer bij zich droeg, had Celia die nacht heerlijk geslapen. Maar toen ze haar ogen om half zeven opendeed, besefte ze dat er nog een reden was. Ze had van haar gesprek met Ted Cavanaugh genoten. Ze wist dat hij oprecht was geweest toen hij haar had verteld dat hij geloofde dat ze niets met Lady Ems dood te maken had. Ze had hem kunnen vertellen wat Lady Em haar verteld had over Brenda en Roger, maar besloot dat hij zich zou kunnen afvragen waarom ze daar zo veel over wist.

Door Ted moest ze aan Steven denken, en aan de prangende vraag waarom ze haar hoofd zo op hol had laten brengen door hem. Waarom was ze niet voorzichtiger geweest? Als ze hem beter in de gaten had gehouden, was ze er al veel eerder achter gekomen dat hij niet de waarheid vertelde. Misschien viel haar kwetsbaarheid te wijten aan de dood van haar vader en hoe jong ze toen nog was geweest. Maar door die gedachte voelde ze zich boos en beschaamd, omdat ze hem hier niet de schuld van kon geven. 'Ik houd van je pap,' fluisterde ze terwijl de tranen begonnen te vloeien, 'en eigenlijk kan ik alleen maar mezelf de schuld geven.'

Ze ging zitten, trok haar badjas aan en belde om koffie en een muffin te bestellen.

Dit gaat me niet nog een keer overkomen, dacht ze. Ik moet het zeker weten. Ze ging naar haar bureau en opende haar laptop. Ze kon zich de naam van Teds advocatenpraktijk niet voor de geest halen, dus googelde ze 'Ted Cavanaugh', 'advocaat' en 'New York'. Een van de links was de website van de firma Boswell, Bitzer en Cavanaugh. Ze klikte erop. Toen ze op 'Onze mensen' drukte verscheen Teds foto. Ze las de korte biografie en slaakte een zucht van opluchting. Ted was precies wie hij zei dat hij was.

Even later ging de telefoon. Het was Alvirah.

'Celia, ik wilde je alleen maar zeggen voorzichtig te zijn,' waarschuwde Alvirah haar. 'Tijdens het ontbijt vertelde Brenda dat iemand haar heeft geprobeerd te wurgen. Ze had wel dood kunnen zijn als de butler niet op tijd binnen was gekomen.'

'O nee, arme Brenda,' zei Celia, ook al had Lady Em gezegd dat Brenda een dief was.

'Ik ben bang dat de dief op zoek is naar de ketting,' zei Alvirah. 'Dus je moet de volgende twee dagen erg op je hoede zijn. En pas op tijdens het lopen, het schip is enorm aan het schommelen. Ik weet niet of je al buiten bent geweest, maar het is verschrikkelijk aan het regenen.'

'Nog niet,' zei Celia. 'Alvirah, ik ben bang dat ik jou en Willy in gevaar heb gebracht.'

'O, dat komt wel goed,' zei Alvirah zelfverzekerd. 'Niemand zal mij vermoorden zolang Willy in de buurt is, en ik denk niet dat iemand Willy aankan.'

'Daardoor voel ik me ietsje beter,' zei Celia, 'maar pas alsjeblieft op.'

'Doen we,' beloofde Alvirah.

Celia had net opgehangen toen de telefoon weer ging. Dit

keer was het Ted Cavanaugh, die op bezorgde toon zei: 'Celia, je was niet bij het ontbijt. Gaat het wel goed?'

'Prima,' zei Celia. 'Ik heb voor het eerst in tijden een nacht goed doorgeslapen.'

'Ik bel je om je te waarschuwen,' zei Ted. 'Brenda is vannacht bijna vermoord. Ze zei dat iemand haar in haar suite heeft aangevallen. Haar waardevolle parelketting is gestolen.'

Celia vertelde niet dat Alvirah haar net gebeld had, of dat de enige ketting die ze Brenda had zien dragen van erbarmelijke kwaliteit was. Tenzij de gestolen ketting eigenlijk aan Lady Em had toebehoord, maar ook dat wilde ze niet hardop zeggen.

'Celia, mijn kantoor heeft me net de gegevens gestuurd voor een rapport dat ik vanavond moet afmaken. Zullen we morgen samen lunchen?'

'Ja, dat zou ik leuk vinden,' zei Celia.

'Om één uur in de theesalon op jouw dek?'

'Prima,' zei Celia, en ze hield de telefoon even vast toen Ted had opgehangen. 'Op dit moment voel ik me niet meer helemaal alleen,' zei ze hardop terwijl ze de hoorn neerlegde en haar koffiekopje pakte.

82

Gregory Morrison zag kapitein Fairfax en John Saunders zijn kamer binnenkomen en snauwde: 'Waar is inspecteur Clouseau van Interpol? Ik wilde hem hier ook bij hebben.'

'Ik heb gevraagd of meneer Michaelson hierheen wilde komen,' zei kapitein Fairfax nerveus. 'Maar hij zei dat hij geen zin had om door u vernederd te worden.'

'Je had het hem niet moeten vragen, het was een bevel.' Morrison zuchtte. 'Laat maar, hij is toch nutteloos.'

Hij liep heen en weer door de suite terwijl hij sprak. 'Die zeug van een Brenda Martin laat haar opgezwollen nek aan iedereen in de eetzaal zien. Snappen jullie niet dat de passagiers nu bang zijn om alleen in hun suite te zijn?'

Hij keek John Saunders recht in de ogen. 'Waarom betaal ik jou eigenlijk nog? Waarom heb je geen mensen door de gangen laten patrouilleren na de moord op een passagier en de diefstal van een paar waardevolle sieraden?'

Saunders had geleerd om Morrisons constante schimpscheuten te negeren. 'Ik wil u er graag aan herinneren, meneer Morrison, dat we alles aan boord zo normaal mogelijk wilden houden. Gewapende mannen die in de gangen voor de suites rondlopen is verre van normaal. Volgens mij zei u zelf dat dit geen gevangenis is.'

'Misschien heb je daar gelijk in,' gaf Morrison onwillig toe. Kapitein Fairfax deed ook een duit in het zakje. 'Eerlijk gezegd, meneer Morrison, moeten we ons concentreren op hoe we op dit laatste...' Hij aarzelde even. '... incident gaan reageren. Ik heb nog niets op het nieuws gezien toen ik hierheen kwam, maar...'

Morrison trok zijn telefoon uit zijn zak. 'Precies waar ik bang voor was,' gromde hij. 'De eerste kop is: "Nog een passagier aangevallen op de Queen Charlotte."' Morrison las verder. 'Ik geloof mijn ogen niet. Ze noemen het schip nu al de Titanic van de eenentwintigste eeuw.'

Kapitein Fairfax en John Saunders knikten terwijl ze de kamer verlieten. Morrison ging in een gemakkelijke stoel zitten, pakte zijn telefoon en zag de e-mails van het hoofdkantoor. De mail van zijn financieel directeur vertelde dat al dertig van de passagiers die in Southampton zouden opstappen hun reserveringen geannuleerd hadden.

Hij stond meteen op en liep naar de bar. Dit keer vulde hij zijn glas met Johnnie Walker Blue. Terwijl hij dronk, dacht hij: die mail was nog van voor het incident met Brenda Martin. Ik vraag me af hoeveel die bezeerde keel van haar ons uiteindelijk gaat kosten.

83

Tien uur nadat hij in slaap was gevallen, opende Roger Pearson zijn ogen. Ik leef nog, dacht hij. Hij merkte dat hij met behulp van apparatuur moest ademen en dat zijn voorhoofd heet aanvoelde. Maar, dacht hij, ik denk dat het goed gaat komen.

Hij keek opzij en zag dat er een man in een witte doktersjas in een ligstoel naast zijn bed sliep. Goed zo. Hij wilde deze man vertellen wat zijn naam was en dat hij overboord was geslagen op de Queen Charlotte. Hij kon zich nog heel goed de manische uitdrukking op Yvonnes gezicht voor de geest halen toen ze hem met al haar kracht achteroverduwde. Hij wilde haar laten weten dat hij wist wat ze had gedaan, maar was nog niet bereid om dit te delen met de mensen op dit schip die hem vragen zouden stellen.

Roger sloot zijn ogen en gaf zich over aan het warme, behaaglijke gevoel dat de zware dekens hem gaven. Ik ga nooit meer zwemmen zolang als ik leef, dacht hij, terwijl hij de herinnering aan de ijzige kou en het zoute water dat zijn mond vulde probeerde te verdringen.

84

'Willy, laten we onze koppen bij elkaar steken,' zei Alvirah stellig, ook al moest ze zich aan zijn arm vastklampen om niet haar evenwicht te verliezen op het deinende schip.

'Voorzichtig, schat, ik heb je,' zei Willy bedaard terwijl hij met een hand Alvirahs arm vasthield en met de andere de reling.

'Laten we naar een van de rustigere cafés gaan,' stelde Alvirah voor. 'We moeten praten.'

'Ik dacht dat je wilde wandelen.'

'Nee, toch niet. Je weet nooit of iemand ons hier kan horen.'

'Ik denk dat wij de enigen zijn die rondlopen, maar dat is goed.'

Ze gingen in de Engelse salon zitten en bestelden koffie. Zodra ze zeker wist dat de bediende terug was in de keuken en de deur dicht was, fluisterde Alvirah: 'Willy, we moeten weten hoe het zit.'

Willy nam een flinke slok. 'Liefje, ik maak me meer zorgen over wat ik met die vervloekte ketting moet doen dan over de rest.'

'Maak je geen zorgen, dat bedenken we later wel,' zei Alvirah zelfverzekerd. 'Maar laten we eerst kijken wat we al weten. Iemand heeft Lady Em vermoord om haar te bestelen. We weten dat de moordenaar de ketting niet te pakken heeft gekregen omdat Celia hem had. En we weten dat, vlak voordat ze stierf, Lady Em Celia verteld heeft dat zowel Roger Pearson, God hebbe zijn ziel, en Brenda Martin haar oplichtten.'

Willy knikte. 'Ik geloof Celia op haar woord, jij ook?'

'Natuurlijk. Als Celia schuldig was, waarom zou ze ons dan de ketting hebben gegeven?' Alvirah aarzelde. 'Maar dat is niet het punt.'

'Wat dan wel?'

'O Willy, dat is toch overduidelijk. Degene die Lady Em vermoord heeft wil de ketting hebben. Daarom ging hij of zij achter Brenda aan, want het is logisch dat zij hem zou hebben.'

'Hij of zij?' vroeg Willy.

'Het kan allebei. En weet je wie ik denk dat het gedaan heeft?' Het was een retorische vraag. 'Ik zet mijn geld in op Yvonne.'

'Yvonne?'

'Willy, laten we die Man met Duizend Gezichten even vergeten. We weten niet eens of hij op het schip aanwezig is. Nee, Yvonne. Kijk wat ze allemaal gedaan heeft sinds haar echtgenoot viel – of van het schip geduwd is.'

Willy fronste. 'Je denkt dat Yvonne Roger geduwd heeft?'

'Ik weet niet of ik het geloof, maar het is zeker mogelijk. Ik bedoel, kijk eens hoe ze zich gedraagt. Ze heeft nog geen enkele keer het ontbijt gemist. Ze besteedt al haar tijd met haar vriendinnen uit de Hamptons. Ik heb haar in de gaten gehouden en ik zeg het je: Yvonne is geen gebroken weduwe. Ik bedoel, hoe zou jij je voelen als ik overboord was geslagen?'

'Dat zou nooit gebeurd zijn,' zei Willy. 'Ik zou je nooit op de reling hebben laten zitten. En dan nog zou ik je gegrepen hebben toen je viel. En als ik je val niet had kunnen voorkomen, was ik ook overboord gesprongen om je te helpen.'

Alvirah voelde zich geroerd. 'Dat weet ik toch, daarom houd ik zo veel van je,' zei ze. 'Maar ik weet wel dat Yvonne niet de enige is die ik in de gaten houd. Wie nog meer? Anna DeMille...'

Willy onderbrak. 'Degene die die flauwe grap blijft herhalen dat ze geen familie is van Cecil B. DeMille?'

'Precies. Zij lijkt me ongevaarlijk.'

'Mee eens,' zei Willy terwijl hij zijn koffie opdronk. 'Ze is te druk bezig om met Devon Michaelson aan te pappen om ondertussen ook nog eens iemand te vermoorden voor een ketting.'

'Haar kunnen we van de lijst schrappen. Laten we het hebben over de andere mensen aan onze tafels. Professor Longworth.'

'Die Shakespeare-geleerde.' Willy schudde zijn hoofd. 'Ik weet het niet. Hij is wat apart, maar lijkt niet echt een moordenaar. En Ted Cavanaugh? Hij probeerde de hele tijd bij Lady Em in de buurt te blijven.'

'Dat klopt,' zei Alvirah. 'Maar ik kan het me van hem niet voorstellen. Celia zei dat Lady Em van plan was om de ketting aan een museum in Caïro te geven.'

'Dat is wat Cavanaugh wilde, maar wist hij dat ook toen Lady Em vermoord werd?'

Alvirah schudde haar hoofd. 'Celia heeft het hem waarschijnlijk niet verteld, omdat ze dan zou moeten toegeven dat ze Lady Em op de avond voordat ze stierf heeft gezien. Ik weet bijna zeker dat Celia die informatie alleen aan ons heeft toevertrouwd. Maar ik geloof gewoon niet dat Cavanaugh iemand zou vermoorden. Hij komt uit zo'n goede familie. Zijn vader is twee keer tot ambassadeur gekozen.'

'Moordenaars zijn heel vaak mensen uit goede families,' zei Willy.

Alvirah negeerde die mogelijkheid. 'Laten we erover nadenken. Wie zaten er nog meer aan onze tafels?'

'Devon Michaelson?'

'Natuurlijk zou hij het kunnen zijn, maar ik denk het niet. Hij was op het schip om de as van zijn vrouw uit te strooien, de arme ziel. Waarschijnlijk verbergt hij zich de hele tijd voor Anna DeMille. Nee, laten we nog even teruggaan naar professor Longworth. Hij is vaak spreker op dit soort cruises, net als Celia.'

'Behalve dat Longworth met pensioen is. Celia heeft een fulltimebaan bij Carruthers.'

'Dat hoopt ze. Daar is ze lang niet zeker meer van, omdat die ellendige ex-verloofde van haar haar als een dief heeft afgeschilderd.'

'Hij zal er niet mee wegkomen, dat weet ik zeker.'

'Het lukt hem misschien niet om mensen te overtuigen dat ze medeplichtig was, maar dat betekent niet dat hij Celia's leven niet zuur maakt.'

'Schat, ik maak me echt zorgen over wat we met de ketting gaan doen als we in Southampton zijn of naar huis vliegen.' Willy voelde even in de zak van zijn broek, maar was gerustgesteld toen zijn vingers over de smaragden ketting streken.

'We gaan naar huis, bellen Ted Cavanaugh en geven hem de ketting.'

'En hoe leggen we uit dat wij hem hebben?'

'Daar ben ik nog mee bezig,' zei Alvirah. 'De ketting aan Ted geven is wat Lady Em wilde. Ted heeft gelijk. Hij behoort de mensen van Egypte toe, Cleopatra was hun koningin.'

'Niet dat hij haar heel veel geluk heeft gebracht.' Willy staarde naar zijn lege kopje maar wist dat Alvirah niet zou willen dat hij de ober wenkte.

'Ik heb nog steeds vragen over Yvonne,' zei Alvirah bedachtzaam, 'maar denk er zo eens over na, iemand is bereid om over lijken te gaan voor die ketting, toch?'

'Juist,' zei Willy.

'Die persoon heeft Lady Em vermoord en heeft geprobeerd om Brenda te wurgen, maar heeft de ketting nog steeds niet.'

'Dat klopt, voor zover wij weten.'

'De kapitein had kunnen zeggen dat de ketting veilig in zijn kluis lag, maar dat heeft hij niet gedaan. Dus wat denkt de moordenaar?'

'Dat iemand anders, een van de passagiers, hem heeft.'

'Dus stel dat jij de moordenaar bent, of dat nu iemand is die we kennen of dat het de Man met Duizend Gezichten is. Je probeert te bedenken wie de ketting nu heeft, en je weet dat het niet Lady Em, Roger of Brenda is, aan wie zou je dan denken?'

'Celia Kilbride,' zei Willy.

'Dat denk ik ook,' zei Alvirah. 'Er bestaat geen twijfel over. Als de moordenaar nog steeds op vrije voeten is, dan is Celia in levensgevaar.'

Ze keek naar haar kopje en zag dat ze maar een paar slokken genomen had. In plaats van het zelf op te drinken, schoof ze het kopje naar Willy. 'Ik zag je naar je lege kop kijken. Je kan wel wat meer gebruiken.'

'Dank je,' zei Willy terwijl hij gretig het kopje oppakte.

'Willy, het is aan jou en mij om ervoor te zorgen dat Celia niks overkomt voor we Southampton bereiken.'

'Als we Southampton überhaupt bereiken,' zei Willy toen ze het schip alarmerend voelden deinen.

Dag zes

85

Nadat ze met Alvirah en Ted had gepraat, genoot Celia van haar vrije tijd. Geen lezingen meer, dacht ze, maar een laatste dag rust voor we in Southampton aankomen.
Ze wierp de donzen lakens van zich af, stond op, rekte zich uit en liep naar de balkondeur. Ze schoof hem open en voelde een straffe, koude wind die haar nachthemd deed opbollen. De zee, die gisternacht ruig en kolkend was geweest, was niet veel kalmer geworden.
Celia belde om een Engelse muffin, een portie roerei en koffie te bestellen. Toen die bezorgd werden, lag er ook een krant op het dienblad. Ze wilde die eigenlijk negeren, maar kon de verleiding toch niet weerstaan.
Het was niet verbazingwekkend dat er niets in stond over Lady Em en de ketting, maar er stond wel iets in over Stevens zaak. Zijn borgsom was verhoogd nadat hij openlijk schuld had bekend in het artikel in *People Magazine*, omdat de rechter zei dat hij vond dat Steven vluchtgevaarlijk was. 'Zeker weten,' zei Celia hardop. Ze verdrong de gedachte dat ze weer door de FBI ondervraagd zou worden zodra ze thuis was.
Ze at haar ontbijt en deed lang over haar koffie, voordat ze opstond en zowel de normale als de stoomdouche in haar badkamer aanzette. Hemels, dacht ze terwijl ze haar haar

waste. Het voelde alsof ze de angst en spanning uit elke porie van haar lichaam weekte. Ze deed de douche uit, smeerde lotion op haar gezicht en voelde zich als herboren.

Terwijl ze zich aankleedde, dacht ze na over wat ze zou zeggen als het bekend werd dat de ketting van Cleopatra in haar suite had gelegen ten tijde van de moord.

Waarom zou iemand geloven dat Lady Em hem aan me gegeven had, vroeg ze zich af. Het antwoord was dat ze dat nooit zouden doen. Richt je op het heden, dacht ze terwijl ze haar badjas weer aantrok, de föhn inschakelde en haar haar droogde. Nadat ze wat make-up had opgedaan, liep ze naar de kast, waar ze de vrijetijdskleding aantrok die ze voor deze reis had gekocht.

Doe niet zo raar, dacht ze terwijl ze zich aankleedde. Ted Cavanaugh is niet in mij geïnteresseerd, zeker niet na dat artikel in *People Magazine*. Hij is het soort man die elke vrouw kan krijgen. Hij was gewoon aardig toen hij vroeg om met me te lunchen.

Het was nog vroeg. Toen ze klaar was met zich aankleden, keek ze in de spiegel. Ze ging naar de kluis en haalde er de kleine gouden oorbellen uit die ze van haar vader had gekregen toen ze ging studeren.

Hij had gezegd: 'Ze waren van je moeder. Nu mag jij ze hebben. Je hebt al haar gezicht, haar ogen en haar lach.'

Wat voor vrouw was mijn moeder, vroeg ze zich af. Ik heb haar nooit echt gemist, maar ik was nog zo jong toen ze stierf en papa was er altijd voor me, dag en nacht. Misschien heb ik te veel van hem gevraagd. Misschien zou hij wel op iemand verliefd zijn geworden als hij zich niet de hele tijd om mij zorgen had gemaakt, dacht ze. Geen fijne gedachte. Ik ben zo egoïstisch geweest om hem de schuld te geven van mijn problemen, maar ik zou de fout bij mezelf moeten leggen. Ik vond het zijn schuld omdat hij stierf voordat ik Steven leerde kennen, omdat hij er niet was om me te waarschuwen.

Waarom wilde ik zo graag verliefd worden? Ik heb me als een idioot gedragen. Maar ik weet wel een ding zeker: papa is nu bij mijn moeder en ik weet zeker dat hij gelukkig is met haar.

Ze had niet de tijd om bij die gedachte stil te staan, want de telefoon ging. Het was Ted. 'Zal ik zo langskomen om je op te halen?'

'Ik zal voor je klaarstaan.'

Ze deed open toen hij aanklopte. Ze kon de goedkeuring in zijn ogen lezen toen hij haar bij de hand pakte. 'De zee is nogal wild vandaag,' zei hij. 'Het is een goed idee om elkaar vast te houden.'

Celia perste haar lippen op elkaar voordat ze kon zeggen: 'Niets liever dan dat, Ted.'

86

Gregory Morrison ging met tegenzin in de Queens Lounge ontbijten. Hij had geen behoefte om de verwonderde blikken op de gezichten van de passagiers te moeten zien of hun hersenloze vragen over of er nog iemand gewurgd was te moeten beantwoorden. Maar het zou lijken alsof hij zich voor hen verstopte als hij zijn maaltijden in zijn kamer at.

Alsof hij niet al genoeg zorgen aan zijn hoofd had, had de kapitein hem ook nog gebeld om te zeggen dat de storm steeds heviger werd. Dokter Blake had hem verteld dat de ziekenboeg overspoeld werd met zeezieke passagiers. Dit is gewoon geweldig, dacht hij bitter. Als je op mijn prachtige schip het geluk hebt om niet gewurgd te worden, breng je een deel van je reis door met je hoofd op de toiletbril.

Er was één schamele troost. Brenda Martin was nog niet bij hem komen zitten. Ze is waarschijnlijk in de kombuis de patissier aan het martelen, dacht hij.

De waarheid was dat het schommelen van het schip Brenda misselijk had gemaakt. Daardoor had ze niet de onderste drie dekken van het schip kunnen bezoeken om de passagiers daar te vertellen over haar hachelijke nacht als dame in nood.

Professor Longworth en Yvonne zaten wel aan tafel. Morrison was te zeer afgeleid om te merken dat Yvonne hem geïnteresseerd bekeek. Ze had hem gegoogeld en was erachter gekomen dat hij al tien jaar gescheiden was en geen kinderen had. Hij was niet alleen de eigenaar van de Queen Charlotte, maar ook van een vloot schepen die gespecialiseerd waren in riviercruises. Hij was zesenzestig, dacht ze. Twintig jaar ouder dan ik, maar dat is niet erg. Ik zal hem uitnodigen om met Pasen naar East Hampton te komen.

Ze glimlachte naar hem toen hij naast haar ging zitten. Wat zei hij? O, ja: 'Wist u dat de Queen Charlotte er geen verantwoordelijkheid voor draagt als een passagier overboord valt?' Dat zullen we nog wel zien, dacht ze, terwijl haar glimlach breder werd. Toen zag ze een lid van de bemanning op kapitein Fairfax af lopen en hem iets toefluisteren. De kapitein keek verbaasd en liep toen naar meneer Morrison.

'Ik moet even met u praten, meneer Morrison. Excuses, mevrouw.' Ze gingen een paar meter verderop staan. De kapitein kon ze niet verstaan, maar Morrisons antwoord was onmiskenbaar. 'Dus die arme ziel heeft elf uur lang rondgedobberd?'

O nee, o mijn god, nee, dacht Yvonne, maar ze zorgde ervoor dat haar gezicht keurig in de plooi bleef toen Morrison op haar afliep en zei: 'Geweldig nieuws, mevrouw Pearson. Uw echtgenoot is opgepikt door een passerend schip. Hij heeft een longontsteking, maar is aan de beterende hand. Hij zal een dag na ons in Southampton aankomen.'

'O, ik weet niet wat ik moet zeggen,' wist ze uit te brengen voordat ze haar ogen sloot en flauwviel.

87

Er was bijna geen tijd meer. Morgen zouden ze bij zonsopgang in Southampton aanmeren. Er restte hem minder dan vierentwintig uur om de ketting in handen te krijgen. Hij had zeker geweten dat Lady Em hem aan Brenda toevertrouwd zou hebben, maar hij had het duidelijk mis gehad. Wie is er dan nog over, vroeg hij zichzelf af terwijl hij over het promenadedek liep.

Hij vond het niet erg dat Brenda zijn aanval overleefd had. Uit haar verhaal bleek dat ze geen idee had wie hij was. Hij vroeg zich wel af waarom ze vertelde dat haar belager een parelketting uit haar kamer had gestolen.

Door een kussensloop over haar hoofd te trekken en haar in de kast te gooien, had hij haar kajuit kunnen doorzoeken, maar de ketting van Cleopatra had hij niet gevonden.

Hij had Brenda niet willen doden, net zomin als hij dat bij Lady Em had gewild. Maar Lady Em was wakker geworden en had hem goed bekeken, dus ze had mogelijk zijn vermomming kunnen doorzien. Met Brenda was het bijna misgegaan. Hij had nog niet eens de deur van zijn suite dichtgedaan toen hij de butler op haar deur hoorde kloppen.

Tijdens het feestje van de kapitein had hij gehoord dat de kapitein Lady Em had aangeboden om de ketting in zijn kluis te bewaren. Was ze van gedachten veranderd en had ze hem toch aan hem gegeven? Ze had zich die avond niet lekker gevoeld, maar ze had de ketting gedragen toen ze terugging naar haar kamer.

Brenda had haar niet mogen vergezellen. Sterker nog, Lady Em had zich erg koel tegen Brenda gedragen die avond. Hij vroeg zich af of ze boos op haar was. Dat zou wel verklaren waarom ze de ketting niet aan Brenda had gegeven.

Wie vertrouwde ze nog meer? Roger, maar die was overboord gevallen. Zij en Yvonne hadden niet heel erg hecht geleken. Yvonne keek altijd verveeld als Lady Em iets vertelde. De Man met Duizend Gezichten was woest op zichzelf. Hij had hier beter over moeten nadenken voor hij Brenda in haar kamer had opgewacht.

En verder? Hij bleef maar aan Celia Kilbride denken. Lady Em had de jonge gemmologe aan haar tafel uitgenodigd en had vooraan gezeten bij al haar lezingen. Uit de vragen die Lady Em haar had gesteld was gebleken dat ze elkaar kenden en een vriendschappelijke relatie hadden. Lady Em leek het fijner te vinden om met Celia te praten dan met haar financieel adviseur of haar assistent.

Had het verzoek van de kapitein om de ketting te bewaren haar nerveus gemaakt? Had hij haar verteld dat de Man met Duizend Gezichten aan boord was? Als dat was gebeurd en ze zich opeens zorgen maakte om de ketting, wie zou ze er dan mee vertrouwen? Nee, het was volmaakt logisch. Ze had hem aan de vriendelijke gemmologe gegeven.

Uit zijn colbertje trok hij de passagierslijst en zocht naar Celia Kilbrides naam. Haar kamer was ietsje verder lopen dan die van Lady Em.

Zij heeft hem, besloot hij.

88

Yvonne werd door twee stewards naar haar suite geholpen. Nadat ze haar naar een fauteuil hadden gebracht, vroeg ze hen te vertrekken. Langzaamaan begon het bij haar te dagen wat de gevolgen waren van het feit dat Roger zijn val had overleefd. Wat ga ik doen als hij zegt dat ik hem geduwd heb, vroeg ze zich af. Ik zal het ontkennen. We hadden allebei veel gedronken en ik heb al gezegd dat ik in de badkamer zat toen hij viel. Toen ik naar buiten kwam en hij er niet meer zat, was ik bang dat hem iets overkomen was. Toen riep ik om hulp.

Dat klinkt allemaal erg logisch, verzekerde ze zichzelf. Toen besefte ze dat ze nog een troef achter de hand had. Niemand weet wie Lady Em vermoord heeft. Ik zal Roger vertellen dat ik het deed om hem uit de gevangenis te houden. Volgens mij heeft Lady Em verder niemand over haar geplande controle verteld.

Ik kan hier nog uit komen, dat weet ik zeker. En als hij me niet gelooft, zal ik zeggen dat ik naar de politie stap en hen over Lady Ems vermoedens over haar financiën zal vertellen. Dat moet hem wel afschrikken.

Valerie en Dana weten inmiddels waarschijnlijk wel dat Roger nog leeft. Wat vertel ik hen? Ik zal hen vertellen dat toen ik hoorde dat hij nog leefde, ik ons huwelijk nog een

kans wilde geven. Ik wist in mijn hart dat we weer verliefd op elkaar zouden worden.
Daar trappen ze wel in. Ik ben een verdomd goede actrice.

89

Ted hield Celia's hand goed vast terwijl hij met zijn andere de reling in de gang vast had gegrepen. 'Waarom gaan we niet naar het hoofddek?' zei hij. 'Dat zou de meest stabiele plek van het schip moeten zijn.'

'Goed idee,' zei Celia.

'Ik denk niet dat het heel druk zal zijn,' zei Ted. 'Jammer dat onze laatste dag op zee zo heftig is.'

Ze waren de enigen in de lift. Toen ze op het hoofddek uitstapten, was het schip merkbaar minder aan het schommelen. De Tap Room was een kleine salon die zijn eigen bar had. Toen ze gingen zitten, deed Ted het menu voor haar open. 'Wat wil je? Behalve een glas chardonnay, natuurlijk,' zei hij met een glimlach.

'Ik heb zo veel gegeten de laatste paar dagen. Is het erg burgerlijk om een tosti met tomaat en spek te bestellen?'

'Zeker wel,' zei Ted. 'Laten we er twee bestellen.'

Toen de serveerster verscheen, bestelde hij bij haar. Terwijl ze wegliep keek hij Celia over de tafel aan. 'Je zei dat je lekker hebt geslapen. Betekent dat dat je je beter voelt?'

'Ja, inderdaad,' zei Celia. 'En ik zal je vertellen waarom. Gisteren vertelde ik je hoe erg ik mijn vader miste, maar ik besefte toen dat ik eigenlijk kwaad op hem was. Omdat hij is gestorven, omdat hij me alleen heeft gelaten zonder broers of zussen. Maar vanochtend, terwijl ik koffie dronk, besefte ik dat ik wel lef had om hem de schuld te geven. En ik begreep dat ik eigenlijk egoïstisch was. Hij stond altijd voor me klaar, maar wie weet wat er gebeurd was als hij meer tijd voor zichzelf had genomen. Misschien had hij dan wel iemand gevonden.'

'Dat is nogal een constatering,' zei Ted.

'Maar wel een belangrijke,' zei Celia. 'En nu weet je alles over mij, misschien meer dan je wilde weten.'

'Ik hoop dat je weet dat ik me erg vereerd voel dat je me in vertrouwen hebt genomen,' zei Ted.

'Dank je, dat waardeer ik,' antwoordde Celia. 'Maar nu is het jouw beurt. Vertel me eens over jou en je familie.'

Ted leunde achterover. 'Even kijken. Je hebt vast wel gehoord dat mijn vader ambassadeur van Egypte was...'

'En aan het Engelse hof,' zei Celia.

'Precies! Mijn ouders zijn met elkaar getrouwd toen ze afstudeerden aan Princeton. Mijn vader studeerde door en werd een federale rechter. Mijn moeder zou het geen probleem hebben gevonden om haar leven in Westchester door te brengen en ons daar op te voeden, maar mijn vader kreeg een baan aangeboden als diplomatiek attaché in Egypte. Ik was zes toen we daarheen verhuisden, en mijn twee broertjes zijn daar geboren.'

'Waar ging je naar school?' vroeg Celia.

'De Amerikaanse Internationale School in Caïro, net als de meeste diplomatenkinderen. Ik heb daar acht jaar gezeten, tot mijn vader ambassadeur werd voor het Britse hof. Dus de vier jaar dat hij daar werkte zaten we in Londen.'

'Bespeur ik ook een licht Brits accent?'

'Dat klopt,' zei Ted. 'Ik heb op Eton gezeten. Daarna studeerde ik aan Princeton en Yale Law School.'

'Vond je het fijn om in het buitenland te wonen?'

'Heel fijn. Daar komt ook mijn interesse voor de Britse en Egyptische cultuur vandaan en hoe die twee elkaar door de eeuwen heen hebben beïnvloed.'

'Mis je het buitenland?'

'Niet echt, om eerlijk te zijn. Ik heb er toen van genoten, maar ik ben ook blij om terug te zijn. Een van mijn cliënten is de Egyptische staatsminister van oudheden. Het is mijn werk om verloren of gestolen Egyptische kunstschatten terug te brengen, maar net als mijn moeder woon ik liever in de buurt van New York.'

'Wat interessant! Hoe ben je in dat vakgebied terechtgekomen?'

'Net als zo veel dingen in het leven was het toeval. Tijdens mijn derde jaar rechten wist ik niet wat ik wilde doen. Ik had wat sollicitaties lopen bij een paar van de grootste advocatenkantoren in New York toen ik een vacature zag bij een klein, eigenzinnig advocatenbureau in Manhattan dat gespecialiseerd was in het terughalen van gestolen kunstschatten. Ze zochten iemand met affiniteit voor Egypte. Ik was geïntrigeerd en ging naar het sollicitatiegesprek. Het waren twee oudere advocaten die nieuw bloed zochten en het klikte meteen. Ik ging voor hen werken en na zeven jaar werd ik partner.'

'Waar in de stad zitten jullie?'

'Ons kantoor zit op Sixth Avenue en Forty-Seventh Street. Ik woon in Greenwich Village, dat is met de metro drie haltes verder.'

'Alleen?' vroeg Celia.

'Jazeker,' benadrukte hij. 'En mag ik aannemen dat dat ook voor jou geldt?'

'Ja, absoluut,' zei Celia.

Ze hadden hun tosti's opgegeten. 'Zullen we nog een glas wijn nemen?' stelde hij voor.

'Ik wil niet in herhaling vallen, maar ja, absoluut,' zei ze.

De hele ochtend had Celia zich afgevraagd of ze Ted in vertrouwen kon nemen over haar laatste gesprek met Lady Em. Ze wachtte tot de ober de wijn had gebracht en weer weg was.

'Ik zou graag je mening als advocaat willen over wat ik je nu vraag,' zei ze terwijl ze een slok van haar koude chardonnay nam.

'Die geef ik je graag, en ik beloof je dat ons gesprek vertrouwelijk zal blijven,' zei Ted terwijl hij geïnteresseerd vooroverboog.

'Op de avond dat Lady Em stierf, was ik rond tien uur terug in mijn kamer. Lady Em belde me en vroeg me of ik meteen naar haar suite wilde komen en of ik mijn loep wilde meenemen. Toen ik daar aankwam, was ze duidelijk van streek. Ze zei dat ze zeker wist dat haar financieel adviseur, Roger Pearson...'

'Degene die overboord is gevallen?'

'Ja, en haar persoonlijk assistent, Brenda, haar aan het oplichten waren. Ze gaf me een armband en vroeg me hem te bestuderen. Het was duidelijk van slechte makelij en ik kon bevestigen dat het niet dezelfde dure armband was die haar echtgenoot haar jaren geleden gegeven had. Ze zei dat ze niet wist hoeveel stukken Brenda had gestolen en vervangen. Daarna vertelde ze me dat ze Roger had verteld dat ze een accountant haar financiën wilde laten doorlichten. Ze zei dat ze bang was dat het aan hun gesprek was te wijten dat hij overboord is gevallen.'

Celia keek naar Ted maar kon zijn reactie niet goed peilen. 'Maar uiteindelijk, en dit is ook belangrijk voor jou, gaf Lady Em mij de ketting van Cleopatra. Ze vroeg me om hem naar mijn kamer mee te nemen en hem de volgende ochtend aan de kapitein te geven. Ze vertelde me dat ze van gedachten was veranderd en dat ze het met je eens was, de ketting behoort de bevolking van Egypte toe. Ze wilde hem aan jou geven wanneer ze terugkwam in New York.'

'Ik wist van niets,' zei Ted.

'Ze wilde niet dat jij het Smithsonian zou moeten aanklagen en dat de naam van haar echtgenoot en schoonvader bij een schandaal betrokken zouden worden. Naar zij begreep had haar schoonvader erg veel geld voor de ketting betaald.'

'Waar is hij nu?'

Ze haalde diep adem en ging verder. 'Je kent mijn problemen met mijn ex-verloofde en zijn zwendelaarspraktijken. Toen ik hoorde dat Lady Em vermoord was, wist ik dat ik in de problemen zat.'

'Dat kan ik begrijpen,' zei hij op geruststellende toon. 'Maar waar is de ketting nu?'

'Ik wist niet wie ik kon vertrouwen. Ik ben naar Alvirah Meehan gestapt en vertelde haar van mijn dilemma. Zij stelde voor om de ketting aan haar te geven, zodat Willy hem kon bewaren.'

'Celia, het is heel slim hoe je de ketting hebt beschermd. Niemand zal denken dat Willy Meehan hem heeft. Maar nu maak ik me wel zorgen om jou. Degene die Lady Em vermoord heeft en heeft geprobeerd om Brenda te wurgen was op zoek naar de ketting. Iedereen die Lady Em in de gaten heeft gehouden heeft kunnen zien dat ze op vriendschappelijke voet met jou stond. Lady Ems financieel adviseur had de ketting niet, en Brenda ook niet. Wie is er dan nog over?' Hij wees naar haar. 'Jij.'

Ze haalde diep adem. 'Ik maakte me zo veel zorgen om de ketting dat ik daar niet over na heb gedacht.'

'Celia, je hebt een moeilijke tijd achter de rug. Nog even en dan lost de situatie met je ex-vriend zich op en dan komt het met jou ook goed. Maar nu moet je erg voorzichtig zijn. Degene die achter die ketting aan zit weet dat vanavond zijn laatste kans is. Je mag geen tijd meer alleen doorbrengen en je moet je deur steeds goed op slot doen. Ik ben vanaf nu niet alleen je nieuwe advocaat, maar ook je nieuwe oppas.'

'Dank je wel, raadsman. Dat is een enorme opluchting.'

Hij nam haar handen in de zijne. 'Dankzij mijn werk ben ik met veel onbetrouwbare figuren in aanraking gekomen en ik heb dat allemaal overleefd. Er zal je niets overkomen zolang ik in de buurt ben.'

90

Morrison was blij om te zien dat Celia Kilbride ook bij hen aan tafel was komen zitten. Haar aanwezigheid maakte het veel aangenamer om de tijd daar door te brengen. En ze is zeker een beeldschone vrouw, dacht hij, terwijl hij door de zaal liep.

Tot zijn consternatie zag hij dat de eetzaal halfleeg was. Het laatste diner zou een feestelijke afsluiting moeten zijn, het moment waarop men contactinformatie uitwisselde om nieuwe vriendschappen te bezegelen.

Hij troostte zich met het goede nieuws dat hij die ochtend van zijn afdeling verkoop had gehoord. Ook al hadden genoeg mensen na de publiciteit die volgde op de moord op Lady Em en de aanval op Brenda hun reserveringen geannuleerd, er hadden zich al nieuwe passagiers gemeld om de beschikbare suites te reserveren. Hij was minder blij met het feit dat er blijkbaar verkopers in de haven van Southampton stonden die T-shirts verkochten met de tekst 'IK HEB DE QUEEN CHARLOTTE OVERLEEFD' erop.

Ik zal blij zijn als ik van deze mensen af ben, dacht hij terwijl hij naar een andere tafel knikte en daarna naar Celia en professor Longworth glimlachte.

Tot zijn grote ergernis had Brenda geen moeite gedaan

om de vuurrode striemen op haar nek te verbergen. Wonder boven wonder heeft haar eetlust er niet onder geleden, dacht hij. Ik vraag me af met hoeveel nieuwe mensen ze heeft gepraat voordat ze naar de eetzaal is gekomen.

Een ding was zeker: ze zou nooit meer met de Queen Charlotte meevaren. Zijn kantoor had bevestigd dat Lady Em voor hen allemaal had betaald, Brenda, de iets te opgewekte weduwe Yvonne en haar echtgenoot, die opeens toch nog bleek te leven.

Hij keek om zich heen en was blij om te zien dat Fairfax aan de kapiteinstafel zat en een nieuwe groep passagiers vermaakte.

Hij wist dat het beleefd was om te vragen of Yvonne contact had weten te leggen met haar verzopen echtgenoot. Hij merkte dat in plaats van het grijs dat ze had gedragen – waarschijnlijk om iets van rouwkledij aan te hebben – ze dit keer een roze jasje en bijpassende broek had aangetrokken. Ze bevestigde dat ze met de dokter op het andere schip had gepraat. Roger was aan de beterende hand, maar hij sliep toen ze belde. Ze had de dokter gezegd hem niet wakker te maken en had een lieve boodschap voor hem achtergelaten.

Ik zou haar bijna geloven, dacht Morrison venijnig.

Hij wendde zich tot Celia. Hij vond haar marineblauwe jasje en de simpele sjaal om haar nek erg leuk. 'Ondanks het verlies van Lady Em,' begon hij, 'hoop ik toch dat u een aangename reis heeft gehad, mevrouw Kilbride.'

'Het was een voorrecht om met dit prachtige schip mee te varen,' zei ze oprecht.

Brenda, die zich buitengesloten voelde, riep meteen: 'Meneer Morrison, ik hoop dat we snel onze geschillen omtrent mijn...' Ze aarzelde. '... kamervredebreuk opzij kunnen zetten. Maar als dat afgehandeld is, zullen ik en een goede vriend van mij de mogelijkheid verwelkomen om weer met u mee te varen. Als uw gasten, natuurlijk.'

Morrison glimlachte als een boer met kiespijn. De eerste gang werd geserveerd en hij merkte dat Brenda haar grote portie kaviaar in rap tempo verzwolg en daarna om een nieuwe portie vroeg.

Professor Longworth wist dat het zijn beurt was om het woord te nemen. 'Ik kan alleen maar zeggen dat deze tocht zeer plezierig is geweest,' begon hij terwijl hij kaviaar op zijn bord schepte, 'en dat ik het fijn vind om te mogen spreken op uw schepen, meneer Morrison. Zoals Shakespeare al zei: "Afscheid nemen is zo'n zoete smart."'

Mijn vader zei altijd: 'Opgeruimd staat netjes,' dacht Morrison.

91

Ted en Celia waren allebei naar hun suite gegaan om hun bagage in te pakken. Hun koffers moesten om tien uur 's avonds voor de deur staan. Ted wachtte tot hij het metalen geluid van haar slot hoorde voordat hij naar zijn kamer ging.

Om zeven uur liep hij met Celia mee naar de eetzaal, maar ze wees zijn voorstel om bij haar aan tafel te komen zitten af. 'O, Ted, je weet hoe erg ze van tafel wisselen afkeuren. Als ik dit werk wil blijven doen, moet ik de regels volgen. En we zitten nog geen twee meter bij elkaar vandaan.'

Met tegenzin stemde Ted in, maar toen hij ging zitten merkte hij dat hij zijn medepassagiers met nieuwe ogen bekeek. Hij glimlachte hartelijk naar Alvirah en Willy, omdat hij wist dat Celia hen vertrouwde. Hij wist dat Willy de ketting van Cleopatra had, waarschijnlijk in zijn zak, en bij hem was hij veilig. Willy was een grote, sterke man met gespierde armen. Iedereen die iets van hem wilde stelen zou er niet zonder een gevecht vanaf komen.

Hij besloot om Anna DeMille buiten beschouwing te laten. Ze zag er zeker uit als iemand die voor het eerst met een cruise meevoer. Ze had een tombola gewonnen en dit was haar eerste reis naar Europa. Zelfs als de Man met Duizend

Gezichten een vrouw was, zou zij de laatste persoon op het schip zijn die hij zou verdenken.

Devon Michaelson? Waarschijnlijk niet. Ik geloof best dat hij hier is om de as van zijn vrouw uit te strooien. En de manier waarop hij Anna's toenaderingen afwijst past bij een weduwnaar.

Nu hij zijn tafelgenoten buiten beschouwing kon laten, keek hij naar de andere tafel. Hij wist al dat hij Gregory Morrison niet mocht. Hij is dan wel de eigenaar van dit schip, dacht Ted, maar de bouw heeft hem vast veel geld gekost. Lady Ems ketting zou hem van pas komen. Niemand zou de ketting kunnen verkopen, maar zelfs maar een van de losse smaragden zou een fortuin opbrengen bij de juiste juwelier.

En, nu hij erover nadacht, zou voor Morrison de ketting van Cleopatra niet net als dit schip een prachtige trofee zijn? Zelfs als hij hem verborg, zou de ketting voor hem een bewijs van zijn succes zijn. Hij kon alles krijgen wat zijn hart begeerde en zou er alles voor doen om het te krijgen.

Morrison was zeker een verdachte. Ted vond het ook niet fijn dat de scheepseigenaar zijn stoel steeds dichter naar die van Celia schoof.

En Yvonne? Als Lady Em inderdaad gedreigd had Roger Pearsons werk te laten controleren, zou het kunnen dat zij ook medeplichtig was aan oplichterij.

Ze is niet bijzonder intelligent, besloot Ted, maar wel slim en venijnig genoeg om zichzelf te beschermen wanneer dat moet.

Brenda Martin? Nee. Ze kon zichzelf niet gewurgd hebben, en waarom ook? Celia had de ketting al.

Professor Longworth? Een mogelijkheid, maar niet heel waarschijnlijk. Ted wist dat hij de wereld afreisde en lezingen gaf aan grote universiteiten en op grote cruiseschepen over de hele wereld, inclusief Egypte. Maar hij was zeker iemand om in gedachten te houden.

Teds blik richtte zich op de tafel van de kapitein. En misschien Fairfax? Hij had de hele wereld gezien en was degene die er bij Lady Em op had aangedrongen om hem de ketting te geven. Was hij van streek geweest toen ze hem afwees? Had hij haar vermoord? Maar, als zij de ketting wel aan hem had gegeven, dan zou iedereen weten dat hij hem had. Dus hij was waarschijnlijk noch de moordenaar noch de dief.

Ontevreden met zijn eigen conclusies, richtte Ted zich weer op zijn eigen tafel. Hij zag dat, zoals gewoonlijk, Anna DeMille de arm van Michaelson bleef aanraken. Jezus, wat is zij irritant, dacht Ted. Arme Michaelson. Mocht Anna DeMille overboord slaan, dan staat voor mij Devon boven aan de lijst met verdachten.

In een poging om iets aan het gesprek bij te dragen, vroeg Ted: 'Heeft iedereen alles al ingepakt?'

'Wij wel,' zei Alvirah.

'Ik ook,' zei Anna. 'Alhoewel ik moet zeggen dat ik bijna tranen in mijn ogen had toen ik mijn koffer dichtdeed en me bedacht dat ik jullie nooit meer zou zien.' Haar opmerking sloeg duidelijk op Devon Michaelson, die van woede rood kleurde.

Alvirah probeerde de spanning te verlichten. 'We zouden graag in contact met je blijven, Anna.' Ze negeerde Willy's ontstelde blik terwijl ze een papiertje uit haar handtas haalde en hun e-mailadres opschreef. Even aarzelde ze, maar ze besloot om hun adres en telefoonnummer er niet bij te zetten. Willy's geduld krijgt al genoeg te verduren, dacht ze.

Hun laatste diner was overheerlijk, daar waren ze het allemaal over eens. Wederom kaviaar als voorgerecht, en daarna tongfilet of rosbief, een salade, cheesecake en ijs met bosvruchten in een likeursaus, en koffie, espresso, cappuccino of thee toe.

Bij elke gang vloeide de wijn rijkelijk. Ted dacht met weemoed terug aan de tosti van die middag. Ik hoef echt een jaar lang geen zware maaltijden meer, dacht hij.

Willy zei iets soortgelijks. 'Ik ga naar de sportschool zodra we weer in New York zijn.'

'Ik ook,' verzuchtte Alvirah. 'Ik denk niet dat ik nog in mijn kleding pas. En het ging net zo goed met mijn dieet.'

Anna DeMille zei: 'In Kansas eet ik nooit eten zoals dit.' Ze wierp Devon een verliefde blik toe. 'Wat voor eten hebben ze in Montreal?'

Devon leek steeds gefrustreerder te worden dat hij wederom voor de keuze gesteld werd om zich onbeleefd te gedragen of aan een gesprek mee te doen waar hij geen zin in had.

'Montreal is een erg grote stad, je kan er bijna alles eten.'

'Dat dacht ik al. Ik heb er altijd een keer naartoe willen gaan. Vanochtend keek ik op mijn computer en het was een aangename verrassing om te ontdekken dat er directe vluchten van Kansas City naar Montreal gaan.'

Ook aan de tafel naast hen liep het diner ten einde. Morrison was niet van plan geweest om de hele avond te blijven, maar Celia had hem geïntrigeerd. Hij wist eindelijk aan wie ze hem deed denken: Jackie Kennedy, een van de mooiste en intelligentste vrouwen die ooit door het Witte Huis had gelopen.

Terwijl ze hun koffie dronken, zei hij: 'Celia, ik ben vaak in mijn kantoor in New York. Zoals je misschien wel begrijpt, blijf ik niet de hele tijd op mijn schip tijdens de rondvaart van drie maanden. Ik hoop dat ik spoedig het genoegen heb om een keer met je te eten in Manhattan, of dat je me voor een vakantie vergezelt op een van mijn schepen.'

Ted hoorde dit en stond onmiddellijk achter Celia's stoel. Duidelijk hoorbaar voor Morrison en iedereen binnen gehoorsafstand, vroeg hij: 'Zullen we gaan, schat?'

Haar glimlach beantwoordde zijn vraag. Iedereen stond tegelijkertijd op, alsof hun vertrek een signaal was, en wenste elkaar een prettige avond. Omdat het een erg vroege ochtend zou worden, stelde niemand voor om nog een laatste borrel te drinken.

92

'Die man was met je aan het flirten,' zei Ted. Zijn mond was een boze, dunne streep.

'Inderdaad,' zei Willy terwijl hij op de knop voor de lift drukte. 'Wat geeft hem het recht om zomaar aan je arm te zitten? Alleen maar omdat hij de eigenaar is van dit schip?'

'Het is een schande,' zei Alvirah beslist, maar ze was er met haar gedachten niet bij.

Terwijl ze door de gang liepen, zei ze tegen Celia: 'Ik moet zeggen dat ik me erg veel zorgen maak. Jij, alleen in die kamer... De persoon die de ketting wil wist ook in te breken bij Lady Em en Brenda. En ik wil er mijn spaargeld voor verwedden dat degene die naar die ketting zoekt inmiddels ook uitgedokterd heeft dat Lady Em hem aan jou gegeven heeft.'

'Daar ben ik het helemaal mee eens,' zei Ted. 'Wat gaan we er aan doen?'

'Ik heb er even over nagedacht en heb een geweldig idee,' zei Alvirah. 'Celia, jij slaapt bij mij, en dan brengt Willy de nacht in jouw kamer door. Ik durf er geld op in te zetten dat niemand Willy zal wurgen.'

'Ik vind dat een briljant plan,' zei Ted.

Celia schudde haar hoofd. 'Nee, echt niet. Willy gaat niet de hele nacht wakker liggen terwijl Alvirah zich een paar kamers verderop doodongerust maakt. Ik zal mijn kamerdeur op slot doen, met de ketting er op. Dan zal er niemand binnenkomen.'

Het was voor Alvirah, Willy en Ted duidelijk dat Celia niet van haar plan af te brengen was. Teds kamer was drie deuren van die van Alvirah en Willy verwijderd. Celia's kamer was nog eens drie deuren van de kamer van Ted verwijderd, en zat aan de overkant van de gang. Toen Willy en Alvirah goedenacht zeiden, liep Ted met Celia mee naar haar kamer.

'Celia, ik maak me zorgen om jou,' zei hij. 'Mag ik op je grote stoel in de zitkamer slapen?'

Ze schudde haar hoofd. 'Bedankt, maar nee.'

'Ik dacht al dat je dat ging zeggen,' zei hij, 'maar dan wil ik wel met je mee naar binnen en me ervan verzekeren dat je kamer veilig is. Als je die deur op slot doet, wil ik zeker weten dat jij de enige persoon bent die binnen is.'

Ze knikte terwijl ze haar elektronische sleutel in het slot stak. Hij ging haar voor naar binnen. 'Wacht even hier,' zei hij, waarna hij de kastdeuren opendeed. Ze keek toe hoe hij de slaapkamer binnenliep, de deuren van de kledingkast opendeed en op een knie onder het bed keek. Hij schoof de glazen deur naar het balkon open, stapte naar buiten en keek om zich heen.

'Ik ben blij dat ik mijn suite netjes heb achtergelaten, anders was dit echt gênant,' zei ze.

'Celia, alsjeblieft. Dit is geen tijd voor grappen. Ik wil je nog een laatste keer vragen...'

Celia schudde haar hoofd. 'Ik waardeer het aanbod, maar nee. We moeten allemaal vroeg op voordat we van het schip af gejaagd worden. Ik beloof je dat, als er iemand mijn kamer binnenkomt, ik zal krijsen als een mager speenvarken.'

'Ik ben er nog steeds niet echt gerust op,' zei Ted. 'Laten we hopen dat je niet naar de slachtbank geleid wordt.'

'Ik dacht dat ik hier de cynicus was,' zei Celia met een glimlach. 'Het komt goed, raadsman.'

'Je bent erg koppig,' zei hij terwijl hij zijn armen om haar heen sloeg. Hij merkte verontrust hoe dun en kwetsbaar ze aanvoelde. Hij wist zeker dat ze gewicht had verloren door de stress van de arrestatie van haar ex-verloofde en de beschuldigingen tegen haar.

'Goed, jij wint,' zei hij. 'Ik wil horen dat je de deur op slot doet.'

'Onmiddellijk,' beloofde ze. Na een snelle zoen op haar voorhoofd, deed hij de deur achter zich dicht en wachtte tot hij hoorde dat ze de deur op de ketting deed.

Even bleef hij voor de deur wachten terwijl zijn instinct hem toeschreeuwde haar niet alleen te laten. Maar toen zuchtte hij en liep hij naar zijn eigen kamer.

93

Zoals gebruikelijk viel Willy diep in slaap zodra hij zijn kleding uit had gedaan en onder de dekens was gekropen. Hij sliep nog altijd het liefst in zijn T-shirt en boxershort, ondanks de pyjama's die Alvirah hem cadeau had gedaan. Die cadeaus werden altijd zo snel mogelijk omgeruild voor shirts en chinobroeken. Alvirah sliep zelf in een zachte nachtjapon met lange mouwen. Haar katoenen badjas lag altijd aan de voet van het bed. Haar bril zat in een van de zakken, samen met wat paracetamol, voor het geval haar langzaamaan verergerende reumatiek haar nachtrust verstoorde.

Net als Willy viel ze al snel in slaap, maar in tegenstelling tot hem werd ze een paar uur later onrustig wakker. Ze besefte dat haar gebruikelijke lighouding, opgekruld tegen Willy aan, haar niet had gekalmeerd.

Ze was nerveus en maakte zich grote zorgen over Celia. Waarom wilde ze niet bij mij slapen, piekerde ze. Wat als iemand haar kamer binnen wist te komen? Brenda is een grote sterke vrouw, maar zij is ook overmeesterd door degene die haar kamer betrad. Wat voor kans zou Celia hebben?

Zo bleef ze malen. Het zachte gefluit van een slapende Willy, normaal gesproken een troostend geluid, deed weinig om haar tot rust te brengen.

94

Het was nu of nooit. De Man met Duizend Gezichten ging opzettelijk met de trap om niemand in de gang tegen het lijf te lopen. Hij glipte zijn suite in en begon zijn plan ten uitvoer te brengen.

Ten eerste moest hij zijn uiterlijk helemaal veranderen. Alhoewel hij bijna zeker wist dat niemand hem had gezien op de nachten dat hij ingebroken had in de kamers van Lady Em en Brenda, zou hij toch een andere vermomming gebruiken. Hij begon met zijn ogen. Hij haalde donkerbruine contactlenzen uit een doos en deed ze in. Dat was het gemakkelijkste gedeelte, dacht hij, wat hierna volgt vergt tijd en finesse. Hij deed zijn make-updoos open, keek in de spiegel en begon het talent te beoefenen dat hij ontdekt had toen hij op de middelbare school bij de theatervoorstellingen mocht helpen.

Door een gezichtscrème werd zijn gelaat vaal. Wenkbrauwpotlood gaf zijn dunne wenkbrauwen een strijdlustige, donkerbruine kleur. Door diepe lijnen te tekenen veranderde hij zijn gezicht en hij plakte voorzichtig een grijze baard van gemiddelde dikte op zijn kin. Nadat hij tevreden constateerde dat die er recht op zat, pakte hij zijn bruine pruik, paste die over zijn haar heen en schoof hem op zijn plek. De ervaring had hem geleerd dat een potentiële getuige zich eerder zou richten op het contrast tussen het donkere haar van de pruik en de grijze baard dan dat hij naar het gezicht daartussenin zou kijken.

Hij inspecteerde zichzelf in de spiegel en draaide zijn hoofd van links naar rechts. Perfect, dacht hij tevreden. Hij pakte de schoenen uit zijn koffer, waarvan de dikke zolen hem bijna zeven centimeter langer zouden maken.

Hij deed de livrei aan die hij uit de keuken op zijn dek had gestolen. Het paste hem bijna als gegoten, maar had wat extra ruimte over in de schouders en het middel. Hij pakte afplakband uit een vakje van zijn koffer en deed het in zijn jaszak, om daarna een kniptang in de andere te stoppen.

Het volgende kwartier oefende hij met mank lopen, zijn linkervoet over de grond slepend.

95

Een paar uur later schrok Alvirah weer wakker. Ze voelde haar hart bonzen terwijl ze zichzelf probeerde te kalmeren na haar droom over Celia. Ik kan echt de slaap niet meer vatten, dacht ze terwijl ze haar badjas aandeed en naar de andere kamer van de suite liep.

Ze wist niet helemaal waarom, maar ze deed de deur naar de gang open, knipperend met haar ogen tegen het zachte licht. Ik zou eigenlijk even naar Celia's kamer moeten lopen, op haar deur kloppen en kijken of alles goed is. Maar toen ze op haar horloge keek, voelde ze zich een idioot. Als ik Celia echt bang wil maken, moet ik om half vier 's nachts op haar deur gaan bonzen. Ik moet me niet zo gek laten maken en terug naar bed gaan.

Net toen ze haar deur wilde dichtdoen, hoorde ze het. Een metalig geluid dat uit de richting van Celia's kamer kwam. Beeldde ze zich iets in? Even later hoorde ze een gedempte gil. Het geluid stierf snel weer weg, maar ze wist bijna zeker dat ze iets had gehoord.

Ze wilde net Willy wakker schudden toen ze een beter idee had. Ted kan daar sneller zijn, dacht ze, terwijl ze door de gang rende en op Teds deur begon te bonzen. 'Ted, word wakker! Celia zit in de problemen!'

Ted schrok wakker bij het eerste geluid, rende in zijn pyjama naar de deur en gooide hem open. Alvirah stond in de gang en ze leek doodsbang. 'Ik hoorde geluiden uit Celia's kamer komen.' Ted wachtte niet tot ze klaar was met haar uitleg, maar rende al door de gang richting Celia's suite.

Alvirahs eerste instinct was om hem te volgen. Maar toen stopte ze, rende terug naar haar kamer en schudde Willy wakker. 'Willy, Willy, wakker worden. Celia heeft onze hulp nodig. Willy, word wakker!' Terwijl een versufte Willy de broek aantrok die hij voor de volgende ochtend had klaargelegd, vertelde Alvirah ademloos wat ze gehoord had. Daarna belde ze de beveiliging en vroeg hen om hulp.

Celia was diep in slaap en had maar vaag een geluid uit de gang horen komen. De metalen klik van de kniptang die de ketting op haar deur doorknipte werd onderdeel van haar droom, ze was weer een klein meisje dat in de speeltuin speelde met haar vader. Toen ze besefte dat het geluid van voetstappen op haar afkwam, was de insluiper al bij haar bed. Ze wist een gil te slaken voordat hij een doek over haar mond deed. Ze had moeite met ademhalen, maar zag wel het gezicht van een vreemdeling boven haar uit torenen. Hij wees met een pistool naar haar voorhoofd.

'Nog een kik en je gaat je vriendin Lady Em achterna. Begrijp je dat?' Celia was doodsbang, maar wist met haar hoofd te knikken. Ze voelde hoe de doek van haar mond werd weggehaald, en hoe die werd vervangen door iets droogs en plakkerigs dat over haar mond en kin werd geplakt. Een soort plakband. Nu de doek haar neus niet langer bedekte, kon ze gewoon ademhalen. Ze wist niet wie haar belager was, maar ze dacht iets in zijn stem te herkennen.

Hij begon te praten terwijl hij haar handen en voeten vastbond. Zijn stem klonk verbazingwekkend kalm en weloverwogen. 'Celia, het ligt aan jou of je vanavond zult sterven of niet. Geef me wat ik wil en je vrienden zullen je morgen levend aantreffen. Als je wilt leven, vertel me dan waar de ketting van Cleopatra is. En lieg niet tegen me, ik weet dat jij hem hebt.'

Celia knikte. Ze moest tijd winnen, zodat ze... Zodat ze wat? Niemand wist dat ze in de problemen zat. Ik kan hem niet vertellen dat Willy hem heeft. Hij zal hem en Alvirah vermoorden.

Ze kreunde van pijn toen hij het plakband van haar mond trok. 'Oké, Celia, waar is de ketting?'

'Ik weet het niet, ik heb hem niet, het spijt me, ik weet het niet.'

'Dat is echt heel jammer voor je, Celia. Maar goed, je weet wat ze zeggen, een beetje angst maakt het brein een stuk scherper.'

De tape werd weer over haar mond geplakt. Sterke armen trokken haar uit haar bed en sleepten haar mee naar de balkondeur. Daar deed hij een arm om haar middel terwijl hij de deur opendeed, om haar daarna het balkon op te duwen. Het was koud en het waaide, ze begon te trillen. Hij zette haar op de reling en liet haar daar zittend vooroverhangen, zo'n twintig meter boven de donkere oceaan. Zijn grip op het touw om haar armen was het enige wat ervoor zorgde dat ze niet viel.

'Goed, Celia, ik ga je nog een keer vragen wie de ketting heeft,' zei hij terwijl hij het plakband van haar mond trok. 'Als je het nog steeds niet weet, zal ik je geloven, maar dan zal ik ook geen reden meer hebben om dit touw vast te houden.' Hij ontspande zijn grip iets, waardoor ze ietsje verder voorover viel voordat hij haar weer terugtrok. Celia voelde zich misselijk van angst.

'Dus, Celia, wie heeft de ketting?'

'Zij heeft hem niet!' riep Ted terwijl hij het balkon oprende. 'Trek haar weer terug, nu!'

De insluiper en Ted keken elkaar woedend aan, terwijl ze anderhalve meter van elkaar verwijderd waren. Een hand hield het touw vast waardoor Celia niet viel, de ander hield een pistool vast dat nu op Teds borst gericht was.

'Dus jij wilt de held spelen. Waar is de ketting?'

'Ik heb hem niet, maar ik kan hem halen,' zei Ted.

'Jij gaat helemaal nergens heen. Op je knieën en doe je handen achter je hoofd. Nu!'

Ted deed wat hem gezegd werd, zonder zijn ogen van Celia af te houden. Alhoewel Celia's voeten bij elkaar gebonden waren, zag hij dat ze een voet om een stang van de reling had weten te haken.

'Goed, meneer Cavanaugh, vertel me waar de ketting is, of deze dame neemt een frisse duik.'

'Wacht,' riep Alvirah toen zij en Willy op het balkon verschenen. 'Hij heeft hem niet, hij ligt in onze kamer. Laat Celia gaan en wij nemen je er mee naartoe.'

Terwijl Alvirah praatte, voelde Willy in de zak van zijn broek. Hij kon de ketting van Cleopatra voelen die hij daar de vorige avond in had gestopt en haalde hem eruit.

'Is dit wat je wilt hebben?' riep Willy terwijl hij de ketting aan de insluiper liet zien. De ogen van de dief richtten zich onmiddellijk op de schat. Willy keek Ted even aan en Ted knikte hem toe. Dit was hun enige kans. 'Je wilt deze vast heel graag hebben als je er mensen voor wilt vermoorden. Hier, pak hem maar.'

Willy wierp de ketting hoog door de lucht naar de insluiper, die alleen kon voorkomen dat hij overboord viel door hem met zijn hand dat het pistool vasthield te vangen. Terwijl hij hem probeerde te grijpen, liet hij het touw waar Celia mee vast zat los. Ze begon voorover te vallen, maar de voet die om de stang vastgehaakt zat remde haar val.

Ted, Alvirah en Willy kwamen in actie. Ted sprong op, ging over de reling hangen en pakte Celia's armen. Door het momentum van haar val sloeg hij ook bijna overboord. Alvirah greep Ted bij zijn benen en hield uit alle macht vast.

Willy bewoog naar voren terwijl de insluiper bezig was met de ketting. In de tijd die Willy nodig had om het balkon over te lopen, had de dief de ketting gevangen en bracht hij de arm met het pistool weer in de richting van Willy. Met veel kracht sloeg Willy de hand van de insluiper weg. Het pistool ging af en miste maar net Willy's hoofd, maar zowel de ketting als het wapen kletterden op de grond. Willy greep de insluiper bij zijn armen.

Ted spande elke spier in zijn lichaam om Celia vast te houden. Hij hing tot zijn middel over de reling omdat hij haar val had afgeremd. Door hem was ze niet gevallen, maar hij had niet de kracht om haar terug te trekken. Even later voelde hij dat Alvirah zijn benen vasthield, waardoor hij niet overboord sloeg.

'Ted, laat los!' gilde Celia. 'Straks val jij ook!' Wanhopig probeerde ze zich uit zijn greep los te worstelen.

De indringer keek Willy woedend aan. Zonder zijn pistool kon hij niet tegen de potige ex-loodgieter op. Maar toen Willy zag dat Alvirah en Ted moeite hadden met het redden van Celia, liet hij de indringer los, die door de balkondeur verdween.

Ted voelde hoe zijn bovenlichaam verder over de reling

werd getrokken. Willy rende naar hen toe, reikte met zijn lange armen naar Ted en greep hem bij de ellebogen. 'Trek haar omhoog, en dan help ik jou,' zei hij. Met een laatste verwoede poging wist hij Ted terug het balkon op te trekken. Een moment later wisten hij en Ted Celia ook weer over de reling te hijsen. Samen met Alvirah vielen ze achterover op de vloer, uitgeput en snakkend naar adem.

De indringer wist dat hij alleen maar de korte afstand naar zijn kamer hoefde af te leggen om weer veilig te zijn. Hij wist zeker dat niemand hem had herkend. De pruik, de baard en het jasje dat hij droeg zou hij allemaal in de oceaan gooien.

Hij deed de deur naar de gang open en bevroor. John Saunders hield een pistool vast dat op zijn voorhoofd gericht was. Hij trok hem de gang op, waar kapitein Fairfax en Gregory Morrison, allebei in badjassen van de Queen Charlotte, zijn armen achter zijn rug hielden terwijl Saunders hem in de handboeien sloeg en hem weer terug de kamer in duwde.

Ted, met een arm om Celia geslagen, en Willy, met zijn arm om Alvirah heen, strompelden de kamer weer in.

'Is er iemand gewond?' vroeg Saunders.

'Nee,' zei Ted, 'volgens mij zijn we allemaal ongedeerd.'

'Het spijt me dat het even duurde voor we hier waren,' zei Saunders. Hij richtte zich op Alvirah: 'Toen u de beveiliging belde, dachten we dat de inbraak in uw kamer plaatsvond. Daar gingen we eerst heen.'

'Sorry,' zei Alvirah, 'het is mijn gewoonte om eerst mijn kamernummer te zeggen als ik bel.'

Willy hielp haar naar een stoel en liep toen dreigend op de indringer af. 'Ik houd er niet van als mensen een wapen op mijn vrouw richten,' zei hij, terwijl zijn hand naar voren schoot.

De indringer zette zich schrap voor een klap van Willy's grote vuist. Maar in plaats daarvan greep Willy's hand de baard van de indringer vast en trok er hard aan. Een kreet van pijn volgde toen de baard loskwam.

Nadat hij de baard op de grond gegooid had, trok Willy aan het haar van de indringer. De pruik kwam los en iedereen in de kamer staarde naar het gezicht van de ontmaskerde insluiper.

Willy sprak als eerste. 'Als het niet die arme weduwnaar is die de as van zijn vrouw over de zee kwam uitstrooien. Je hebt geluk dat ik jou niet de Atlantische Oceaan in sodemieter.'

Daarna zei Morrison, zijn stem druipend van sarcasme: 'Inspecteur Clouseau van Interpol. Ik wist wel dat je nutteloos was. Mijn Queen Charlotte heeft een prachtige cel. Jij zult er de eerste gast zijn.'

96

Even heerste er een doodse stilte terwijl Morrison, Saunders en kapitein Fairfax Devon Michaelson meenamen. Toen sloot Willy de deur en liep Alvirah naar de kast om een badjas te pakken. 'Celia, je bent ijskoud. Trek deze maar aan.'

Celia liet het zich welgevallen en voelde dat er een knoop om haar middel werd vastgemaakt. Ze besefte dat ze nog in shock was. De herinnering aan het moment waarop ze zich vasthield aan de reling met haar voet terwijl ze achteroverhing bleef maar door haar hoofd spoken. Het is voorbij, had ze gedacht voordat Ted haar vastgreep en ervoor zorgde dat ze niet meer viel. Ze kon nog steeds de koude wind tegen haar gezicht en armen voelen, en, nog erger, de onheilspellende gewaarwording dat ze zou sterven. Ze probeerde de herinnering te verdringen en keek van Alvirah en Willy naar Ted.

'Ik heb het aan jullie drie te danken dat ik niet in de oceaan lig,' zei ze. 'Dankzij jullie hoef ik nu niet naar Southampton te zwemmen.'

'Dat zouden we nooit laten gebeuren,' zei Alvirah. 'En laten we nu allemaal weer naar bed gaan.' Zij en Willy liepen naar de deur en Ted sloot die achter hen.

'Dit keer wil ik geen tegenwerpingen horen. En nog iets.' Hij

sloeg zijn armen om Celia heen en vroeg: 'Waarom probeerde je je uit mijn greep los te worstelen?'
'Ik wilde niet dat jij ook viel. Dat kon ik niet toestaan. Ik heb jullie allemaal in gevaar gebracht...'
Ted onderbrak haar met een zoen. 'We praten hier later wel over. Kom, jij moet je bed in. Je trilt nog steeds.' Hij bracht haar naar de slaapkamer en stopte haar in.
'Ik duw de stoel tegen de deur en zal daarop slapen tot het tijd is om te vertrekken. Ik geloof er niets van dat die drie die man vast kunnen houden totdat jij van het schip af bent.'
Celia besefte hoe blij ze was dat ze niet alleen was. 'Daar heb ik geen bezwaar tegen, raadsman,' mompelde ze terwijl haar ogen dichtvielen.

97

Behalve Willy was iedereen om half acht 's ochtends beneden toen de Queen Charlotte begon aan te meren in Southampton. Toen het nieuws zich door het schip verspreidde dat Devon Michaelson, die bekendstond als de rouwende weduwnaar, de moordenaar was, was iedereen geschokt.

Aan de tafel van Lady Em staarden Brenda en professor Longworth elkaar aan. 'Ik dacht dat jij het was,' flapte Brenda eruit.

'Ik denk niet dat ik sterk genoeg ben om je in een kast te gooien,' antwoordde Longworth op afgemeten toon.

Yvonne was stil. Nu de ware identiteit van Lady Ems moordenaar onthuld was, zou Roger weten dat zij niet degene was die Lady Em had vermoord in een poging hem te redden. Het schip dat hem gered had zou een dag nadat zij aankwamen in Southampton arriveren. Als hij mensen wilde vertellen dat zij hem overboord had geduwd, zou ze zeggen dat hij getraumatiseerd was door het voorval. En als hij echt vervelend werd, kon ze dreigen dat ze iedereen zou vertellen dat hij van Lady Em gestolen had.

Celia was in de stoel gaan zitten die eigenlijk van Devon Michaelson was geweest en zat aan tafel met Anna DeMille,

Ted en Alvirah. Anna bleef maar herhalen dat ze blij was dat ze Devon Michaelsons avances had afgewezen.

Devon die met haar flirtte, dacht Alvirah medelevend. Ik zal zeker contact met haar houden, de arme vrouw.

Een paar minuten later arriveerde een opgeluchte Willy. 'Alvirah en ik hebben met Ted gepraat voor het ontbijt. Ted vertelde ons dat de ketting bewijsmateriaal is in de zaken van de moord op Lady Em en de aanval op Brenda en dat de ketting aan de FBI gegeven moet worden. Jemig, ik ben blij dat ik hem kwijt ben.'

Niemand bleef in de eetzaal hangen. Men nam afscheid van nieuwe vrienden en de zaal liep leeg toen de passagiers gezamenlijk naar het hoofddek liepen.

Hun voortgang werd even vertraagd toen twee agenten van Scotland Yard de passagiers tegenhielden. Door een van de ramen konden ze zien dat twee mannen met de letters FBI op hun jassen Devon Michaelson geboeid naar buiten begeleidden. Zijn benen waren geketend. Ze brachten de verdachte over de loopbrug aan wal.

Zodra ze door de douane waren, pakte Brenda haar telefoon. Ze wist dat het pas vier uur in de ochtend was in New York, dus schreef ze een lief berichtje. Ze ondertekende het met: 'Voor altijd de jouwe, je duifje.'

Ted had een auto gehuurd om hem naar het vliegveld te brengen. Hij had een grote auto geregeld en stond erop dat Alvirah, Willy en Celia met hem mee reden. Ze waren allemaal moe en er werd weinig gepraat tijdens de twee uur durende rit. Hij had ook een eersteklasvliegticket voor Celia gekocht, zodat ze in de stoel naast die van hem kon zitten.

Alvirah en Willy zaten op dezelfde vlucht in het economygedeelte. 'Ik zou dat geld nooit uitgeven aan een eersteklasticket,' zei Alvirah beslist. 'De achterkant van het vliegtuig is er bijna net zo snel als de voorkant!'

'O, echt waar?' mompelde Willy. Hij zou het best fijn hebben gevonden om zijn benen uit te strekken in de eerste klasse, maar wist dat het hopeloos was om het voor te stellen.

De wielen van het vliegtuig waren nog maar net van het asfalt opgestegen toen ze alle vier in slaap vielen. Alvirah lag tegen Willy aan genesteld en Celia lag met haar hoofd tegen Teds schouder.

De gedachte dat ze weer ondervraagd zou worden door de FBI leek minder eng dan een paar dagen geleden. Ted had erop aangedrongen dat hij haar zijn diensten en die van zijn detectives zou aanbieden. 'We zijn erg goed in wat we doen,' had hij haar verzekerd. Ze wist dat uiteindelijk alles goed zou komen.

Epiloog

Drie maanden later

Alvirah en Willy gaven een feestelijk etentje voor Ted en Celia in hun woning aan Central Park South. Buiten woedde een storm en het park was bedekt met een dik pak sneeuw. De paarden en hun koetsen trippelden erdoorheen en het bekende geklingel van hun belletjes deed aan vervlogen tijden denken.

Binnen haalden de vier onder het genot van een cocktail herinneringen op aan hun avontuurlijke week op de Queen Charlotte. Zoals beloofd had Anna DeMille contact gehouden met Alvirah, en ze had haar verteld dat er niets spannender was dan een cruise, zelfs niet die dief 'die maar met me bleef flirten'.

'Ik kan nog steeds niet goed bevatten wie Devon Michaelson echt was,' zei Alvirah. 'Kort nadat Michael was gearresteerd, heeft Interpol een verklaring naar buiten gebracht: "Interpol heeft nooit een werknemer in dienst gehad met die naam. Hij heeft duidelijk een valse identiteit aangenomen. Er wordt momenteel onderzocht of iemand bij Castle Line hem heeft geholpen om aan boord te komen."'

'Als dat zo is, gaan er koppen rollen,' zei Willy.

Celia had zich verplicht gevoeld om de FBI te vertellen over Lady Ems vermoedens dat Brenda haar sieraden had gestolen. Ze had wel medelijden met Brenda, maar ze vond ook dat het verkeerd was om een dief zijn straf te laten ontlopen. Maar toen werd de juwelier die bevriend was met Ralph en medeplichtig was aan het verwisselen van de sieraden gearresteerd en werden hem andere, vergelijkbare misdaden ten laste gelegd. In ruil voor strafvermindering had hij Ralphs naam genoemd, en die had op zijn beurt de FBI weer verteld wat Brenda's rol was bij het oplichten van Lady Em. Brenda had al snel bekend.

Teds detectives vonden al snel gaten in Stevens beweringen dat Celia vanaf het begin af aan al met hem had samengezworen. Ze konden bewijzen dat hij al twee jaar voordat hij Celia kende geld aan het wegsluizen was van de bankrekeningen van zijn cliënten. Toen de FBI haar opriep, waren ze alleen maar geïnteresseerd in haar als potentiële getuige tegen Steven.

Tijdens het eten vertelde Ted hen over de nieuwe ontwikkelingen in een zaak die hen allemaal bezighield. In de krant had gestaan dat Lady Ems nalatenschap onderhevig zou zijn aan een grondige controle. Enkele van Roger Pearsons vroegere cliënten hadden hun zorgen geuit over 'onregelmatigheden' in het werk dat Roger voor hen had gedaan. De advocaat die Roger in de arm had genomen had de volgende verklaring afgelegd: 'Meneer Pearson lijdt aan geheugenverlies door zijn afgrijselijke ervaring op zee en is niet in de positie om zijn werk op toereikende wijze te verdedigen.' Op de foto stond Yvonne, zijn liefhebbende vrouw, aan zijn zijde.

'Laten we het niet over hen hebben,' zei Alvirah terwijl ze haar glas champagne hief om te proosten. 'Celia, je verlovingsring is prachtig. Ik ben zo blij voor jullie.'

Celia's ring had een prachtige smaragd. 'Het leek alleen maar passend om die edelsteen te gebruiken,' zei Ted. 'Smaragden hebben ons tenslotte samen gebracht.' Ze hadden hem samen uitgekozen bij Carruthers. Celia's werkgever had haar met open armen teruggenomen en haar opslag gegeven.

Celia dacht aan Lady Em, die haar de ketting van Cleopatra had gegeven. Nadat hij aan de FBI was gegeven, had het Smithsonian in een persbericht bekendgemaakt dat historisch gezien Egypte de eigenaar was en dat de ketting aan Egypte teruggeven zou moeten worden. De FBI had er foto's van gemaakt als bewijsmateriaal voor de rechtszaak tegen Devon Michaelson, en de ketting was nu op weg naar huis.

Op Kerstavond zouden ze naar Sea Island gaan om de vakantie door te brengen met Teds familie. Celia dacht terug aan hoe eenzaam en alleen ze zich had gevoeld, die eerste dag op dat schip.

Terwijl Ted naar haar lachte, dacht ze: helemaal alleen, dat nooit meer.

Dankwoord

En dan is het schip de Queen Charlotte nu klaar om het ruime sop te kiezen. Ik hoop dat al mijn lezers van de reis hebben genoten.

Ik wil nogmaals mijn dank betuigen aan Michael Korda, de man die al veertig jaar mijn redacteur is. Hij is nog net zo onvervangbaar als altijd. Hij bracht me op het idee om een cruiseschip als decor voor dit verhaal te kiezen en hielp me het te voltooien.

Ook wil ik Marysue Rucci, uitgever van Simon & Schuster, bedanken voor haar wijze advies en creatieve suggesties.

Ik ben mijn wonderbaarlijke echtgenoot, John Conheeney, zeer dankbaar, omdat hij immer een luisterend oor biedt wanneer ik hard aan het schrijven ben. Petje af voor mijn kinderen en kleinkinderen, die me altijd aanmoedigen en ondersteunen.

Bijzondere waardering voor mijn zoon Dave, voor zijn onderzoek en redactionele hulp.

Mijn dank aan een parel van een juwelier, Arthur Groom, die de tijd heeft genomen om me wegwijs te maken in de wondere wereld van edelstenen.

En bedankt Jim Walker, een advocaat die gespecialiseerd is in maritiem recht, die me hielp bedenken hoe de leiding op een schip zou kunnen reageren op noodgevallen.

Ook dank aan voormalig FBI-agent Wes Rigler voor zijn behulpzame advies.

Ik kan het niet nalaten om de nagedachtenis te eren van Emily Post, expert op het gebied van etiquette, die mij een prachtig beeld gaf van de gewoonten en manieren van honderd jaar geleden.

En, tot slot, jullie bedankt, mijn lieve lezers. Ik waardeer jullie eeuwige steun.

Met liefdevolle groet,
Mary